U0002191

ROBINSON CRUSOE

魯賓遜漂流記

Daniel Defoe 丹尼爾・笛福
謝濱安——譯

魯賓遜式的人生處境——
三百年後重讀笛福的《魯賓遜漂流記》

◎詹宏志

在最近一個文學對談裡，我的老朋友詩人楊澤突然一枝冷箭射來：「洪致，從少年時特別喜歡七等生（你的亞茲別），到你近年常提笛福／魯賓遜，我忍不住要問，你的內心生活是否曾有（或沒有）什麼波瀾變化？」

問題出自既敏銳又親近的同輩朋友，不僅出乎我意料，甚至也觸動我原不自覺的內在變化；我只能一面靈魂搜尋，一面也坦白從寬招供：「（那一）年我離開原以為會做一輩子的編輯出版工作，突然，尋找新作品新作者的工作卸下了，我有強烈動機想回去重讀年少時讀的作品。這一讀感慨良多，四、五十年過去，有更多人生體驗，讀出的況味竟與少年時期大相逕庭了……。」

「……我從小喜歡魯賓遜故事，特別喜歡故事中魯賓遜每隔一段時間就盤點他賴以生存的財產，還有多少彈藥、繩索、麵粉、鋸子與鐵槌之類的；幼小的我也偶爾跟著盤點自己的財產，我有一截撿來的鋼筋、一把彈弓、約莫兩百多張紙牌、五十多顆彈珠、超過兩千條橡皮筋（都是街頭贏回的），還有藏在榻榻米縫中的四枚五毛錢銅板，算是很富裕的窮人家小孩。但年過中年重讀《魯賓遜》時，才意識到這是文明重建的寓言……。」

孩童讀故事書時不知有作者，只是天真地進入故事的世界；《魯賓遜漂流記》就是一部能讓世間一切孩童忘情進入的生命之書。我第一次讀它的時候，內心一直和漂流者魯賓遜連在一起，暴風雨後就跟著他漂流上岸，忐忑地跟他摸索陌生的野生島嶼，也跟著他努力解決孤島上種種生存難題，有時歡欣，有時挫折，當看到荒島上有陌生人的腳印，更跟著他腎上腺素升高、心跳加速。

等到年紀稍長，才認知一切故事都是人工編造的，背後皆有一個作者，漂流者魯賓遜只不過是小說家（有根據或無根據）的創造發明，這只是孩童成長失去天真的一種過程，當魯賓遜的真實性瓦解時，心中難免嗒然若有所失（這句話其實是小說家維琴尼亞．吳爾芙說的）。

魯賓遜的「真實性」固然一部分來自於孩童讀故事的天真信任，但也別忘了作者笛福（Daniel Defoe, 1660-1731）極盡寫實功力的寫作風格，大量細節的準確鋪陳，讓讀者不自覺「身歷其境」，進而生出真有其事的感覺。這種新穎的寫作風格影響後來的敘事藝術至鉅，也是讓「新奇」一詞轉化成「小說」（novel）之名的由來。

也許我可以拿《魯賓遜漂流記》的書名演化，來窺探「以假作真」的創作技藝；現在我們指稱這本作品，就直接稱它《魯賓遜漂流記》，英文也直接就叫它做 *"Robinson Crusoe"*。但在一九一六年紐約 Ginn & Company 所出版的一個極為通行的版本（一九三四年商務印書館出版的徐霞村譯本即是根據此本所譯），它的名稱遠比此名為長，它叫做《約克郡船人魯賓遜·克魯索的生平與驚奇冒險》（*The Life and Surprising Adventures of Robinson Crusoe, of York, Mariner*）；如果和此書復刻所根據的一七一七年（一說一七一九年）訂正版相比，這個書名還是精簡得很，當年訂正版的書名頁所題書名，今天幾乎要用一整頁來表述，它的全名是這樣：《約克郡船人魯賓遜·克魯索的生平與驚奇冒險：他獨自一人，在美洲海岸接近奧里諾科大河出口的無人孤島上生活二十八年，他因船難而被沖刷上岸，而其他同船人皆已罹難；也敘述他最後如何因海盜而獲救。》（*The Life and Strange Surprizing Adventures of Robinson Crusoe, Of York, Mariner: Who lived Eight and Twenty Years, all alone in an un-inhabited Island on the Coast of America, near the Mouth of the Great River of Oroonoque; Having been cast on Shore by Shipwreck, wherein all the Men perished but himself. With An Account how he was at last as strangely deliver'd by Pyrates.*）

我在這裡不厭其煩敘述它書名演化，目的在於檢視並顯示「小說」在社會中的「合法化過程」。這種「以假作真」的小說在十八世紀初誕生之際還是一件「新奇的」事，它並不是文學史上已經廣被接受的敘事藝術如史詩、神話等，它尚未得到「虛構」的權利，而它獨特之處在於處處想要讓讀者覺得是「真的」，故事裡沒有神蹟幻象，也沒有浪漫海濱夕陽，有的只是生存的殘酷。寫作的「白描技法」更像今日的新聞寫作，而書名標題正是「擬真」創作的一部分，今天讀起來倒像是《讀者文摘》的編輯引言一樣。標題如此，「作者」也是如此，《魯賓遜漂流記》剛出版，書上並不具作者之名，而是註明「由魯賓遜本人所寫」（Written by Robinson Crusoe himself），這一切一切，都是希望能夠達成「以假亂真」的效果。等到小說大量出現，讀者受到了教育，知道「小說就是虛構」，小說家公然「造假」的權利才得到社會共識……

《魯賓遜漂流記》的獨特成就並不只是開「造假」風氣之先，它還有另一個偉大成就，就是歷經了三百年它對讀者的吸引力始終不衰。三百年來，不管社會新鮮話題如何更迭，小說題材如何翻新，《魯賓遜漂流記》從來沒有在書本市場上絕版過，每一個世代它都能夠找到新的讀者。更有趣的是，它不只是不斷得到新的讀者，它還不斷得到新的「作者」。

這話怎麼說呢？事實上，《魯賓遜漂流記》的故事引發了一連串的創作，每一個時代幾乎都有新的「魯賓遜式故事」被重新寫出來，甚至在文學史上不得不誕生一個「魯賓遜式故事」（Robinsonade）的新詞來總括這一類的故事。我們要舉些什麼例子？著名的像是《瑞士家庭魯賓遜》（*The Swiss Family Robinson by Johann David Wyss*, 1812）、《神祕島》（*The Mysterious Island by Jules Verne*, 1874），凡爾納寫的就不只一種，他還寫了《十五少年漂流記》（*Two Years' Vacation*, 1888），改編電影而出大名的《藍色珊瑚礁》（*The*

Blue Lagoon by Henry De Vere Stacpoole, 1908）則是另一個知名例子；到了二十一世紀，魯賓遜式的創作也不曾停息，前兩年改編電影再度引爆話題的《火星任務》（*The Martian by Andy Weir*, 2012）不也是個 Robinsonade？

為什麼「魯賓遜式故事」這麼深入人心？引人關注，讓人忍不住每隔一段時間就要重述一次？科幻小說家艾西莫夫（Issac Asimov, 1920-1992）有一次給了一個非常動人的解釋，他說，魯賓遜故事其實是現代人的一個內在恐懼與自我叩問，這個大哉問是「如果有一天文明棄我而去，我該怎麼辦？我能生存嗎？」（"What do I do if civilization fails me?"）

艾西莫夫說，他住在紐約市一個幾十層樓的高層公寓裡，自己的生活仰賴社會的分工；他乘坐電梯上下樓，但他不生產電或電梯；打開水龍頭就有水用，但他不生產水或水龍頭；他也不生產燈泡、瓦斯以及其他一切文明產物，他忍不住要自問：「如果有一天文明棄我而去，我該怎麼辦？」

魯賓遜故事恰巧都是「文明離去」的故事，拿元祖《魯賓遜漂流記》來說，小說中的主人翁約克郡船人魯賓遜發生船難時是一六五九年的九月三十日，離開荒島時已是一六八六年的十二月九日，他一共在海外孤島困居了二十八年二個月零十九天，沒有任何文明社會的支撐，但他活下來了。上岸時，他沒有衣服可換，也沒有任何充飢止渴的東西，只有一把刀，一個菸斗，一小匣菸葉，別無長物。他擁有的重建文明基礎，看起來好像是離岸不遠的一艘沉船裡的物資，他從中得到了船帆、木匠工具、槍枝彈藥等；但在其他的魯賓遜故事裡，譬如《神祕島》，一行人困於荒島他們唯一擁有的是一盒火柴，「文明遺產」並不像《魯賓遜漂流記》裡那麼豐富。但艾西莫夫說得對，僅只是對文明的記憶（譬如用火），我們就有能力把整個文明重建起來。

漂流者魯賓遜的故事實際上是人類文明的寓言，他的荒島生存奮鬥，也就是文明進展的軌跡；從食物採集（打獵、採集鱉蛋）到養羊、種麥，他進而燒陶、編籃到建屋，他的五年就是人類文明演化的五萬年。我們看到任何一個魯賓遜故事都會感到欣慰，即使有一天文明棄我們而去，我們是有能力生存下去的……。

但上述大抵是我年輕時讀《魯賓遜漂流記》時的體會，等我老年重讀時，我才意識到文明重建的處境其實是很常見的，即使在我們的日常生活，也有時候會出現「荒島時刻」。我想起我家的外省親戚（我的姨丈、我的岳母），都是一九四九年逃難來台灣的，他們的來歷包括了山東、河南和浙江，他們都有過一場魯賓遜的經歷。譬如說我曾想像我岳母初抵台灣的處境：她的味覺是江浙式的，面對的卻是台式的菜市場，禽畜魚鱉蔬果都與她熟識的家鄉物產不同，她要如何在陌生環境裡重建起家傳的滋味？在一個沒有馬蘭頭的地方，要如何做出「香干馬蘭頭」？她必須一次又一次去試，最後決定用茼蒿來替代，但菜名已經不能再叫它馬蘭頭了，只好另外命名「翡翠豆干」……。

那上百萬一九四九來到台灣的外省平凡百姓的命運大抵如此，他們被一場驚天巨浪打到了不可知的「孤島」，他們必須一點一滴去重建他們記憶中的「文明」，想當年漢族祖先「唐山過台灣」之際，所遇的處境也是如此。

我又想到每一個世代離家的小孩，當他們到異國或異鄉求學，他們也都不免要經歷一場小規模的「魯賓遜式的處境」；兩個年輕人建立了新的家庭，他們如果有了新屋，他們原來熟知的（父母親的）「文明支撐」也將要棄他們而去，當然年輕人可以回父母親家去「搬東西」，就像魯賓遜回沉船去找「文明遺產」一樣，他們得到一點過渡性的支持，但他們終究要一點一滴建立自己的文明。

你以為自己已經建立了熟悉的秩序，但魯賓遜不會放過你，兩年前此時，我結縭三十五年的妻子也突然走了；這回輪到我突然面臨魯賓遜的處境，我要如何重建那些被朋友認為是我家請客時的菜色與滋味？從來都是她在做呀！這時候，我不應該害怕「文明棄我而去」，我已經熟讀《魯賓遜漂流記》，我知道我應該捲起袖子，憑著我對文明的記憶，重新建立起一切的秩序來。

推薦序一／詹宏志

魯賓遜式的人生處境——三百年後重讀笛福的《魯賓遜漂流記》

11

《魯賓遜漂流記》三百年祭！

◎南方朔

時光荏苒，距今二百九十八年前，即一七一九年四月二十五日，英國作家丹尼爾．笛福（Daniel Defoe）出版了《魯賓遜漂流記》，再過一年就是這部作品的三百年祭，屆時又是一場文學盛事。

在《魯賓遜漂流記》之前，人們對文學故事的見解，都是作家聽到了某個歷史及現實中的奇異事情，然後作家即馳騁他的文學想像力，使故事深刻化、動人心魄，作家附屬於故事。但從《魯賓遜漂流記》開始，作家的地位已變，他可根據自己的想像、判斷與認知，虛構出一個故事，作家成了他虛構出來的世界之上帝。這是作家地位的飛躍。因此文學理論家遂認為《魯賓遜漂流記》乃是第一本具有現代意義的小說。笛福因而有了「現代小說之父」的美名。近代法國的理論家羅蘭．巴特曾經說過：「如果所有學科都被查禁了，僅僅是一本《魯賓遜漂流記》，我們就可以重建人類所有的文明。」羅蘭．巴特的這句話，可說是對這部小說最大的讚禮。在該書即將三百年祭的此刻，世人們的確已需要重新體會該部小說所蘊藏的豐富意義。

今天的人已知道，笛福乃是個當時的匠人家庭出身，他的父親是詹姆斯．福（James Foe），乃是個中產的屠宰匠，他從小就野心勃勃，具有當時基督新教長老會的世俗精神，他沒有進福音書院就讀，只是念了中學，他後來把自己的家名福（Foe）加上了象徵貴族的「笛」（De）這個字頭，成為笛福（Defoe），就顯示了他的不耐平凡。到了後來他從事經商，但商業失了敗，因為他頗有文采，很能觀察分析事物，所以在威廉三世（一六八九到一七〇二）以及安妮女王（一七〇二到一七一四）時，笛福替政府擔任情報蒐集及分析輿情的工作。二〇〇一年美國喬治華盛頓大學教授赫曼（Arthur Herman）出版了一本《蘇格蘭發明了現代世界》，就用了相當篇幅討論一七〇七年十月三日英格蘭統一蘇格蘭的歷程，當時笛福就被安妮女王的樞密大臣哈雷伯爵（Lord Harley）派往愛丁堡蒐集情報，因此笛福走遍了愛丁堡的大街小巷，提出了許多重要策略建議。

所以笛福對英格蘭統一蘇格蘭乃是功臣之一。現在的蘇格蘭搞獨立公投，就是要推翻一七〇七年的統一協定。由於笛福當年在情報蒐集與策略分析的角色，所以近代情報界也認為他是「情報分析之父」。

在替政府工作之後，笛福就開始了他的寫作生涯。他寫過多本小說。而最重要的就是《魯賓遜漂流記》，二〇一六年英國羅浮堡大學（Loughborough Univ.）的出版史專家提爾勒（Olivier Tearle）出版了一本《祕密的圖書館》就對《魯賓遜漂流記》作了很多揭密：

——魯賓遜在小說裡的名字是魯賓遜．克魯索（Robinson Crusoe），這個名字乃是有所來的。笛福在小學的時候，有個同班同學提摩太．克魯索（Timothy Crusoe），克魯索這種家名並不多見，所以笛福才借來使用。至於提摩太．克魯索，後來則成了旅遊書的撰寫人。

——歐洲從十六世紀起進入海權時代，走在最前面的，乃是葡萄牙、西班牙及荷蘭等國，英國則緊追在後，所以十八世紀英國的海上冒險故事及傳奇紛紛出現，例如當時就有亞歷山大．賽爾柯克（Alexander Selkirk）及亨利．皮特曼（Henry Pittman）淪落荒島的故事，所以評論家塞弗林（Tim Severin）遂認為笛福的《魯賓遜漂流記》乃是半真半假的人物，甚至於笛福自己也一直暗示魯賓遜真有其人。因此當《魯賓遜漂流記》出版大紅後，他在同年即出版了《魯賓遜．克魯索的更多漂流記》，又在一七二〇年出版了《魯賓遜．克魯索的沉思》，這是兩本續集，它是在說魯賓遜後來返回英國娶妻，妻子死後他又回到荒島，至於他的僕人星期五後來也死了，魯賓遜在星期五死後，則到了遠東的馬達加斯加流浪，又去了西伯利亞，由這兩本續集，顯示笛福也很樂於炒作魯賓遜這個話題，以賺取更多的著作費。但後來的學者及文學理論家幾乎都認為並無魯賓遜這個人，但這個虛構人物所遭遇到經歷，雖是古老的船難以及荒島的艱苦的求生，但換個角度言，他所面對的處境，也包括生命的無助與孤寂，以及信念的追求，和經營自己的人生使它合理化。

因此耶魯大學的近代正典大師哈羅・布倫（Harold Bloom）在他編集的《現代評論集》這套叢書裡的《笛福論文集》裡遂指出，魯賓遜的故事有太多弦外之意，它對心靈的探索及信念的追求，乃是班揚（John Bunyan）的《天路歷程》之延長，而他的荒島求生歷程，則是回溯了資本主義最核心的匠人精神，所以本書乃是一部現代道德的全旅程之書。魯賓遜在荒島上從無而有，打造出了人類生存的合理性，這是我們重讀這本小說最不能疏忽之處，雖然有人從後殖民現象，認為該書有強烈的歐洲白人優越主義色彩，但那已可能是過度解釋了。人們知道就好，但犯不著大作文章。

《魯賓遜漂流記》馬上就是三百年祭，這的確是本老少咸宜的百年經典。它當年是大人看的讀物，現在由於時代的發展，已成了重要的兒童讀物。根據《祕密的圖書館》所述，本書的三百年前版本，它的書名極長，全名是《關於一名叫做魯賓遜・克魯索，誕生於約克鎮，並且因為船難而獨活在一片美洲海岸邊、接近奧里諾科河河口一個荒島長達廿八年的水手，陌生又奇妙的冒險故事》，這麼長的書名現在已不可能。這本小說，根據後來小說的發展及分類，可以說是冒險小說，也可歸之為成長小說，魯賓遜這個人在冒險的生活中成長。這本小說當年一出版後就極為轟動暢銷，該書本身就成了傳奇。當《魯賓遜漂流記》成了傳奇後，人們就想問，他當年船難漂流到的荒島究竟在哪裡？後來人們在南太平洋上找到一個無名荒島，就將它命名為「魯賓遜・克魯索島」，但《魯賓遜漂流記》發生的地方是在加勒比海，而非南太平洋，因此「魯賓遜．克魯索島」明顯的是地域的誤植，接著人們又在「魯賓遜．克魯索島」的南方一百浬找到另一個珊瑚礁，於是將它命名為「亞歷山大．賽爾柯克島」，但那並不是島，只是一塊大礁石而已，於是地球上就有兩個地方是根據魯賓遜有關的故事而命名，但這兩個島均是誤植的島名。相信在《魯賓遜漂流記》三百年祭的時刻，這兩個島一定會成為魯迷的觀光聖地！

激情是驟風，讓船隻揚帆——《魯賓遜漂流記》推薦

◎蔡適任

法國大文豪伏爾泰曾說：「激情是驟風，讓船隻揚帆，偶也使之沉沒，但若無激情，船便無法航行。」這話巧妙呼應了《魯賓遜漂流記》主人翁克魯索的遭遇。「從小腦子裡就充滿了流浪的想法」的克魯索，罔顧父母期望，年紀輕輕便呼應心裡對冒險與航海的渴望，不告而別地出海遠颺，是而展開一段又一段的奇幻之旅。

在接連不斷的冒險犯難中，幾經折磨，克魯索也曾沮喪懊惱，後悔自己拒絕走入父母為他規畫的「積聚了所有美德和歡樂」的中等階層生活，然而每當風揚起，對航海的莫名激情總催促他再度啟程朝大海去。

書中最膾炙人口，也是數度被拍成電視電影的，莫過於克魯索因海難而漂流到偏僻蠻荒的熱帶小島，一個人如何在無人孤島上獨自求生的歷程了。克魯索利用從船上搶救出的些許物資，慢慢在孤島上打造自己的「王國」，狩獵、農耕、馴羊與製陶等，甚至親手打造船隻，航海回鄉的盼望不曾殞滅。在這樣的「孤島求生」中，我們可以讀到一個落難者如何憑恃強大的求生意志，善用已然累積的知識、經驗與智慧，將「現代文

明」（英國的生活方式）一點一滴地移植到蠻荒孤島，在將一個年輕俘虜自食人族手上解救下來並命名為「星期五」後，克魯索教他許多，甚至將基督教義傳遞給了原本不識教義、不知上帝的星期五。整體來說，這已近乎是個「人類文明逐步馴化甚至征服了自然野蠻」的歷程了。

此外，這本書有趣的地方亦在於面對衝突事件時，主人翁克魯索的反覆自我詰問，關於生命、道德、信仰與上帝。

世上絕大多數的冒險歷程，莫不是讓自身生命在未知裡開展的旅程，每個突如其來的新經驗總輕易帶來想法上的刺激與反芻，進而改變了旅者，或是更確定了原先某些價值觀。

食人族的野蠻行為曾讓克魯索氣得想把他們全部都殺死，然而克魯索終究理解這是他們的文化，終究接受「異教徒的無知」，知道自己無權以一己道德標準來「審判」甚至將他們當罪犯一樣地處決，況且「上帝照看所有的事，只有祂才能對這些公開犯下罪惡的人做出適當判決。」然而在反覆思辨中，更加堅定的，卻是克魯索原有的道德標準與對上帝的信仰。

小說雖是虛構的文學創作，讓讀者讚嘆連連的故事更是來自作者驚人卓越的想像力，然而《魯賓遜漂流記》可以說是一部「有所本」的冒險小說，以作者本身豐富的航海經驗為發想基底，創作靈感可能來自亞歷山大·賽爾柯克（Alexander Selkirk）的真實遭遇，一個被船長棄置在無人小島，獨自生活四年之久的蘇格蘭水手，此外，整部小說同樣在一定程度上反映了當時的時代背景。

此書發表於一七一九年，當時歐洲剛完成地理大發現。西元十五到十七世紀末，堪稱海權時代，歐洲各國紛紛派出遠洋船艇，尋找新的貿易路線與貿易夥伴，出了諸多如哥倫布等的大航海家，已知世界的範圍與人類的地理知識範疇被擴大了，歐洲各國摩拳擦掌，隨時準備走入新航線與新世界，追尋更大的經濟利益，拓展政治勢力，殖民主義與自由貿易接連萌芽，對各地原住民「野蠻」、「原始」、「落後」、「無知」、「待教化」與「待啟蒙」的認定，每每可見於書中，克魯索甚至可被視為大不列顛帝國征服蠻野異地的文化象徵，以及資產階級聰明、勤奮、開拓、富裕與成功的表徵。

此外，尤其讓定居摩洛哥的筆者眼睛為之一亮的，更是克魯索曾被土耳其海盜俘虜，在摩洛哥的薩列港當了兩年摩爾人奴隸的遭遇。

北非沿海一帶約莫在穆斯林占領後，漸漸有了海盜掠奪船隻的活動，到了十四世紀，突尼西亞的穆斯林海盜已對航行西地中海的商船造成極大威脅，十六世紀後，北非海盜更被稱為巴巴里海盜或鄂圖曼海盜，以摩洛哥、阿爾及爾、突尼西亞及的黎波里等地的港口為據點，其勢力在十七世紀中達到高峰，不僅掠奪海上商船，更綁架歐洲沿岸的基督徒，高價賣到伊斯蘭世界，這些被俘虜的歐洲人絕大多數終身為奴，由於販售歐洲白奴利潤極高，被稱為「白色黃金」，奴隸販售成為北非主要經濟支柱，導致無人敢在南歐沿海地區居住，以免被海盜俘虜，巴巴里海盜是而轉進北大西洋，遠達英國、荷蘭與冰島。這些基督白奴其中不少為學有專精的知識分子，如在十八世紀，構建出摩洛哥海城 Essaouira 的法國工程師奧泰多爾·柯爾律（Théodore Cornut）即是當時摩洛哥蘇丹——穆罕默德三世的奴隸。

也因此，作者在書寫《魯賓遜漂流記》時，憑藉的不僅是天馬行空的想像力，更從生活環境取材，反映當時生活，記錄下當時歷史。書裡的薩列港，此時依舊在，即是摩洛哥首都拉巴特旁的城市 Salé，雖非國家發展重鎮，人口依然眾多，從舊城牆與大砲仍可想見當年海盜王國的威風盛況。

這本書的閱讀層次是細膩豐富的，讓人可以在故事背後讀到十八世紀英國社會氛圍，一個朗朗朝向海洋探索、朝著新世界拓荒，進而征服自然力量的積極思維，讓人在字裡行間，享受著故事鋪陳的巧妙驚奇，甚至喚醒深藏在不安於室靈魂裡，對流浪與冒險的渴望，隨著文字，與主人翁一同在蠻荒野地探索、開創生命新經驗。

（本文作者曾旅居巴黎十二年半，立志當個「孤僻而偉大的人類學家」，卻為埃及樂舞，捨棄在象牙塔裡發亮的學術榮耀，終究取得法國社科院（EHESS）文化人類學與民族學博士，後曾返台短暫教舞。而內在流浪的渴望，又讓她出發前往摩洛哥人權組織工作，最後無可救藥愛上撒哈拉。目前已嫁作摩洛哥媳婦，定居南部撒哈拉綠洲，創辦天堂島嶼民宿，推動撒哈拉生態旅遊，在當地種樹以綠化沙漠，不時提供貧困的游牧民族些許協助，投身人權與生態志業。曾出版《管他的博士學位，跳舞吧》、《偏不叫她肚皮舞：一個人類學博士的東方舞授課手記》、《鷹兒要回家》等等。）

〈目錄〉

推薦序一
魯賓遜式的人生處境——三百年後重讀笛福的《魯賓遜漂流記》◎詹宏志——4

推薦序二
《魯賓遜漂流記》三百年祭！◎南方朔——12

推薦序三
激情是驟風，讓船隻揚帆——《魯賓遜漂流記》推薦◎蔡適任——17

第一章
初入世途——25

第二章
奴役與逃脫——37

第三章
荒島遇難——50

第四章 島上的第一週 68
第五章 蓋房子——日記 91
第六章 發病與內心的愧疚 110
第七章 務農體驗 127
第八章 探查小島 137
第九章 小艇 149
第十章 馴養山羊 166
第十一章 沙灘上的腳印 178
第十二章 隱蔽的石洞 191
第十三章 遇難的西班牙大船 206

第十四章 夢想成真 219
第十五章 教育星期五 234
第十六章 解救人質 251
第十七章 反叛者來訪 269
第十八章 收復大船 286
第十九章 重返英國 304
第二十章 星期五與熊之戰 320

第一章

初入世途

我生於一六三二年，在約克一個美滿的家庭。我們家並非本地人，我的父親來自布來梅，最初落腳在赫爾，藉由經商賺錢之後，便收起生意定居在約克。他在這裡和我的母親結婚，母親來自當地很有名望的魯賓遜家族，因此我叫魯賓遜．克魯尼茲。不過，英國的發音習慣不同，現在不論是讀是寫，都改用「克魯索」，我的朋友也都這麼叫我。

我有兩個哥哥，一個曾經在法蘭德斯擔任英國步兵團的中校，這個部隊過去是由知名的洛克哈特上校指揮的，後來他在敦克爾克附近死於一場與西班牙人的戰役之中；我從來不知道第二個哥哥的下落，就像後來我的父母也不知道我的下落一樣。

我是家中的三子，沒什麼太大的抱負，從小腦子裡就充滿了流浪的想法。我的父親很保守，他讓我接受家庭教育，就讀當地的免費學校，計畫讓我往法律的方向發展。然而，除了航海，我對任何事情都不感興趣，而這項執著使我違背了父親的意志和命令，也無視母親和其他友人的勸戒和懇求。似乎就是因為這種偏執，悲慘的命運注定降臨在我的身上。

我的父親是個莊嚴有智慧的人，他預見了我要走的路，給予嚴肅而精闢的忠告。有天早上，父親叫我到他的房間（他因為痛風只能待在那裡），他針對這件事溫和地規勸我。他問我除了流浪的想法外，還有什麼非離家不可的原因。他說，我留下來的話將會有很好的前途，靠著勤奮努力過上舒適歡愉的生活。他跟我說，只有走投無路或極度有野心的人，才會選擇出海這條險路。這件事對我來說不是過高就是過低，我屬於中等階層——應該說高階的底層。依照他多年的經驗，這是世界上最理想的階級，最能讓人獲得幸福；既不用在艱困的勞動中辛苦求生存，也不需耗心於上流社會的那些驕奢、野心，和妒忌。他跟我說，有件事可以斷定這個階層的幸福是讓許多人羨慕的：帝王常為高貴出身帶來的悲慘後果悲嘆，他們寧可生於貴賤兩個極端之間；有智慧的人也都認同這才是真正的幸福，祈禱自己不要過於貧窮或過於富裕。

他告訴我，上流社會和底層社會的人們總是生活在不幸中，中等階層的苦難最少，不像上流或底層的人會經歷那麼多盛衰枯榮。不僅如此，他們不會像那些揮霍無度、奢侈罪惡的人，或者那些為了溫飽艱困度日的人一樣，為了生活，身心飽受折磨。中等階層的生活積聚了所有美德和歡樂，中等階層要的是安定和充足，而節儉、謙遜、素樸、健康、社交，以及所有令人愉悅、令人嚮往的娛樂，都是生活中的幸福。他們沉默而圓滑，不必像奴隸一樣在艱困的環境中為每天的溫飽擔憂，也不會因妒忌、強烈的欲望和野心不得安寧。他們在單純的地方平靜度日，品嘗生活的甘甜滋味，感受自己的快樂，一天一天更加體認這一切。

接著，他用最溫柔的方式勸我別耍孩子氣，不要讓自己陷入以我的出身來說可以避免的苦難。我無需自己討生活，他會幫我鋪好路，盡全力讓我過他說的那種生活；但假如我還是不快樂或不順遂，那麼阻礙我的就是命運，以及我自己的過錯，他已經給過警告，這件事將傷害我，他的責任已了。總而言之，如果我照他的意思安分留在家中，他會全力支持我，他不願看我遭遇不幸，絕不鼓勵我離家。最後，他舉哥哥為例子，他說他也曾經同樣懇切地勸他別出國參戰，但他說服不了哥哥年輕氣盛的從軍意念（哥哥最後因此送命）。他說如果我執意走這條愚蠢的路，他會不斷為我祈禱，但上帝絕不會保佑我，當我走投無路的時候，一定會後悔沒有聽從他的勸告。

他最後這段話說得很準，但他應該不知道自己說的話成真了。當時他已經淚流滿面，尤其是談到哥哥的死的那部分；說到我將走投無路、求救無門的時候，他因為太傷心而無法言語，他說他的心充滿傷痛，再也無力跟我多說什麼了。

我由衷地被父親的話感動。說真的，誰能不感動呢？因此我不再考慮出海的事，決定按照父親的希望留在家中。哎！但是才過幾天，我的決心就又整個消失了。總之，為了避免父親使用更強硬的手段把我留下，幾個星期以來我都躲著他。然而，我已經不像剛開始那麼一頭熱地輕率行事，我在母親的心情看起來比平常好的時候去找她。我告訴她，我整個心只想著要出去看世界，不這麼做，我沒辦法安頓下來做事，父親最好同意，否則他就是逼我私自離家。我跟她說我已經十八歲了，不管當學徒做生意，或學習做律師都已經太晚了，而且我敢肯定自己一定會在學成之前就逃離老師出去航海。如果她能說服父親，讓我出海旅行一趟，或許我會因為不喜歡航海而返家，到時候，我會放棄這些念頭，我保證一定會用雙倍的努力來彌補浪費掉的時間。

母親聽了很激動。她跟我說她沒有理由再去跟父親提這件事，父親很清楚，答應我只會對我造成傷害。而且，她無法想像經過父親的一番懇談，我竟然還有這種想法，她知道父親對我溫柔和善。總之，如果我堅持要毀掉自己，我是不會得到任何幫助的，也別想得到他們的認同；對她來說，她絕對不會放我自尋死路，她不會讓我以後有機會說「父親雖然反對，但母親當初是同意的」這種話。

儘管母親拒絕轉達，我後來聽說她還是有把我和她之間的所有對話跟父親說。父親聽完，嘆了一口氣：「這個孩子如果留在家中會很快樂，一旦出海，他會是史上最不幸的人。我絕對不會答應。」

在那之後，不到一年我就走了，那段時間我很頑固，無視他們為我安排好的工作，還常常和他們發生爭吵，因為他們仍然堅決反對我想做的事。有一天，我在偶然間到了赫爾，其實當下我並沒有逃跑的意思。不過，剛好有位朋友要搭他父親的船去倫敦，他像個水手般慫恿我一起去，也就是說我可以免費出海。我沒有回家跟父母親討論，沒有留下任何訊息就離開了。我不求上帝和父親的祝福，也沒想過可能發生的狀況和後果。在那個只有上帝知道的不幸之日，一六五一年九月一日，我登上了一艘開往倫敦的船。我相信沒有任何年輕冒險家的不幸來得比我快，或延續得比我長。我們的船才剛駛離亨伯港，風就開始增強，海浪的模樣令人害怕。我從來沒看過這樣的海，身體的不適難以言喻，心裡也非常害怕。這個時候，我開始認真反省自己的行為，上帝為我的離家和不負責任做出判決；父親的好言相勸和眼淚，以及母親的懇求閃過我的腦中，當時僅存的一點良知，不斷譴責我違背了應該對上帝和父親負起的責任。

暴風逐漸增強，我從來沒見過海浪捲得這麼高。雖然還不及幾天後，或後來那些日子裡我看到的景象，但已經足以嚇壞一個經驗不足的年輕水手了。當時我感覺每道浪都會吞掉我們，每次搖晃，我都以為船會掉進海中的漩渦，再也浮不起來了。我在煎熬中許了很多誓言和決心，如果上帝讓我活下來，如果我還能踏上扎實的土地，我一定會直接回家找父親，有生之年不再上船。我會聽父親的話，永遠不再讓自己遭遇這種悲慘的狀況。我清楚看見了父親口中讚美的那些中等階層生活的優點；他過得多麼舒適輕鬆，沒有海上的風暴，也沒有陸上的紛擾。我決定像個浪子般好好懺悔，回到父親的身邊。

這些明智清醒的想法在暴風雨肆虐期間盤繞在腦中，但隔天風浪逐漸平息，我就開始習慣海上生活了。我有一點暈船，整天身體都不太舒服，直到入夜時天氣變得晴朗，風也停了，迷人的夜晚降臨。我清楚看見太陽落入海中又在隔日升起，陽光閃耀在平靜的海面上，這是我見過最美好的景色。

一夜好眠讓我神清氣爽，不再暈船，前一天兇猛粗暴的海瞬間變得平和讓我感到不可思議。此時，慫恿我出海的那位朋友，為了確保我沒有反悔而湊了過來。

「嘿，老弟，」他拍著我的肩膀說，「現在感覺怎麼樣？被昨晚那一陣輕風嚇壞了對吧？」

「輕風？」我說，「那是可怕的暴風雨。」

「暴風雨？別蠢了，」他回答，「那才不是什麼暴風雨。我們的船完好無缺，海面遼闊，那種程度根本不能算是風浪。不過你只是個菜鳥水手，來吧，老弟，讓我們喝碗酒忘掉一切。你看天氣多棒！」

我要簡單帶過這段讓人傷心的部分。我們用水手的方式調酒，我喝醉了。那個罪惡的晚上，所有的悔恨和反思，以及我原本下定的決心都沉入了海中。總之，風雨過後我的想法就變了，被大海吞沒的恐懼和憂慮全部消失，航海的夢想又回來了，我完全忘記苦難中發下的誓言和決心。事實上，它們偶爾還是會閃過腦中，但又馬上被我一手捂去。我讓自己跟其他人一起喝酒同歡，很快就控制了這些不良思想。五、六天後，我跟那些不願再受良心譴責的年輕人一樣，完全戰勝了良知。我注定要再遭遇不幸，天意如此；假如我不願意把握這次悔改的機會，那下一次的災難，可是連最凶惡的人也得求饒。

航行的第六天，我們來到雅茅斯港。暴風雨後天氣一直很穩定，但因為逆風，我們前進的速度緩慢，不得不停泊在這裡。這七、八天持續吹著西南逆風，許多來自新堡的船隻也在此停靠，等待風向改變才要繼續航行。

我們原本不打算停留這麼久，應該直接入河的，但風勢實在太大了，而且就在我們停泊的四、五天後更加猛烈。不過這個港口素有良港之稱，錨地好，我們的錨具也相當堅固，大夥兒一點也不擔心會有危險，全都照常休息玩樂。第八天早晨，風又增強了。我們全體動員收起中桅杆，固定住所有物品，確保船安然無虞。到了中午，風浪大捲，船不斷被沖入海中，有一、兩次我們都以為要脫錨了。船長下令抛下大錨，我們抛下船頭的兩個錨，並將繩索放到最長。

這時的暴風真的很嚇人，我看見那些水手的臉上顯露出了驚恐的表情。船長雖然保持警戒，試圖保護他的船，但當他進出船艙經過我的身旁時，我聽見他輕聲喃喃說著：「主啊，請憐憫我們！我們要被淹沒了！大家都玩完了！」大家開始慌亂的時候，我還傻傻躺在船艙裡面，我不知道該如何描述當時的心情：我沒有像上次那樣懺悔，良知已被我踐踏與背棄，我以為對死亡的恐懼已經過去，跟上次一樣不會有事的。直到我聽見船長經過我的身邊說著「我們要被淹沒了」，才真的害怕起來。我離開船艙向外看，那是一片從未見過的淒涼景象。海浪捲得像山一樣高，每三、四分鐘就重擊我們一次，所見的一切全是苦難。附近的兩艘船因為負載過重，已經砍去桅杆，我聽見一個夥伴大叫，前方一哩外有一艘船沉沒了；另有兩艘船脫錨，朝著大海漂去，船上一根桅杆也不剩。輕型的小船因為可以漂在海面上，受害最少，卻仍有兩、三艘還敞著小帆就被風捲走，經過我們旁邊被帶向海中。

到了傍晚，大副和水手長央求船長讓他們砍斷前桅。船長很不願意，但水手長說如果不這樣做，船一定會沉，他才同意。砍斷前桅之後，主桅杆也鬆動了，整艘船劇烈搖晃，迫使他們也將它砍斷。最後甲板上空無一物。

一個年輕水手在這種狀況中的模樣很容易想像。上次的風浪就讓我受到很大的驚嚇了，更何況這一次。非要比較的話，我對自己無視上回的教訓而重蹈覆轍的恐懼，比死亡本身帶來的恐懼還多上十倍；再加上這場可怕的暴風雨，我整個人陷入了精神恍惚，無法言語的狀態。更糟的還在後頭，暴風雨持續肆虐，連水手們都沒遇過這麼慘的狀況。我們有一艘好船，但因為負載過重而在海中顛簸，水手們不時喊著它要「沒頂」了。幸虧我當時不懂「沒頂」[1]的意思，後來問別人我才知道的。猛烈的暴風雨讓我看到一些平常少見的畫面，船長、水手長，還有其他比較有經驗的人都在祈禱，他們知道船隨時可能沉入海底。那天夜裡我們的苦難繼續，有人跑上來大喊船底進水了，另一個則說水已經積了四呎深，所有人馬上動員抽水。聽到這裡，我的心臟幾乎要停止跳動，整個人從床上向後倒進船艙。後來有個人喚醒我，他跟我說，之前我什麼事都不會做，但現在可以一起抽水。我馬上振作起來，賣力幫忙抽水。這時候，船長看見一些任由風浪漂蕩的運煤輕船正往我們靠近，他馬上下令施放信號彈。我不知道那是什麼意思，還以為船破了，或發生什麼可怕的事。總而言之，我昏了過去，當下每個人都想著自保，沒人注意到我的狀況。不過馬上有人接手了抽水的工作，他以為我已經死了，把我踹到一旁，過了許久我才自己醒過來。

我們持續工作，但水位仍不斷上漲，船很明顯會沉。雖然暴風雨已經有緩和的跡象，但這艘船已經不可能開回港口，因此船長不斷施放求救的信號彈。此時，有艘輕型船從我們的前面漂過，他們冒險派了一艘小艇來救我們。小艇極盡所能地靠近，但我們跳不上去，它也無法停到我們的船旁邊。後來小艇上的人拚命划槳，冒著生命危險要拯救我們，我們的人則把繫著浮筒的繩索從船尾抛下，將繩索放到最長。他們費盡心力才搆到它，然後我們馬上將他們拉近船尾，所有人都上了小艇。當時我們都知道要小艇划回他們的大船是不可能的事，只能任它在海上漂蕩，盡力往岸邊的方向划。我們船長承諾，假如小艇觸礁，他一定會好好賠償對方。就這樣，我們一邊划一邊漂蕩，朝著北方斜斜地前進，幾乎要漂到溫斯頓岬的附近。

1 原文為 founder，用於航海時有沉船的意思。

我們棄船還不到一刻鐘船就沉了，我也終於了解「沒頂」的意思。我必須承認，船員跟我說船即將沉沒的時候，我無力目睹那幅光景——與其說爬進小艇，我其實是被他們丟上去的。當時我驚嚇過度，滿心憂慮著眼前未知的一切，整個人處於失神狀態。

即便是這種狀況，大家仍然拚命划槳，讓小艇更加靠近岸邊。當我們在浪頂時，可以看見很多人沿著海岸跑動，準備在我們登陸時幫助我們。不過我們的速度很慢，始終接近不了岸邊，直到駛過溫斯頓的燈塔後，因為海岸線向西邊的克羅默內縮進去，陸地才幫忙擋掉了一點風勢。我們終於上岸，經歷了千辛萬苦，全部的人都平安，我們馬上步行走向雅茅斯。當地的官員、商人和船主都熱情地款待我們這些受難者，提供我們住宿的地方，還給我們錢，我們可以選擇繼續前往倫敦或回到赫爾。

如果當時我選擇回赫爾的家的話，一定會過得很幸福。我的父親會如救世寓言所說的，為了迎接浪子回頭而宰殺肥牛。他們聽聞我的船在雅茅斯港遇難之後，又過了很久才確認我沒有死在那場船難。

然而，我的厄運仍頑固地將我向前推，好幾次我聽見理智大聲叫我回家，但我無能為力。我不知道該怎麼說，有一股無法抗拒的神祕力量催使我走向自毀，即便我知道前面等著的是什麼，卻仍睜著眼向它走去。我難逃天意安排的厄運，我無視於所有的理智和勸說，以及我第一次冒險遭遇的兩個教訓，仍然持續向前。

之前慫恿我出海的那位朋友，也就是船長的兒子，反而變得比我退縮。我們到雅茅斯之後，因為住在不同的地方，過了兩、三天才見面。我必須說，一碰面我就發現他的語氣變了，他看起來很憂愁，不斷搖頭。他問起我的狀況，介紹我給他的父親認識，並向他父親說明此次出海只是我的一個嘗試，我還要去更遠的地方。他的父親轉向我，語重心長地說：「年輕人，你不該再航海。你必須將這次教訓視為一種徵兆，你不適合當航海人。」

「為什麼呢，先生？」我說，「你也不再出海了嗎？」

「我的狀況不一樣，」他說，「這是我的職業，而且我有責任在身，但這一次只是你的嘗試，你可以清楚看見上天正在告訴你執著於此的下場。或許就是因為你，我們才會遭逢這一切，就像開往『他施』船上的約拿[2]一樣。」

「你到底是什麼人？為什麼你要出海？」他繼續說。

然後我說了我的故事，他卻突然大發脾氣：「我是造了什麼孽，怎麼會有這麼一個不幸之人來到我的船上？給我一千英鎊我也不會再跟你踏上同一艘船。」老實說，我認為他是因為心疼自己丟了一艘船在對我發洩情緒，但他沒有權利這麼做。不過他馬上轉

2 聖經的《約拿書》中描述，約拿（Jonah）為了逃避耶和華給他的任務，搭上一艘開往他施（tarshish）的船，船在航行途中遇上可怕的風暴。這場風暴就是因為約拿觸怒上帝才出現的。

成冷靜的態度，規勸我回到父親身邊，別再違逆天意毀了自己，他告訴我上天明顯不贊同我的行為。

「年輕人啊，」他說，「照此看來，你若不願回家，去到哪裡都只會遭逢災難，直到你父親的話應驗在你身上為止。」

我們馬上就分道揚鑣了。我沒有對他多說什麼，也不知道他的去向，從此沒再見過面；而我，因為口袋裡有點錢，便經由陸路去了倫敦。路途中我的內心不斷掙扎：我的人生究竟該怎麼走？要回家，還是要出海？

一想到回家，羞恥馬上蓋過所有好的念頭。我會被鄰居們取笑，我沒有臉面對父母親，甚至羞於與其他人見面。後來我常想，人性多麼地荒謬矛盾，尤其是年輕人，任憑愚蠢的理由控制了自己：不以犯錯為恥，卻以懺悔為恥；不以犯下的傻事為恥，卻羞於改過。改過是智慧增長唯一的路。

我在這個狀態中掙扎了好一陣子，不確定該怎麼做，不確定人生該怎麼過。只是我仍然不情願回家，時間久了，苦難的記憶也就逐漸淡去，想回家的最後一點欲望跟著消失。最後我將這些念頭拋諸腦後，尋找再次出航的機會。

第二章

奴役與逃脫

這股邪惡的勢力先是將我帶離父親身邊，讓我無視所有告誡和勸說，妄想自己能夠快速致富，同樣的，它又驅使我再次走向最不幸的航海之路。我登上一艘開往非洲的船，這條航線水手們俗稱為幾內亞之航。

這幾次的冒險中，我最大的失敗就是從未以水手的身分上船。那樣的話，我的工作或許會比較辛苦，但我會學到航海人該具備的知識。即使沒辦法成為船長，應該也能當上大副或其他相關職位。然而，我命中注定要做出糟糕的選擇，這次也不例外。因為口袋裡有點錢，我總愛穿著體面的衣服，像個紳士般搭船。我在船上一直都沒有工作，也從來沒有想去學。

幸運的是，我一到倫敦就碰上一個很不錯的夥伴，這種事很少發生在我這種放蕩、誤入歧途的年輕人身上。惡魔通常一有機會就會出手，這次卻放過了我。我遇上一位去過幾內亞的船長，他在那裡賺得不少錢，現在想再去一次。我們聊得還算愉快，船長對我很感興趣，他聽到我想到處看看，就問我要不要跟他一起出海。他說我只要跟他作伴，一起用餐就好，不需任何費用。假如我想做點生意，他會給我一些建議，或許我能藉此賺上一筆錢。

我欣然接受，並和這位誠實坦率的船長成為好友。我們一起出航，我也帶了一些貨品在身上。在這位無私的船長朋友的指示下，我買了價值四十英鎊的玩具和一些瑣物出海，賺了不少錢。這四十英鎊來自我私下仍有聯繫的親友，我相信他們一定有跟我的父親，或至少母親講這件事。我想這筆錢有很大一部分是他們提供的。

這趟旅程是我所有的冒險中最成功的一次，我將它歸功於正直的船長。在他的指導下，我學會記錄航海日誌、觀測海象、數學，和其他相關的航海技術。簡單來說，我學會了水手應該具備的知識。他很樂意教我，我也欣然學習，這趟旅程讓我成為一個水手和商人。我帶了五磅九盎司的砂金回到倫敦，變賣之後換得將近三百英鎊；這讓我滿腦子快意思想，再也不可自拔。

不過在這趟旅行中，我還是發生了不幸的事。我們主要的航線是從北緯十五度開往赤道，一路上我都因為極度炎熱的天候飽受熱病之苦。

此時我已經認定自己是一個幾內亞的商人了，但我不幸的朋友回倫敦後卻很快就去世了。我決定再搭同一艘船，跑一次相同的路線，上次擔任大副的人現在成了船長。這是一趟最不幸的旅程。我將兩百英鎊寄存在船長的妻子那邊，她也對我非常好。不過即便只帶了一百英鎊，我還是遭遇了這次的巨大災難。我們的船朝加那利群島前進，或者說航行在加那利群島與非洲海岸之間時，某天清晨，一艘來自薩列的土耳其海盜船張滿帆，全速朝我們追來。我們趕緊也開帆加速逃離，但海盜窮追不捨，眼看著幾個小時後就要被追上。我們開始備戰，我們的船上有十二挺火砲，而他們有十八挺。當天下午三點左右，他們追上我們，沒撞到船尾卻誤撞後舷。我們移動八挺火砲到撞擊的那一側，對他們開火，逼得他們改變前進方向，但同時對面的兩百名海盜都拔槍攻擊。多虧我們隱蔽得很好，沒有人受傷。他們準備再次攻擊，我們全力抵禦，這次他們撞向船的另外一側，有六十名海盜趁機登上我們的甲板，立即砍斷所有桅杆和繩索。我們用小槍、短矛和炸藥奮力抵抗，兩度擊退他們。然而——在此我要簡單帶過這個悲傷的故事。我們無力再戰，三人死亡、八人受傷，只得投降，所有人都被俘虜到摩爾人所屬的薩列港。

我在那裡的待遇沒有一開始想像的那麼可怕，我沒有和其他人一起被送去皇宮，反而變成海盜船長的戰利品，成了他的奴隸。因為我年輕，身手又敏捷，對他來說很有用。從一個商人變成奴隸，這樣突如其來的轉折讓我心灰意冷。回首父親的預言，他說沒有人可以解救我將遭遇的不幸，現在最悲慘的狀況果真應驗在我身上。上天祭出懲罰，我再也沒有得到救贖的機會。哎！可悲的是，這不是我的谷底，往後還有一連串的不幸將要發生。

我的新主人帶我回家，剛開始我懷抱希望，期盼他會帶我出海。如此一來，他遲早要碰上西班牙或葡萄牙的戰艦，我就能重獲自由。不過這個希望很快就破滅了，他出海時，都把我留在家看顧他的小庭院，或做一些奴隸在做的苦工，當他返航回來，就命令我睡在船艙守船。

我整天苦思逃跑的方法，卻無一可行。以當時的狀況來說，我沒有任何成功的可能性。沒有其他奴隸可以跟我討論，沒有英國人，沒有愛爾蘭人，沒有蘇格蘭人，只有我自己。那兩年當中，即使曾幾度有過幻想，我卻沒有任何實行的勇氣。

兩年後，情況有了轉變，追尋自由的想法重新回到我的腦中。我的主人待在家裡的時間變得比原來還多，不再那麼常出海，我聽說，他很缺錢。因此每週有一、兩次他會搭從大船卸下來的小艇出海捕魚，天氣好的時候次數更多。他總會帶著我和瑪斯可幫他划槳，我們很能逗樂他，我又擅長捕魚，因此他偶爾也會讓我和他的一個摩爾人親戚，以及那位被叫做瑪斯可的青年一起出海為他捕魚。

某次我們在一個風平浪靜的早晨出海捕魚，一陣濃霧升起，即使離岸不到一里格[3]，卻已經看不見陸地。我們在方向不明的狀態拚命划了一天一夜，隔天早上卻發現我們是划向大海而非岸邊，離陸地至少有兩里格的距離。最後我們還是平安上岸了，但因為當天風勢強勁，我們費了很多力氣，每個人都疲憊不堪。

這次的事件讓我的主人有所警覺，他決定之後每一次出海，都要帶著羅盤和充足的糧食。他叫一位也是英國奴隸的木工，在一艘從我們英國船上搶得的長艇中央蓋一間客艙。如同駁船一樣，後面保留可容一人把舵、拉索的空間，前面的空間則可以讓一到兩個人升降船帆。長艇用的帆我們稱做三角帆，帆杆低垂，橫過艙頂。船艙的空間可供他和一、兩個奴隸躺著休息，還有一張餐桌，以及一些用來放酒的儲藏櫃，也可以存放麵包、米和咖啡。

我們經常開這艘船出海捕魚，因為我幫他捕到最多魚，他每次出海總會帶著我。某一次，他要我陪兩、三位在當地很有名望的摩爾人出海捕魚玩樂，前一晚我們連夜搬運大量的酒食上船，他還要我到大船上去拿三把槍，裝填好火藥，因為他們想一邊捕魚一邊打鳥。

我按照他的吩咐準備就緒，隔天早晨就上船清洗，掛上旗幟。一切都打理得服服貼貼等待他的客人，等了又等，只見主人獨自上船，他說客人臨時有事延遲了，要我跟平常一樣跟摩爾人與男孩一起出海捕魚。因為客人晚上要到家裡用餐，他吩咐我抓一點魚就馬上送回家，我當然答應了。

現在有一艘小船供我差使，逃走的想法重新跳回了腦中。主人一離開，我便著手準

3 一里格（league）等於三英里。

備，不是為了捕魚，而是為了遠走高飛。雖然我對該怎麼航行，該去哪裡一無所知，但沒時間顧慮那麼多了，只要可以逃離這個地方，去哪裡都行。

我的第一個計畫是找藉口讓那個摩爾人多拿一點東西上船。我跟他說，我們不應該吃要給主人享用的麵包，他覺得我說得沒錯，便去提來一大籃餅乾和三瓶水放到船上。我知道主人的酒箱放在哪裡，這些酒很明顯是從英國人手上搶來的戰利品。我趁摩爾人上岸的時候把酒箱搬到船上，擺放得像是我原本就為主人準備好的樣子，我還搬了很多蜜蠟上船，大約半擔[4]重，再加上一小包麻線、一把手斧、鋸子，以及一把榔頭。這些東西日後大有用處，尤其是蠟，可以製作蠟燭。我還對他玩了另一個把戲，他也天真地相信了。他的名字是伊斯梅爾，而人們都叫他穆利或莫利，因此我叫道：「莫利，主人的槍都在船上了，你能拿點火藥和彈藥來嗎？或許我們可以打幾隻水鳥（一種類似麻鷸的禽鳥）。我知道他把它們放在大船的彈藥箱裡。」

「好的，」他說，「我去弄一些過來。」

他果然拿來一大皮袋的火藥，大約有一磅半或甚至更多；另一只皮袋裝了五、六磅的霰彈和一些子彈，全部堆上船。同時，我也在主人的大艙裡發現一些火藥，我將一瓶快喝完的酒全倒入另一個酒瓶，將火藥填滿其中。一切就緒之後，我們便出港捕魚了。出海口的碉堡守衛認得我們，並未特別留意。我們出港還不到一哩就收帆開始捕魚，風從北北東吹來，跟我想要的正好相反；假如它從南邊吹來，我一定有辦法靠近西班牙的海岸，或至少能到加地斯海灣。不過我已經決定無論吹什麼風，都要逃離這個可怕的地方，剩下的就交給命運安排吧。

我們釣了好一陣子的魚，卻一無所獲，因為魚上鉤時我都故意不拉起來，我想他應該沒有發現這件事。我對摩爾人說：「這下不妙，我們沒辦法向主人交代。必須再到遠一點的地方。」他不覺有異，便答應了，他到船頭揚帆，我掌舵，我把船向外海開了將近一里格才停船假裝捕魚。我把舵交給那個男孩，向前走到摩爾人的後面，彎下腰假裝找東西。接著我出其不意地攔腰抱住他，把他從甲板上丟進海裡。他像個軟木塞一樣立即躍出海面，對我大喊，求我讓他上船，說他願意跟隨我到天涯海角。他跟在船後拚命游著，眼看著就要追上來，當時只吹著一點小風，我趕緊走進船艙，拿了一把獵槍亮給他看；我跟他說我無意傷害他，假如他願意安分，絕對不會有事。

「而且，」我說，「你游泳游得很好，可以自己回到岸上。海也很平靜，想辦法游回去吧，我不會傷害你。不過，如果你敢靠近這艘船，我會射穿你的腦袋，我已經決定這次要獲得自由。」聽完他馬上掉頭往岸邊的方向游去，我相信他一定能輕鬆上岸，因為他真的很會游泳。

4 一擔（hundredweight）相當於一百一十二磅。

我本來可以留摩爾人在身邊，推那個男孩下水，但我實在不敢冒險相信他。他走後我轉向男孩，人們都叫他殊里，我對他說：「殊里，如果你效忠於我，我保證讓你成為一號人物；假如你不願擊臉以示忠誠（也就是以穆罕默德和父親之名起誓），那我必須也把你丟進海裡。」男孩對著我笑，無邪地說他願意效忠於我，我無法不信任他，他說他願意跟隨我到任何地方。

游泳的摩爾人還在視線範圍內時，我讓船直接朝外海駛去，好一陣子都逆風，只為讓他們以為我是開向直布羅陀（事實上，稍微有點腦袋的人應該都會這麼做）。沒有人會認為我們可能往南開向蠻荒的海岸，那邊的黑人聚落會用獨木舟包圍，並摧毀我們的船；一旦上岸，我們會被野獸，還是殘忍的野人吃掉？

然而，夜幕一降臨我馬上改變航向。我直向東南方前行，接著再略微偏東，以便沿著海岸走。當時風勢緩和、海面平靜，隔天下午三點左右就能靠岸，我估計已經由薩列向南走了至少一百五十十哩，遠離摩洛哥國界或任何王國的領地，因為我們沒有遇見任何人。

我被摩爾人嚇壞了，我知道如果再落到他們手裡，下場會有多可怕。因此我沒有停下來，也沒有下錨靠岸。風穩定吹著，我順勢繼續航行五天，風向漸漸轉為南風，我認為即使有任何船隻在後頭，此時也該放棄了。我大膽靠近岸邊，在一條河流的入口處停錨。這裡是哪裡，緯度幾度，是哪個國家的領地，或這是什麼河，我一無所知；我沒看到任何人，也不想看到，我只想要找一些清水。傍晚時分，我們開進小灣，決定天黑就游泳上岸。然而天一黑，我們馬上聽到許多可怕的嘶吼和吠叫聲，根本不知道是什麼野獸。那個男孩嚇死了，求我等到天亮再上岸。

「好吧，殊里，」我說，「我們不上岸，但白天我們可能會被人看見，他們跟那些獅子一樣可怕。」

「那我們給他們射槍，讓他們跑走。」殊里笑著說。

殊里是奴隸裡少數能說點英文的人，看到他這麼開心我很高興，我從主人的酒箱倒了一小杯酒為他打氣。畢竟殊里的建議很好，我也採納了，我們拋下小錨，靜靜躺了一夜。靜靜躺著，卻無法入眠，因為每一、兩個小時我們就會看見各種巨大的野獸（我不知道該怎麼稱呼牠們）來到海岸邊，衝進水裡打滾、洗澡，或沖涼。牠們發出的可怕咆哮和吼叫聲，是我從未聽過的。

殊里嚇慘了，其實我也一樣，只是當我們聽到這些巨獸游向我們的船時，更是害怕。我們看不見牠，但是從牠噴水的鼻息可以知道牠是一隻巨大兇猛的野獸。殊里說那是一頭獅子，我想大概沒錯。殊里哭著要我起錨把船划走。

「不，」我說，「殊里，但我們可以把浮筒綁在繩索上，然後往海的方向走，牠們跟不了多遠。」

話才剛說完，我就查覺有一隻野獸（管牠是什麼）來到離我們只有兩支槳的地方，我嚇了一跳，趕緊跑到艙門拿槍對牠開火，牠馬上掉頭往海岸的方向游去。這聲巨響讓整片山野響起可怕的吼叫、嗷泣和怒吼，我完全無法形容，我想這些猛獸過去從來沒有聽過槍的聲音。這讓我確信我們不能在夜晚上岸，但白天該如何上岸又是另外一個問題；落到野人手中和落到獅子老虎的口中都很糟糕，對我們來說一樣危險。

儘管如此，我們必須上岸找水，船上只剩不到一品脫的水。問題是，該在什麼時候，用什麼方法找水？殊里跟我說假如我讓他帶一個瓶子上岸，他會找到水並帶回來給我。我問他為什麼是他去，而不是他留在船上讓我去？這個男孩的回答讓我很感動，從此我更加喜愛他。

「要是那些野人來，他們吃我，你就跑走。」他說。

「嘿，殊里」我說，「我們一起上岸，假如野人來了，我們殺掉他們，誰也別想吃我們。」

我給殊里一片麵包，再幫他倒一杯主人的酒。我們把船拉向岸邊，在一個適當的距離下船，只帶著槍和兩瓶水就涉水上岸。

我不敢讓船離開視線，就怕野人會從上游順流而下。不過男孩看到一哩外有個低地，馬上跑過去，過一會兒我看他向我奔來，以為是有野人在後面追趕，或是驚動了什麼野生的猛獸。當他更靠近時，我看到他的肩膀上掛著東西，一隻像是野兔的生物，但毛色不太一樣，腿也比較長。我們對此相當高興，那一定是很好吃的肉。不過，更令人開心的是，殊里跟我說他找到清水了，而且沒發現任何野人的蹤跡。

後來我們才知道根本不需要這麼辛苦找水，潮水退去時，稍微沿著河往上走就有清水了，因為潮水沒有漲得太高。我們把水瓶裝滿，殺掉那隻野兔飽餐一頓，接著準備繼續上路。在這一帶也沒有看到任何人類的蹤跡。

我曾經到過這片海岸，也很熟悉加那利群島和維德角群島，我知道兩個群島都在這片海岸的不遠處。不過我沒有儀器可以測量緯度，也記不得兩個群島確切的座標，因此不知道該怎麼尋找它們，也不知道什麼時候離開海岸才能靠近它們。若非如此，我可能早就發現這些島了。我現在抱持的希望是沿著海岸走，假如碰上英國船的貿易航道，就能藉由船上的商標認出他們，藉此獲救。

依照我的判斷，我們現在應該是介於摩洛哥王國和黑人聚落之間，某個除了野獸之外無人居住的荒野。那些黑人因為懼怕摩爾人而放棄此地，往南遷徙，摩爾人則因為這裡太過荒蕪，認定不值得定居。事實上，兩邊的人都是因為這裡藏匿著無數老虎、獅子、豹和其他兇猛的野獸才放棄的。摩爾人只會來這裡打獵，每次都像軍隊出征，浩浩蕩蕩兩、三千人一起來。我們也在白天確認過，這裡綿延一百多哩的海岸都是一片荒涼的景象，夜晚除了野獸的咆哮吼叫聲之外，什麼也聽不到。

有一、兩次在白天時，我認為我看見了隸屬於加那利群島的特內里費山的頂峰，我決定冒險前往那裡。不過嘗試了兩次，都因為逆風被逼回來，對我的小艇來說，浪湧得太高了，只得按照最初的計畫沿海岸航行。

重新啟航後，我們幾次被迫靠岸尋找清水。特別是某一天清晨，我們下錨停在一處地勢較高的小岬角前，潮水開始上漲，我們靜待時機，準備再靠近海岸一點。眼睛比我尖的殊里輕聲呼喊我，他說我們最好離岸遠一點。「因為，」他說，「你看，有一隻可怕的怪物躺在那座小丘下睡覺。」我看向他指的方向，果然有可怕的怪物躺在海岸邊的山影下，那是一隻巨大無比的獅子。

「殊里，」我說，「你上岸去殺了牠。」

「我殺！牠吃我就一口。」殊里看起來很害怕。他的意思其實是「一口就吃掉我」，但我沒有對這個男孩多說什麼，只吩咐他靜靜躺好。我取出我們最大把的槍，填滿火藥並裝上兩發金屬彈，然後先放在一旁。接著我把兩個子彈裝進另一把槍，再為第三把槍裝進五個小一點的子彈（我們共有三把槍）。我拿起第一把槍瞄準牠的頭，但牠躺著時一隻腳擋在鼻子前，因此子彈擊中牠的膝蓋附近，擊碎了骨頭。牠驚起吼叫，發現自己的腿斷了，於是又再倒下，接著用三隻腳再次爬起，發出我所聽過最驚人的怒吼。對於沒有射中牠的頭我感到有點訝異，立即拾起第二把槍，即便牠已經開始移動，我還是射中了頭，我滿意地看牠嗚咽著倒下，拚命掙扎。殊里的勇氣來了，他要我讓他上岸。

「去吧，」我說。那男孩立刻跳進水中，一手握著小槍，一手划水上岸。他靠近那頭野獸，把槍口對準耳朵，再次擊中牠的頭部，了結了牠的生命。

這對我們來說只是一場遊戲，因為獅子的肉不能吃。我對此有點失望，我們損失了三槍的火藥射一隻毫無用處的獵物。不過，殊里說他想從牠身上取點什麼，因此他上船來問我能否給他手斧。

「殊里，你要用它做什麼？」我說。

「我砍下牠的頭。」他說。

不過殊里砍不斷牠的頭，只砍了一隻腳帶在身上，那真是一隻巨大的腳。

我揣測著牠的毛皮或許有點用處，決定剝掉牠的皮。我和殊里開始工作，他做得比我好多了，我實在不太知道該怎麼弄。事實上，這件事花了我們一整天的時間，最後終於把皮剝下來，攤在船艙上讓太陽曝曬。兩天後，毛皮就曬乾了，後來我都躺在這張獅子皮上休息。

第三章
荒島遇難

此次停船後，我們持續航行了十到十二天左右。因為糧食日減，我們吃得很省，不到非得補充清水時也不靠岸。我的計畫是找到甘比亞河或塞內加爾河，只要是維德角附近都行，這些地方比較有希望碰上歐洲船。不這麼做的話，我就不知道該怎麼走了，只能到處尋找島嶼，然後死在當地的黑人手裡。我知道所有開往幾內亞、巴西，或東印度群島的歐洲船，都要取道於維德角或附近的島嶼。總之，我把一切都寄託在這個機會上了，如果沒遇到船，就只有死路一條。

按照計畫航行了大約十天，就像我說的，沿岸的陸地開始有人居住。其中有兩、三個地方，我們看見人們站在岸邊看著我們，他們的皮膚相當黑，很明顯全身赤裸。有一次我想上岸接近他們，但我的好顧問殊里說：「不去、不去。」然而，我還是把船往岸邊靠近了一點，以便可以跟他們對談。我發現他們沿海岸跟著船跑了好一段路，除了一個人拿著一條長竿之外，其他人手上都沒有武器。殊里說那是一種標槍，他們可以射得又遠又準。因此我讓船保持相當的距離，竭盡所能地用手勢與他們溝通，尤其做了很多想要吃東西的手勢。他們招手示意我停船，他們才能拿一些肉給我。我把頂帆收起，停下船，然後他們有兩個人往內陸跑去，過不到半小時就帶著兩塊乾肉和一些穀物回來了。看來那是此處的主食，但我們沒看過這種食物。我們很樂意接受，但另一個問題是，該怎麼從他們手上拿過來？我不願意冒險靠岸接近他們，他們對我們的恐懼也不相上下。後來他們想出了一個安全的辦法，他們把食物擺放在岸邊，然後站到很遠的地方觀望，直到我們把食物拿上船了才又靠近。

我們沒有東西可以回報，只好打手勢表達感謝。此時，報答他們的好機會立刻出現了，當時我們的船還靠在岸邊，山邊來了兩隻巨大的野獸，牠們追逐著彼此（在我們看來是如此）；我們不確定是公獸在追母獸，還是在玩耍或打鬥，也難以判斷這是正常還是異常的情況。不過我相信應該是後者，首先，這些野獸白天很少會現身；第二，我們發現岸上那些人驚恐萬分，尤其是女人。除了拿著標槍的男人之外，其他人全逃跑了。不過兩隻野獸直接往水裡跑，似乎無意攻擊那些黑人，牠們直接跳進海中游泳，好像只是來玩的。最後，其中一隻出乎我的意料，竟然往船游過來，但我早有所準備。我已經把槍裝滿彈藥，以便應對所有可能的狀況，也吩咐殊里準備好另外兩把槍。當牠一進入射程範圍，我就開火直接擊中牠的頭，牠立即沉入海中，又馬上浮起，在水中載浮載沉拚命掙扎。牠立刻往岸邊游去，但因為受了致命傷又嗆了水，上岸前就死在海中。

很難形容這些可憐的人們看見火光、聽見槍聲時的驚慌，有些人甚至跌在地上像要嚇死了一樣。當他們看見野獸已經死了，也沉進水中，而我又打手勢要他們靠近岸邊時，才鼓起勇氣過來，開始尋找那頭野獸。我藉由水面上的血跡找到牠，用繩索套住牠，把牠交給那些黑人。他們拉牠上岸，發現是一隻很少見的花豹，牠身上的斑紋相當絕妙。黑人們舉手對我表示敬佩，想著我究竟是怎麼殺掉牠的。

另外一頭野獸被火光和槍聲嚇得游上岸，直接奔回牠們來處的山中，因為距離很遠，我看不清牠是什麼東西。我發現黑人們很快吃起那頭猛獸的肉，我也很樂於送給他們；當我打手勢示意他們可以帶走牠時，他們非常感謝我。他們即刻開始下手，雖然沒有刀，但利用削尖的木頭剝皮的速度，甚至比我們拿刀還流暢。他們要給我一些肉，我拒絕了，我表示肉是要給他們的，但我想要牠的皮。他們大方地給我毛皮，還拿大量的糧食給我們，雖然不知道那是什麼，但我還是接受了。然後，我打手勢跟他們要一些水，並拿出一罐瓶子倒過來顯示它已經空了，希望可以填滿它。他們馬上呼喚夥伴，不久就來了兩個扛著一個大土缸的女人，我想那應該是用陽光曬成的土缸。他們同樣把土缸擺在岸邊，我讓殊里去把三個瓶子都裝滿。那些女人跟男人一樣全身赤裸。我的糧食和水都已經準備充足，準備告別友善的黑人們。我們沒有靠岸，向前航行了大約十一天，直到我看見前方四到五里格之處，有陸地長長地延伸出海上。當時海面平靜，我與陸地距離約兩里格，繞過那個尖角後，看見另一側的海上有平坦的陸地。我斷定這就是維德角，以及那些被稱為維德角群島的島嶼。然而，這些島離我們還有一段很長的距離，我不確定怎麼做比較適當，因為如果遇上強勁的風，我可能到達不了任何一座島嶼。

我因為進退兩難而憂慮，走進艙房思考，由殊里接手掌舵。突然間，這個男孩大叫：「主人、主人，一艘有帆的船！」這個笨男孩嚇得失去理智，他以為是前主人派船來追我們，但我知道我們已經位於他們不會追來的遠途了。我衝出船艙立刻看見它，不止是船，還是一艘葡萄牙的船，我想應該是要去幾內亞海岸買賣黑人的。我觀察它的航行方式，馬上了解他們是往另外一個方向前進，沒有靠岸的計畫。我必須盡可能往外海前進，想辦法跟他們接觸。

我張帆全速前進，但我發現即便如此，我也追不上他們，他們會在我打出任何信號之前消失無蹤。就在我開始感到絕望時，他們好像藉由望遠鏡看到我了，他們可能以為我是某艘失航的歐洲船，開始減速讓我追上去。我大受鼓舞，拿出前主人的信號旗求救，並鳴放一槍，兩者他們都注意到了；不過後來他們說沒有聽到槍聲，但看見了煙。看到信號後，他們停下來等我，過了三小時左右我才趕上他們。

他們用葡萄牙語、西班牙語和法語問我是哪裡人，但是我都聽不懂。最後船上有位蘇格蘭水手來跟我溝通，我說我是英國人，剛從摩爾人的手上逃出來。他們讓我上船，並且友善地讓我帶著所有的物品上去。

我的喜悅難以形容，不敢相信自己竟然從那麼悲慘絕望的狀況中得救了。我立刻想要把所有的東西獻給船長做為回報，但慷慨的他說，他不會拿任何東西，安全抵達巴西後，這些仍全都屬於我。

「因為，」他說，「救你一命其實等同於救了我自己一命。說不定哪一天我也會在同樣的情況下需要別人救我。況且，當我把你帶到巴西，和你的國家距離非常遙遠。我拿走你的東西，你將餓死在那裡，那樣我只是害了我所救下的生命。」

「不，」他又說，「不，英國先生，我會無償送你到巴西。你那些物品可以讓你買些東西過活，並籌措回家的費用。」

他善良且正直地履行了他提出的建議，命令船員不准碰我的東西，還親自替我保管，並清點一份明細以便我日後提領，連三瓶水都沒有遺漏。

至於我的小艇，那是一艘好船，他看了之後，跟我說他想買下來用在他的船上，問我要賣多少錢。我說他待我如此仁慈，我不能跟他收錢，我會直接給他這艘船。於是他開給我八十銀幣的期票，我可以在巴西兌換現金，假如到時候有人願意出更高價，他會再補上差額。他也開價六十銀幣要買殊里，但我不太願意；並非我不願意把殊里讓給船長，我是不想出賣這個可憐男孩的自由，畢竟他一路忠誠地幫助我來到這裡。我讓他知道理由後，他認為很有道理，然而他提出了一個折衷的辦法，如果殊里願意成為基督徒，他會在十年後放他自由。殊里也說願意跟隨船長，於是，我就讓船長擁有他了。

前往巴西的旅途一路順暢，我們在大約二十二天之後抵達聖托多斯灣，或稱萬聖灣。我從最不幸的災難中獲救了，現在得開始考慮下一步該怎麼走。

我永遠無法忘記船長的慷慨。他不僅沒有收船費，還用二十枚銀幣換我的豹皮，四十枚銀幣換獅皮，並將我所有的家當如實歸還給我。他還買下所有我想出售的物品，包括酒箱、我的兩支槍，以及我做蠟燭剩下的一些蜜蠟。總而言之，這些貨物為我換得兩百二十枚銀幣，我將帶著它們踏上巴西的陸地。

剛到不久，我就被介紹到一個跟船長同樣正直的人的家裡，這個人擁有一片甘蔗園和製糖廠。我住了一段時間，學得種植甘蔗和製糖的方法，也見識到種甘蔗的人優渥的生活，以及他們快速致富的方法。我下定決心，假如我可以得到居留證，我也要加入他們的行列，找時機把留在倫敦的錢匯過來。為了取得居留證，我衡量自己留在倫敦的資本，盡可能買下最多的未開墾的荒地，並擬定一份種植和定居的計畫。

我有一個鄰居叫威爾斯，他是來自里斯本的葡萄牙人，但父母親都是英國人，我們的處境有點相似。我會叫他鄰居，是因為他的田就在我的隔壁，經常會有往來；我們的資金都不是很多，前兩年只種一些糧食。不過，我們開始累積財富，事業漸漸步上軌道。因此，第三年我們種了一些菸草，並各買一大塊地準備來年開始種植甘蔗。只是我們都很缺人手，至此我才發現把殊里讓給別人是個錯誤。

不過，哎！做錯決定對我來說也不是什麼稀奇的事，錯誤無法彌補，我只能繼續前進了。我現在在做的事與我的天性相違，更遠非想望中的生活，為了理想，我無視父親的勸戒並離開他，現在卻過著他當初建議我的中等階層，或所謂高階的底層生活。假如我想過這種生活，當初留在家鄉就好了，何必吃這麼多苦頭。我常跟自己說，在英國可以在親友的陪伴下過這種生活，我卻跑到五千哩之外的荒地，和陌生人及野蠻人為伍？在這麼偏遠的地方，沒有人會知道我的消息。

我對自己的處境懊悔不已。除了偶爾和鄰居聊天外，我沒人可以商量，沒有人會幫我完成工作，我只能親手勞動。我常說，我就像被放逐到荒島一樣，孤單一人。上天是公正的！當你不滿現況，還拿更糟的處境相比時，上天就會給你一些改變，讓你知道當初的生活多麼幸福。我必須說上天是公正的，我如果繼續過那樣的生活，可能已經非常富有，但我卻偏執地拿它跟荒島比較，因此荒島生活注定要實現。

就在我的事業開始有點成績時，我那位好心的朋友，也就是在海上救了我的船長回來了。他的船停在此處上貨，為下一趟將近三個月的航程做準備。當時我對他提過我在倫敦有點積蓄，因此他給了我一個友善而誠懇的建議：「英國先生，」他總是這麼叫我，「假如你給我一封信，一份委託書，請倫敦那位幫你保管財產的人把錢送到里斯本，我會請我指定的人幫你買一些適合此地的物品，然後再幫你帶回來，如果上天保佑我回得來的話。不過因為天有不測風雲，我建議你先用一半的財產，也就是一百英鎊，來做這項冒險就好。成功了，你就用同樣的方法再做一次，真有什麼意外，至少你還保有另一半的財產可以使用。」

真是一個設想周到的建議，我相信這是最好的辦法，於是，我如他所言寫了一封信給幫我保管財產的女士，附帶一份委託書給這位葡萄牙船長。

我在給英國船長遺孀的信中，鉅細靡遺地闡述了所有遭遇：我是如何變成奴隸又逃脫的，如何在海上碰到這位葡萄牙船長，以及他充滿人道的行為。現在的處境又如何，最後清楚指示該怎麼處理我的財產。當這位有誠信的船長抵達里斯本後，他透過當地的一位英國商人幫我送信，還跟他說了我所有的故事，並轉達給倫敦的女士。後來她不僅把錢匯回來，還自掏腰包買了厚重的禮物給葡萄牙船長，報答他對我的恩情。

這位英國商人用這一百英鎊按船長的指示買好英國貨物，直接寄到里斯本給他，船長再幫我安全帶回巴西。不僅如此，他另外幫我買了一些他認為我會需要的工具、鐵器，以及其他對我的蔗田事業有用的器具（我太年輕，考慮得不夠周到）。

這些貨物抵達時，我喜出望外地認為自己發財了。我這位優秀的經理人，也就是船長，還利用婦人贈與他的五英鎊，為我帶回一個傭人，簽訂六年合約——他除了我執意給的一點自製的菸草之外，什麼酬勞也不拿。

不僅如此，我所有的貨物都是英國製的產品，包括布匹、呢絨和厚羊毛毯等等，在這個地方很有市場，也特別值錢。我設法高價售出，從第一批貨就賺得四倍的利潤。就甘蔗園的經營來說，我徹底超越了那位可憐的鄰居，此時我做的第一件事，就是買一位黑奴和歐洲傭人，我的意思是除了船長從里斯本帶回來給我的那位之外，再多買一位。

然而暴富時常是巨大災難的前兆，我的狀況就是如此。隔年我的事業更進一步，我在自己的田地裡收穫了五十大捆菸草，遠遠多於鄰居的需求量。而這五十捆菸草，每一捆的重量都超過一英擔，我妥善地熟成，等待貨船從里斯本回來。生意興隆以及財富增加，使我的腦袋開始充滿不切實際的計畫和想法，即使是紅頂商人也會毀在這種幻想之上。

如果我安於當時的生活，一定會獲得父親懇切建議我的那種中產階級最能享有的平靜、安逸的幸福人生。然而我沒有那麼做，我因為自己的任性招來不幸，日後回想起來，只有加倍的懊悔。所有的失敗明顯來自我對航海的執念，為此捨棄大自然和上天賜與的坦途，無視自己該盡的職責。

跟我當初逃離父母的狀況一樣，我對現況感到不滿，覺得自己必須離開，必須放棄當一個富裕的蔗園主人。我不願腳踏實地走正道，只想追求不切實際的快速發達，因此我再次陷於最不幸的深淵。若非如此，我應該會擁有一個幸福的人生。

接著，讓我詳細講述這段故事。你或許已經猜到了，我在巴西住了將近四年，事業蒸蒸日上，不僅學會當地的語言，也和同業的夥伴，以及來自聖薩爾瓦多的商人建立良好的友誼關係。閒聊時我常提到我去幾內亞海岸的兩段經歷，說明他們如何買賣黑人，如何用一些像是珠子、玩具、小刀、剪刀、手斧、玻璃器皿一類的瑣物，輕鬆換得砂金、穀物和象牙，以及許多在巴西用得到的東西。

他們對這個話題很有興趣，尤其是買賣黑人的部分。當時這種交易並不盛行，還要有西班牙和葡萄牙國王的批准才能進行，在買賣被壟斷的情況下，黑人的數量很少，價格昂貴。

有一次，我又和幾個熟識的同業和商人熱烈討論起這些事。隔天早晨有三個人跑來找我，他們對我前一晚說的事很感興趣，有個祕密計畫想跟我說。確認我會保密之後，他們說，想弄一艘船去幾內亞。他們跟我一樣從事種植事業，對於人手的缺乏都很苦惱。不過買賣黑人不是一件可以長期經營的事業，因為帶回來的黑人不能公開販賣，他們決定只出海一趟，帶幾個黑人上岸私自留用。簡而言之，他們希望我上船當管貨員，處理抵達幾內亞後的商務。他們說我不需要出資，回來之後還能平分黑奴。

坦白說，這對一個尚未置產，無需管理甘蔗園事業的人來說，會是很吸引人的提案，不用成本卻能得到可觀的利潤。而我，我已經在此打下根基，只要穩定經營個三到四年，再從英國弄回那一百英鎊的話，我的財產幾乎可達到三、四千英鎊，而且還會持續增加。在這種情形下，一個人如果還想去跑這麼一趟，簡直是天底下最荒謬的事。

然而，我天生就是一個自毀者，就像當初我任由流浪的想法馳騁，無視父親的好言相勸一樣，我說什麼也抵抗不了這次的提案。總之，我跟他們說我非常想去，但我不在的這段時間，需要有人幫忙管理事業，或者，假如我遭遇不幸，他們會按照我的遺囑處理財產。他們全都同意，並立下契約。我寫下一份正式的遺囑，假如我死了，那位曾經救過我的船長會是我的繼承人，前提是他必須按照我的指示處理遺產：一半屬於他，另一半要送回英國。

總之，我盡我所能地保護我的財產和田地。如果我把這種謹慎拿一半用在衡量利益得失，判斷什麼該做，什麼不該做的話，我一定不會放棄日漸繁盛的事業和人生前景，冒這麼大的風險出海。更何況我很清楚自己是個特別不幸的人。

只是我被幻想驅趕著盲目向前，早已失去理智。當船準備就緒，貨物裝載完成，和同伴們之間的協議也都確定沒有問題後，我便在一六五九年九月一日這個不祥的日子登上了船，恰好跟八年前我無視自身利益，違背雙親意願離開赫爾是同一天。

我們的船載重約一百二十公噸，裝設六門火砲，扣掉我、船長和他的小僕人外，還有十四個人。船上沒有大型貨物，盡是些適合跟黑人交易的雜貨，例如珠子、玻璃器皿、貝殼，以及小望遠鏡、小刀、剪刀、手斧等等。

上船的當天我們就出海了，我們先沿著海岸向北航行，依照當時去非洲常走的路線，計畫在北緯十到十二度左右穿渡海洋到非洲沿岸。沿著海岸航行的那段路，天氣非常晴朗，但極度炎熱，直到遇上聖奧古斯丁角後，開始遠離岸邊向外海航行，方向朝著費南多迪－諾羅尼亞群島往北北東航行，最後從群島的西側經過。我們照著這條航線航行，約在十二天後穿越赤道，根據最後一次的觀測紀錄，我們是在北緯七度二十二分的位置被一陣猛烈的龍捲風（或颶風）吹離了航道。起初，它從東南方吹來，接著轉向西北，最後變成東北風。猛烈的強風吹襲整整十二天，我們無法航行，只能任由命運和狂風擺布。無須多說，這十二天當中，我每天都做好被大海吞噬的準備，船上沒有人認為自己能活命。

除了對風暴的恐懼，這場災難還讓一個夥伴死於熱病，另有一個男人和那個小僕人被吹落海中。大約到了第二十天，天氣逐漸緩和下來，船長竭盡所能想找出我們所在的位置，最後發現約是在北緯十一度，但卻是聖奧古斯丁角西邊二十二經度的地方。這代表我們已經過了亞馬遜河，在巴西北部的圭亞那沿岸，正朝著人稱「大河」的奧里諾科河而去。船長找我商討接下來的航程，因為船身已有滲漏，損傷嚴重，他認為應該直接駛回巴西海岸。

我明確反對這個提議，和他一起查看美洲的海岸地圖。結論是附近毫無人煙，除非我們行駛到加勒比群島，否則得不到救援。我們最後決定開往巴貝多群島，只要遠離海岸，避開逆向的墨西哥暖流，預計可在十五天內抵達。假如在那裡我們沒有得到任何協助，人和船都不可能再繼續前往非洲海岸。

我們依照計畫改變航道，朝西北西的方向航行，希望能找到某個由我們英國管轄的群島，並在那裡獲得救援。然而，這趟旅程並非我們能掌控的，在北緯十二度十八分時，我們遭遇第二個風暴，猛烈的風勢再次將我們向西帶，遠遠吹離了當時的商貿航道。在這種情況下，即使我們在海上存活下來，也會被野人吃掉，根本不可能平安歸國。

這場暴風相當強勁，清晨時有個夥伴大叫：「陸地！」我們立刻衝出船艙，想看看我們到底置身何處，但就在那一刻，船卻擱淺在沙洲上動彈不得。海浪持續撞擊，我們隨時都可能全軍覆沒，只能趕快躲回船艙中，擋避兇猛的海浪。除非親身經歷，任何言語都難以描述人在這種狀況下的驚恐。我們不知道自己身處何處，不知道將被帶向何方，陸地或島嶼？有沒有人居住？此時的風勢雖略為緩和，但依舊猛烈，我們都很清楚，除非有奇蹟出現，讓風勢突然止息，否則我們的船隨時都可能被海浪擊碎。當時我們相互對視，每個人都已經做好準備，隨時要到另外一個世界去了，在這種情況下，我們已經無計可施。不過船並沒有如預期的崩解，這讓我們稍微放鬆了一點，船長也說風勢開始減弱了。

不過即使風勢減弱，船仍然緊緊卡在沙洲上，我們的處境還是相當危險，只能拚命想辦法讓自己生存下來。暴風來臨前，船尾本來有一艘小艇，但這艘小艇先是被強風吹向船舵，撞個粉碎，接著不知道是沉入海中還是被沖走了，已經毫無指望；船上還有另一艘小艇，但要如何將它放到海中又是個問題。只是此刻已沒有任何爭論的空間了，船隨時都可能支離破碎，甚至還有人說她其實已經破了。

在這個危急時刻，大副扛住那艘小艇，其他人幫忙用繩索將她吊在船邊。我們都上了小艇，任她漂流，把十一條命全交給仁慈的上天和狂野的大海。風勢已經減弱，海浪卻仍然捲得相當高，荷蘭人說，暴風雨中的海是「瘋狂的海」，形容得真是貼切。

當時的狀況很淒慘，我們很清楚小艇難以在如此洶湧的海中倖存，一定會被淹沒。我們沒有帆，即便有也毫無幫助；所有人像趕赴刑場一般抱著沉重的心情划槳，試圖讓小艇靠近海岸，但我們都很清楚，這艘小艇愈靠近海岸，愈有可能會被海浪撞個粉碎。然而，我們也只能誠摯地把靈魂獻給上天，順著風勢靠近岸邊，就算這只是在親手加速自己的死亡。

我們無從得知等著我們的究竟是岩岸或沙岸，是峭壁還是淺灘，只能懷抱一絲希望自己得以僥倖遇上河口、海灣，或有個得以避風的陡岸，等待風雨歸於平靜。這一切都沒有發生，船愈是靠近海岸，陸地看起來比海洋更加可怕。

我們划著小艇，或說被風吹了一里格半之後，有道像山一般高聳的海浪從後面洶洶來襲，這對我們來說無疑是致命的一擊。這道浪掀翻小艇，將我們全部打散，連一句「我的老天」都還沒說出口，瞬間就被海浪吞噬。

沉入海中時，腦中的那種困惑實在難以言喻，即使我很會游泳，也沒辦法讓自己在那樣的浪中浮出水面呼吸，直到一道巨浪提著我沖向岸邊。巨浪退去後，我被留在幾乎算是乾燥的陸地上，此刻的我已被水嗆得半死不活。不過我的意識還算清楚，也尚存一息，我看見自己比預想中更接近岸邊，立刻起身，竭盡所能往陸地的方向快跑，希望可以避開下一道襲來的浪。不過很快我就發現這件事無可避免，我看見海浪像一座宏偉的山丘，像兇惡的敵人追在後頭，我根本無力抗衡。我所能做的就是屏住呼吸，盡力讓自己浮上海面，游向岸邊。我唯一的冀求，就是讓這道浪直接將我沖上岸，但退去時別把我拉回海裡。

巨浪追上來了，將我埋入二、三十呎深的海中，我感覺自己被一股巨大的力量快速帶向岸邊，屏著氣息，我用盡全力在水中游向海岸的方向。就在肺憋得快要爆炸時，我感覺自己正在升起，突然就得到解放，我發現自己的頭和手都衝出了水面。儘管只有不到兩秒的時間，卻讓我鬆了一口氣，有了全新的勇氣。我再次被海水覆蓋，但這次時間沒有那麼長，我撐住了，發現浪開始後退。我拚命前進以抵抗海水向後拖的力量，感覺到自己的腳碰到陸地。我站定片刻，調整呼吸，等待海水退盡，接著用盡全力拔腿奔向岸邊。這一次我仍然沒從大海的怒氣中逃脫，海浪兩度從背後撞擊我，最後將我推向平坦的岸邊。

最後一道浪幾乎要了我的命，海水像前幾次一樣，將我往前帶，但最後我掉在一塊岩石上，或者說浪將我擊向岩石。這一下直接撞在胸口，力道大得讓我頓失知覺，無法呼吸，假如那個當下有另一道浪來襲，我必定會溺死在水中。所幸我醒的時候浪還沒來，但我知道很快會再沉入水中，因此盡快抓住身旁的一塊岩石，憋住氣，直到海水退去。此時的海浪已經不如一開始的高聳，我已經離陸地很近了，我抓著岩石直到退浪，然後再向前狂奔。這一次的奔跑後，海岸近在眼前，儘管還是有浪打到身上，但已經無法吞噬我，或將我沖走了。又再另一次的奔跑後，我抵達陸地，爬上岸邊的山崖，坐在草地上鬆了一口氣。我已經脫離危險，海水再也碰不到我了。

我終於登陸，安全上岸，我仰頭感謝上天，讓我從渺茫的希望中活命。一個人在死裡逃生時，發自內心的狂喜是無法表達的。我終於能理解那個奇異風俗的道理：當一名罪犯的脖子上的絞索被束緊，準備執行絞刑之時，如果突然獲得赦免，外科醫生也會同時到場幫他放血，否則過於興奮的犯人會因氣血攻心而昏死過去。

突來的驚喜，突來的哀傷，同樣令人難以承受。

我高舉雙手在岸邊遊走，整個人沉浸在獲救的想法裡頭，比手畫腳擺弄無數我自己也難以描述的怪異手勢和動作。回想起這一段，我的夥伴都被淹死了，我是唯一倖存的人；後來我再也沒有見過他們，或他們的任何蹤跡，除了三頂寬邊帽、一頂無邊便帽，和兩隻不成對的鞋。

我望向那艘擱淺的船，由於海面水氣朦朧，我幾乎看不見船。她離海岸如此遙遠，我不禁感嘆：老天！我是怎麼上岸的？

情緒漸漸平息之後，我開始環顧四周，看看自己究竟身在何方，思考下一步該怎麼

走。很快我就發現安逸感開始減退，也就是說，我知道自己正身處絕境。我全身濕透，沒有替換的衣物，沒有任何食物和可以喝的東西；我不是餓死，就是在餓死之前先被野獸吃掉。這也是最令我苦惱的一件事，我沒有武器可以用來捕食，抵禦那些想要吃我的野獸。總之，身上除了一把小刀、一根菸斗，和一小盒菸葉之外，我什麼都沒有。一想到自己只有這些東西，我就苦惱不已，像個瘋子一樣到處亂跑。夜色降臨，我的心情更加沉重，想著要是附近的猛獸出現該怎麼辦，牠們總是在夜晚出來捕食。

當時閃現腦中的唯一想法，就是爬上附近一棵茂密粗壯的大樹，這棵樹像是杉木，但長有刺。我決定坐在上面一整晚，等著看隔天的我該怎麼面對死亡，我看不到存活的前景。我從海岸向內走了約一弗隆[5]的距離，試圖尋找可以喝的清水。我真的找到了，我非常欣喜，喝了水，嚼一些菸草止飢。我爬上樹，努力找一個睡著後不會往下摔的位置，我還砍下一根樹枝，做成短棍防身。我找到棲身之處，因為過於疲憊，很快就睡著了，我相信在這種情況下沒幾個人能睡得像我這麼熟。隔天，我感到從未有過的神清氣爽。

5　一弗隆約等於零點二公里。

第四章
島上的第一週

我醒來時天已大亮，暴風雨已經過去，天氣晴朗，海面也不再波濤洶湧。不過，最令我吃驚的是，我們那艘擱淺的船，在夜裡被潮水從原來所在的沙洲沖到岩石附近，就是我在浪中撞擊的那塊岩石。船身還立著，距我所在的海岸約有一哩，我希望能上船，或許能拿到一些用得上的必需品。

從容身的樹上下來後，我首先看見那艘小艇擱淺在我右手邊約兩哩的地方，應該也是被海浪和風沖上岸的。我沿著海岸走，想盡量接近小艇，但最後發現有條約半哩寬的水灣橫在我和小艇之間。因此我又折返，當下我更需要爬上大船找一些生存必需品。

過午不久，我發現海面非常平靜，潮水退得相當後面，我可以走到距船四分之一哩的地方。此時我的心裡不由得難過起來，假如當初所有人都留在大船上，就會平安無事，會平安上岸。這樣的話，我就不會悲慘地孤苦一人，想到這裡，我眼眶又充滿了淚水。不過悲傷也無濟於事，我下定決心要上船。當時天氣非常炎熱，我脫掉衣服跳入水中，但游到大船旁邊時，我發現很難爬上去。船擱淺的位置高出水面，沒有任何東西可以讓我抓著爬上去，我繞著船游了兩圈，第二次才瞄到一小條繩索，我也不明白一開始怎麼會錯過這條從船頭垂落，如此低近海面的繩索。費了一番工夫抓住它後，我抓著繩索一路爬上船頭前艙。上船之後，我發現船已經破漏，艙底進滿了水，但因為擱淺在一片堅硬的沙地（或硬土）上，船尾高高揚起，船頭則低近水面。這代表後半段的艙房是完整沒有進水的，首要工作當然是確認各個部位是否完好或損壞。首先，我發現船上的糧食都還乾燥沒有被浸濕，我很想吃點東西，直接走進食品室把口袋裝滿餅乾。因為時間有限，我一邊吃，一邊行動，我也在大艙裡找到一些萊姆酒，喝下一大口，當時的我確實需要提振精神才能面對眼前的狀況。接著，我需要的是一艘小艇，讓我用來裝載所有需要的物品。

坐著空想一點用都沒有，困境使我振作了起來，我找到一些備用帆桁和兩、三大塊的木頭，以及一、兩根多餘的中桅杆。我決定利用這些材料開始工作，只要我搬得動的全都丟下水裡，每一塊木頭都綁上繩子，以防被海水沖走。接著下到船邊，將所有的東西都拉到身旁，我將四根木頭的兩端捆緊綁在一起，做成木筏的模樣，再將兩、三塊短木板橫擺上去。我發現我可以在上面穩定行走，但這些木頭過輕，承載不了多少重量。於是我繼續工作，用木匠的鋸子將多出來的那根中桅杆鋸成三截，加到我的木筏上。這些工作相當吃力，但我為了把這些生存必需品帶上岸只得咬牙苦撐，要是在其他場合，我一定做不來這些工作。

此時我的木筏已經足以承受相當的重量，下一步要考量的是，要先帶哪些物品上岸，以及如何防止物品被海水打濕。這些事不需要考慮很久。首先，我把所有可得的木板都搬上木筏，然後找到三只船員用的箱子，把裡面清空，用繩子吊到木筏上，心裡盤算著最需要的東西有哪些。第一個箱子我用來裝糧食，包括麵包、米、三塊荷蘭乾酪、五塊羊肉乾（這是我們最賴以生存的東西），還有一些剩餘的穀麥，原本是用來餵養帶出海的一些家禽的，但牠們都已經死了。船上也還有一些大麥和小麥，但已經被老鼠吃光或咬壞了，這讓我非常失望。我也找到幾箱船長的酒，有一些提神酒，還有六加侖的次等葡萄酒。我直接將它們擺到一邊，我不需要，也沒有多餘的空間可以載這些酒。我發現海水在我忙碌時已經漸漸上漲，雖然很平靜，但我看見沙灘上的外套、上衣和背心都被沖走了，這讓我非常懊惱；游上船時，我身上只穿一件及膝的亞麻短褲和長襪。這迫使我開始翻找衣物，我找到很多衣服，但只拿了當下所需的，因為還有更重要的東西要拿。首先是在岸上工作時需要的工具，我找了很久才發現木匠的工具箱。這是相當有用的寶貝，甚至比整船的黃金還貴重。我將整個工具箱搬到木筏上，沒有多花時間打開檢查，裡面的工具我心裡有數。

接下來我關心的是彈藥和武器，主艙裡有兩把很好的獵鳥槍和兩把手槍。我先收齊這幾樣，再拿一些牛角火藥筒、一小袋子彈，以及兩把老舊生鏽的劍。我知道船上有三桶火藥，但不確定砲手儲藏在哪裡。經過一番搜索我才找到，其中兩桶乾燥良好，第三桶已經浸水，我把那兩桶好的搬上木筏。這時候我認為貨量已經夠多了，開始思考該怎麼將這些東西送到岸上，我沒有帆，也沒有槳或舵，只要一丁點的風就能將我吹翻。

我有三項優勢：一、平靜的海面；二、海水開始往岸邊漲潮；三、有一點風，能將我往陸地上吹。這時，我發現兩、三支原本屬於那艘小艇的壞槳，除了工具箱裡的工具外，我還找到兩把鋸子、一把斧頭和一把榔頭。我就帶著這些東西朝岸上出發。剛開始的一哩，木筏行駛得很順暢，但有點偏離了我最初上岸的地點。我查覺到一些流往岸邊的暗流，代表附近或許有溪流，可以讓我當作卸貨的港口。

果然跟我想的一樣，眼前出現一小片河口，有股強勁的潮流向內湧入，於是我盡力把木筏弄進急流中心。我差點在這裡遭遇第二次的翻船，假如真的發生，我肯定會心碎的。我不知道岸邊的地形，木筏有一端擱淺在淺灘上，而另一端沒有靠岸，所有的貨物差點就從漂在水上的那端滑進水裡。我盡全力用背部頂住箱子，但這種姿勢無論怎麼努力都划不動木筏，死命撐了半個小時後，上漲的海水才帶著我升高了一點。過了一會兒，海水持續上漲，木筏才又漂浮起來，我用槳撐著木筏進入水流，終於到達小河的河口。這裡兩邊都是陸地，一道強流不斷湧入，我觀察兩岸的地勢，尋找合適的上岸地點。我不願意往上游走得太深，希望隨時可以注意海上有沒有船隻，我決定盡量在海邊上岸。

最後，我在小溪的右岸發現一個小灣，費了一番工夫才讓木筏靠得夠近，用我的槳將木筏撐進灣口。在這裡我的貨物又差點落水，這片河岸相當陡，沒有地方可以讓木筏上岸；假如靠上去，有一端會抬得太高，另一端則會沉入水中，跟之前一樣，我的貨物又會有危險。我所能做的，就是等待潮水升高，把槳當作船錨，將木筏固定在岸邊一塊平坦的灘上。我認為潮水會蓋過這片灘地，我想的沒錯，等水位夠高，木筏吃水將近一呎深時，我立即把木筏撐上那片平灘，把壞掉的兩支槳插入地面固定住；一支在木筏一端，另一支在另一端，接著只要等到退潮，木筏和貨物就會安全留在岸上。

下一步是觀察四周，並找一個適合居住的地點，還要能安全保存貨物，防止意外發生。當時，我還不知道自己在哪裡，是在大陸還是島嶼，是否有人定居，或者有沒有危險的野獸。距離我不到一哩的地方有座山，地勢又陡又高，高過附近的山丘，往北連成一道山脈。我拿出一把獵鳥槍、一把手槍，以及一只牛角火藥筒，帶著這些武器往那座山的山頂前進。費盡一番力氣抵達山頂後，我悲痛地看著自己的命運，也就是說，我在一座四周環海的孤島上。除了遠方的幾塊岩石，以及海外約三里格處有兩座更小的島外，看不見任何陸地。

我發現這座島很荒涼，相信除了野獸沒有人類居住，但也沒看見半隻野獸。我看到很多鳥類，但不知道牠們的種類，也不知道哪些可以殺來吃，哪些不行。回程的路上，我對一隻坐在大樹枝上的大鳥開槍。我相信這是這座島形成以來的第一槍，槍響後，樹

林各處飛出無數的鳥，各種哀嚎的叫聲連成一片，卻沒有一種鳥是我認識的。被我殺死的那隻，毛色和嘴喙像是某種老鷹，但沒有爪子；牠的肉質酸腐，毫無用處。

探查的結果我還算滿意。我回到停放木筏的地方，將貨物搬上岸耗掉我當天剩下的時間，而晚上該怎麼辦，我不知道，也不知道該去哪裡休息。我不敢躺在地上睡覺，因為不確定會不會有野獸把我吃掉——後來我才發現根本不用擔心這件事。不過，我還是盡量用從船上搬下來的木板和箱子圍在四周，搭成小屋的模樣，做為休息的地方；至於食物，除了在打鳥的樹林裡看到兩、三隻像是野兔的生物之外，我還不知道該怎麼自給自足。

我開始覺得，或許我能再從船上得到更多有用的東西，尤其是繩索、船帆，以及其他搬得上岸的物品。我決定只要有機會，就再上船一趟。我知道下一次的暴風雨就會把船擊碎，所以決定放下手邊的工作，先盡力把可以搬的東西都從船上搬下來。接著我在腦中召開一場會議，意思是我開始思考，是否能把木筏划回去。很明顯行不通，因此我決定像上次那樣，趁著海水退潮游過去。我也真的這麼做，這次在離開小屋前就脫光衣服，只穿一件格紋衫、一條短褲和一雙薄底鞋。

我用上次的方法上船，準備做第二艘木筏。因為有了第一次的經驗，我沒有做得那麼笨重，也不載太多貨物，但我仍然帶走了一些有用的東西。首先，我在木匠的艙房中找到滿滿兩、三袋的短釘和長釘，一把大鉗子和一、兩打手斧，不過裡頭最有用的還是一個叫做磨石的東西。我把這些東西放好，又拿一些砲手的東西，特別是兩、三個起貨用的鐵鉤、兩桶短槍子彈、兩把短槍，以及另一把獵鳥槍和少量的火藥。另外還有一大袋的小子彈和一大卷鉛皮，不過鉛皮實在太重，我無法將它搬出船外。除此之外，我拿走所有找得到的男裝，一片備用的頂帆、一個吊床及一些被子。我把這些東西放到第二艘木筏上，並為自己將它們安全帶上岸感到欣慰。

原本我擔心離開岸上的這段時間糧食可能會被吃掉，但回來後，我沒有發現任何東西來訪過的跡象。只有一隻像山貓的生物坐在其中一個箱子上，我靠近時，牠稍微跑遠了一點，接著坐定不動。牠若無其事地坐在那裡看我，好像牠想認識我一樣，我拿槍對牠指了指，但牠不懂那是什麼意思，表現得非常自在，也沒有逃開。因此我丟了一點餅乾給牠，其實我自己存貨也不太多，但我還是分給牠一些。牠湊過去聞了一下，吃掉餅乾，還想再要更多（像在懇求似的）。不過很抱歉，我不能再給牠了，後來牠就走了。

第二趟的貨物上岸後，我原本想去打開那兩桶火藥，將火藥分裝成小包收藏，但桶子實在又大又重。因此我先用帆布和特意砍下的木枝，做了一個小帳篷，把我認為禁不起日曬雨淋的東西全放進去。接著在四周堆上箱子和桶子，防止野人或野獸突襲。

完成後，我用一些木板從帳篷內側堵住門，並在門外放一只空箱。接著我在地上鋪一張床，放兩把手槍在頭的旁邊，身邊再放一把長槍。這是我上島後第一次躺到床上睡覺，整晚睡得很沉，因為前一晚我睡很少，一整天為了把東西從大船搬回岸上都在辛苦勞動。

單就一個人的使用量來說，我擁有的武器彈藥沒人比得上，但我還不滿意，我必須趁船還直立在那裡時，盡可能多拿一點東西。因此每天退潮我就上船帶點東西回來，尤其是第三趟，我帶走所有我拿得到的索具，包括細繩和粗繩，以及一片備用帆布，再加上一桶火藥。總之，我帶走了船上所有的帆布，但我必須將它們裁成小塊，方便我一次可以帶多一點。這些帆再也不會拿來航行了，它們就只是帆布而已。

最讓我開心的是，跑了五、六趟後，當我認為船上已經沒有值得帶走的物品時，卻又找到一大桶麵包、三大桶的萊姆酒（或烈酒）、一箱糖，還有一桶上等麵粉。真是驚喜，因為我以為除了那些泡過水的東西外，船上不會有其他糧食了。我很快把麵包桶清空，用剪下的帆布包起來，安全帶回岸上。

隔天我又跑了另一趟，船上所有拿得動的東西都已經被我搜刮一空了。我開始對錨纜下手，把大條的錨纜切成小塊，以方便搬運。我帶走了兩條錨纜、一根鋼纜，和所有我搬得動的鐵器；接著又砍下斜桅帆杆和後桅杆，以及所有找得到的木材，做成一艘新的木筏。我將那些重物全裝載上木筏，然後離開。這次我沒那麼幸運，這艘木筏太過笨重，貨量也太多，不像之前那麼好操控。駛入卸貨的小灣時，木筏翻船了，我和貨物一起掉進水中。當時已經很靠近岸邊了，我本身沒受到什麼傷，但那些貨物就損失慘重了，尤其是鐵器，我原本覺得這些鐵器對我會很有用。然而，退潮後我總算找回大部分的錨纜和一些鐵器，這件事很費工夫，我得潛入水中將它們撈出來。此後我還是每天上船，帶走所有我能拿的東西。

上岸至今過了十三天，我已經上船十一次，帶走兩隻手能搬的所有東西。假使天氣持續穩定的話，我堅信自己一定會把船一塊一塊卸下來帶走，就在第十二次準備上船時，我發現起風了。不過，我還是在退潮後上了船，當我翻遍船艙，認為再也找不到任何東西時，我發現了一只附有抽屜的鎖櫃。其中一個抽屜裡有兩、三把剃刀和一把大剪刀，以及十來支還不錯的刀叉；另外一個抽屜裡放了價值約三十六英鎊的錢幣，其中有些是歐洲錢幣，有些是巴西錢幣，也有一些金幣和銀幣。

看到這些錢幣時，我不禁笑了。

「喔，廢物！」我大聲地說。「你們有什麼用？對我來說，真是一點用處都沒有，任何一把小刀都比較有價值。我現在用不上你們，留在這裡吧，隨著這艘船沉入海底吧！」

然而，我想了想還是把錢用帆布包好帶走了。我原本打算再造一艘木筏，但正準備開始工作時，天空烏雲密布，風也刮了起來，一刻鐘不到，從岸邊的方向捲來一陣狂風。很明顯的，我做木筏也沒有用，因為風勢從岸上吹來，我能做的就是趁浪還沒高起來時離開，否則可能永遠回不去了。我趕緊跳進水裡，游過介於船和沙灘間的那道水灣。我游得很吃力，一方面是因為身上的東西很重，另一方面是風吹得又快又急，在水尚未漲高前就變成風暴了。

我回到我的小帳篷，安穩地躺下來，所有財物都在身邊。當天晚上風勢非常強，隔天早晨我到外面一看，船已經消失了。我感到有些吃驚，但又安撫自己，畢竟，我沒有浪費任何時間，也沒有偷懶，已經將有用的東西都帶出來了；即便還有時間，船上應該也所剩無幾。

我不再多想和船有關的事，卻還是期待著海浪能將什麼沖上岸來。後來確實有些零碎的東西漂上岸，但對我來說都沒有太大的用處。

我把全部的心思都放在如何保護自己，如果有野人或猛獸出現該怎麼應付？我的腦中浮現很多想法，也思考著到底該建造什麼樣的住所容身，應該挖洞好，還是搭帳篷呢？後來我決定兩個都做，接下來我會詳細說明整個過程。

我很快發現我所在的位置不適合定居，那是一個靠海潮濕的低地，我相信對健康不好，尤其附近又沒有可飲用的清水。因此我決定找一個更健康，也更方便的地點定居。

我在腦中歸納出幾個適合我的條件：第一、健康並且有清水；第二、可以遮蔽太陽；第三、免於猛獸和野人的攻擊；第四、看得見海。如果上天送來船隻，我就不會錯過得救的機會，至少這個時候我還沒放棄希望。

以上述條件為前提，我在一座隆起的山丘旁找到一塊平地。山丘面對平地的那一側陡得像一堵牆，因此沒有任何東西可以從上方攻擊我；山岩的側邊有一個凹洞，像是一個洞穴的入口，不過那其實不是一個洞穴。

平坦的綠地就在凹洞的前方，我決定在這裡搭帳篷。這片平地的寬度不到一百碼，長度約是寬度的兩倍，像是展開在家門口的一片綠地，盡頭有條崎嶇蜿蜒的小徑，可以往下通到海邊。這塊平地位於山丘的北北西側，日間可以躲避日曬，而當太陽轉到西南邊時，通常也差不多要下山了。

搭帳篷前，我先在凹洞口畫一個半圓，半徑距洞口約十碼，兩端相距二十碼。我沿著半圓的圓周插上兩排牢固的木頭，把它們當作木樁打進土中，木頭較粗的一端朝上，離地約五呎半，頂端削尖。兩排木樁間距約有六吋。

接著，我拿幾條從船上剪下的纜索，沿著半圓，一層層堆疊在兩排木樁之間，直到頂端，再用一些約兩呎半的木頭，從內側斜斜地撐住木樁。圍籬蓋得非常堅實，無論是人或野獸都難以進入或翻越。這項工程耗費我許多時間和勞力，特別是到樹林裡砍木頭，再搬運回來插進土裡這個過程。

這個地方的出入口，我決定不做門，利用短梯翻越圍籬，進到裡面後，再把短梯收進來。這樣一來，牢固的圍籬就能將我與外界完全隔絕，晚上才能睡得安穩，否則我一直無法安心睡覺。不過後來我發現，實在沒有必要這麼謹慎防範敵人。

我又花了好一番工夫，把前述提到的所有財產、糧食和彈藥搬進裡面儲存。接著我開始搭帳篷防雨，在這裡，一年中有某個時期雨勢非常猛烈；我搭了雙層的帳篷，也就是說，內側是較小的帳篷，然後另一個大的罩在上頭，最上面再蓋一層在船上搜尋帆布時找到的防水布。現在我已經不睡從船上帶回岸邊的那張床了，改睡在吊床上。那是一張質地很好的吊床，原本是我們船上大副所擁有的。

我把糧食以及可能會受潮損壞的物品搬到帳篷裡，所有東西都進來之後，才將出入口封起來，利用短梯翻越進出。

做完這些工作，我開始向內鑿山壁，我把所有挖出來的石頭和土塊堆在圍籬旁邊，砌成一座約一呎半高的平台。帳篷後方的洞穴感覺就像一個地窖。

我花了許多時間，耗費許多勞力才把這些工作做得完美，現在我要回頭講幾件讓我傷透腦筋的事。當初訂下搭帳篷以及挖洞穴計畫的時候，忽然烏雲密布，下起暴雨，一道閃電劃過，緊接著的自然是一聲巨雷。讓我大吃一驚的不是閃電，而是像閃電般劃過腦中的念頭：「喔！我的火藥！」我的心一沉，只要一道雷劈下來，我的火藥就全毀了；火藥不僅用來防衛，也是打獵必須用到的工具。當時我太焦慮了，完全沒想到假如火藥真的被雷打中，我可能連自己是怎麼死的都不知道。

這個想法確實嚇到我了，因此暴雨一停，我丟下建造圍籬和帳篷的工作，先做一些袋子和箱子，把火藥一小袋一小袋分裝起來。要是真的發生什麼事，也不會一次全都爆炸，而為了不讓它們彼此互相點燃，我將各袋分開儲藏。我花了將近兩週才完成這項作業，火藥共約兩百四十磅重，分成至少一百多袋。另外那一桶受潮的火藥，我認為不會有危險，就收在我稱做「廚房」的洞穴中，其他的就藏在石縫之間，小心做上記號。

工作期間，我每天至少會帶槍外出一趟，一方面讓自己散心，看看能否打些食物來吃，同時也認識周遭環境和島上的物產。第一次外出時，我就發現島上有山羊，讓我很欣喜。不幸的是，牠們很敏銳、靈活，跑得又快，簡直是世界上最難以接近的東西，但我並沒有灰心，我相信總有一天可以捉到牠們。不久之後，果然讓我打死一隻。我開始了解牠們的習性，埋伏在牠們會出現的地方等待。我觀察到，如果我在山谷裡，而牠們在岩石上，牠們會驚慌逃跑；但假如牠們在山谷中吃草，卻不會注意到岩石上的我。因此我推斷牠們的視野有限，只能向下看，不會注意到頭上的東西。我利用這項特性，攀上岩石，站到牠們上方，經常有所斬獲。我第一隻打到的是一隻母羊，當時牠正在哺乳旁邊的小羊，讓我心裡很難受。母羊倒下後，小羊仍然呆立在牠身邊，直到我過去將母羊抱起。不僅如此，我將母羊扛在肩上，小羊也跟著我走回住處，我先把牠放下，抱起小羊將牠帶到牆內，我希望可以馴養牠。不過小羊不肯吃東西，我也只能把牠殺死，然後吃掉。這兩頭羊的肉供我吃了好一段時間，我吃得很省，盡我所能節制飲食，尤其是麵包。

修建好住所後，我發現我需要一個可以生火的地方。我是如何做到的，以及後來如何擴大洞穴，又增加了哪些讓生活更便利的東西，我會在適當的時機詳談。我想應該先談談腦中的想法，你們可以想像，此時我的感觸著實不少。

我對自己的前景並不樂觀，猛烈的風暴將我沖到這座島上，遠離預定的航線，跟一般的貿易航線更是差了好幾百里格遠。這就是上天的旨意，要我在這個荒涼的地方孤獨終老一生。想到這件事，我總是淚流滿面，我不禁懷疑，上天為何要如此摧殘祂所創造的生靈，將之棄於如此淒慘、無援、全然絕望的境地，在這種狀況下，我實在很難將生命視為恩賜。

不過當我這樣想時，總有其他念頭浮現，責怪自己怎麼會有這種想法。特別是某一天，我帶著槍走在海邊，思考著當下的處境時，理智從另一面浮現：「是的，你的孤苦是真實的，但別忘了，其他人呢？船上總共有十一個人吧？那十個人去哪了？為什麼不是他們存活，而你失蹤？為什麼只有你一個人倖存？在這裡比較好，還是那裡？」我指向海面，心想，厄運之後，好事可能接著發生，但也可能變得更糟。

我再次想到，現在的我擁有多麼充足的食糧，假如那艘擱淺的船沒有漂到這麼近海的位置（這種機會微乎其微），讓我有時間將貨物搬上岸，我該怎麼辦？假如我跟第一次上岸時一樣，一無所有，沒有生活必需品，也沒有工具，我該怎麼辦？「特別是，」我大聲地說（雖然只是說給自己聽），「要是沒有槍，沒有火藥，沒有製造東西的工具，沒有衣物、床、帳篷，沒有其他遮蔽物的話，我又該怎麼辦？」現在的我一切都很充足，即使槍枝彈藥用光，我也可以活下去；只要我還活著，都不至於挨餓受凍。我從一開始就考慮好所有可能的狀況，以及之後的生活。不僅是彈藥用光，我甚至已經想到健康和力量漸漸消逝之後要過的日子。

但我必須承認，先前我沒考慮到彈藥會被破壞殆盡——我的意思是，一道閃電就可能把火藥全都炸毀。因此當閃電出現，而我意識到這件事時，才感到驚恐不已。

現在，我將進入哀愁而靜默的人生，這恐怕是世人前所未聞的，因此我應該按時間順序從頭持續記錄這些事。據我估計，我應該是在九月三十日第一次踏上這座恐怖的島。當時剛入秋，太陽差不多正掛在我的頭頂上，據我觀測，我約是在北緯九度二十二分的位置。

在島上度過十到十二天之後，我發現如果沒有書、筆和墨水，我很快就會失去時間感，甚至連安息日和工作日都會忘記。為了防止這個狀況，我用小刀在柱子上用大寫字母刻下以下文字：「我於一六五九年九月三十日在此登陸」，並將柱子綁成一個大十字架，立在第一次上岸的沙灘上。之後，我每天用小刀做記號，每七天刻下長一倍的刻痕，每個月再刻下更長一倍的記號，用週、月、年的方式記錄時間。

接下來，來瞧瞧那些我花很多時間從船上弄下來的東西，有一些雖然不怎麼值錢，對我來說卻很有用處。我之前忘了提到這個部分。尤其是筆、墨水和紙，以及好幾包船長、大副、砲手和木匠的私人物品，包括三、四個羅盤，一些計算儀器、日晷儀、望遠鏡、地圖，以及航海書籍，當時也不管用不用得上，我把這些東西統統收集起來。同時我也找到三本精美的聖經，那是跟著我的貨物從英國送回來的，收在我的個人物品中；

還有幾本葡萄牙的書，有兩、三本是天主教的禱告書，其他另有一些書籍，我全都小心保存著。還有，我不該忘記提到船上有一隻狗和兩隻貓的事，關於牠們後來的奇遇，我會在適當時機加以說明。第一次上船搬貨物的時候，我帶走了那兩隻貓，而狗自己跳下船跟著我游上岸，當了我多年的忠僕。我不需要牠幫我打獵，也不期待牠能幫上什麼其他忙，我只希望牠能跟我說說話，但這根本不可能。一如前面我提過的，我找到筆、墨水和紙，極度節省地使用。只要我還有墨水，就能簡要地記錄事情，但一旦用光就沒辦法了，畢竟我完全不懂製作墨水的方法。

我意識到，即便我有了很多東西，但還是需要更多。墨水就是其中之一，其他包括挖土或運土用的鏟子、鶴嘴鋤和鐵鍬，還有縫紉用的針線。至於內衣褲，我很快發現就算沒有，也不是什麼太嚴重的事情。

缺少這些工具讓我工作起來特別費力，我幾乎花了一整年才完成住處周邊的圍牆。那些木樁都重得我很勉強才抬得動，我花很多時間在樹林裡砍木頭，但搬運回家更是費時。有時候我花兩天把一根木頭砍下來，運回家，再花一天將它打入土中。剛開始我用一根很粗的木頭打樁，後來才想到其實我有一根鐵棒，但無論如何，打樁這項工作還是累人又乏味。

其實我有的是時間，何必在意工作有多費時？我也沒有其他事情可做，工作結束後，也只是在島上到處走走，尋找食物——這也是我每天多多少少會做的事。

我開始認真思考自己的處境，把所有事件手寫記錄下來。我不是想要留給後人看，我不認為還有人會來到這裡。只是為了每天可以看看自己寫的東西，紓解心情。這時候我已經比較能掌控自己的情緒，不再意志消沉，我盡量安慰自己，從厄運中找到幸運的一面。我用商業借貸的格式，將所有幸與不幸詳列出來比較：

不幸：我困在一個可怕荒蕪的島上，毫無獲救的機會。

幸：其他夥伴都淹死了，我還活著。

不幸：我與世隔絕，非常悲慘。

幸：不過所有的船員中，只有我免於一死；既然祂能救我一命，也一定能助我脫困。

不幸：我被驅逐於人類社會之外，像個被遺棄的流放者。

幸：即便這裡很荒涼，我至少還有東西吃，不至於餓死。

不幸：我沒有衣服可以穿。

幸：不過這裡屬於熱帶氣候，有衣服應該也不太會穿。

不幸：我沒有抵抗任何人或野獸攻擊的能力。

幸：沒有看到會傷人的野獸，不像我在非洲海岸看到的那樣。如果我在那裡遭遇船難的話，該怎麼辦？

不幸：沒有人可以跟我說話，安慰我。

幸：上天奇蹟似地把大船送到靠近岸邊的地方，我上船拿了許多必需品，不僅可以滿足現在的需求，甚至一輩子都不用擔心生計。

總之，這無疑是世間罕見的遭遇，但無論狀況是好是壞，都有值得感謝的部分。儘管是在最悲慘的狀況中，也總能找到調整自己的方法，把不幸中的幸運挑出來，放到「貸方」的欄位中。

這時候我已經能稍微放寬心情看待自己的處境，不再整天盯著海，期待船隻開過。我不再去想這件事，開始著手計畫生活，盡量讓自己過得舒適一點。

先前已經提過，我的帳篷搭在一片岩壁的下方，環繞著用木樁和纜索圍成的堅固圍籬，它現在已經可以稱做圍牆了。我用草皮在圍籬外側堆起一道約兩呎厚的牆，一段時間之後（大約一年半左右），我建了屋頂，從圍牆延伸到岩壁，用樹枝，以及一些可以

防雨的東西覆蓋在上方。在這裡，一年中總有一些時期會下起豪雨。

我已經提過我怎麼把貨物搬進圍牆，並保存在帳篷後的洞穴裡，但我必須補充說明，這些東西一開始被我放得亂七八糟，占滿空間，連轉身的餘地都沒有。因此我開始擴大洞穴，挖向更深的地方，這裡的砂石鬆軟，很容易挖掘。而後，當我發現其實不用太擔心猛獸的攻擊之後，我開始挖向右側的岩壁，之後再往右繼續挖，直到打通一個可以直接出到圍牆外的門。這個門不但是我的出入口、帳篷和儲藏室的後門，也讓我有了更多儲藏空間。

接著我開始做生活上的必需品，例如桌子和椅子。缺少這些東西，就失去了最基本的生活品質：沒有桌子，就沒辦法享受寫字、用餐，還有其他諸多樂趣。

於是我開始工作。不過我必須先聲明一點，邏輯是數學的本質，也是一切的基礎，只要對事物做出合理的分析和判斷，任何人都可以掌握所有工藝的技巧。我這一生從未拿過像樣的工具，但我發現只要願意花時間付出勞力、努力，和智慧，特別是我還握有工具，最終都能做出想要的東西。儘管工具很缺乏，我也做了不少東西，有些甚至只靠一把鐵刨子和一把手斧完成，應該從未有人這麼做過，也沒人會耗費這麼多力氣做這些事。舉例來說，假如我想要一塊木板，我只能去砍一棵樹，將它橫擺在面前，接著用手斧把木頭兩面削薄，削成一塊木板，最後用鐵刨子將木板表面刨平。沒錯，用這個方法一棵樹只能做出一塊木板，唯有耐心才能完成。我要花大量的時間和勞力才能做出一塊木板，但反正我的時間和勞力不值錢，用在哪裡都一樣。

如上所述，我用從船上搬回來的幾塊短木板，為自己做了一張桌子和一把椅子。接著以上面說明的方式完成了幾塊木板，做出幾個大木櫃——有一呎寬和半呎寬兩種尺寸，沿著洞穴搭了幾層，用來擺放釘子、鐵器和各種工具。總之，我將所有器具分門別類地擺好，以方便取用。另外，我也在岩壁上打一些木釘，用來掛我的槍和其他東西。如果有人看到我的洞穴，一定會以為是個軍火庫，武器彈藥一應俱全，隨手可得。這些物品擺放得如此整齊，存量又非常充足，我看了心滿意足。

現在我開始寫日記，記下每天做過的事。剛到島上時，我一直很匆忙，不止忙著勞動，心情也亂糟糟的，日記都是一些乏味的事。例如，我寫下了類似這種紀錄：

「九月三十日，我沒被淹死，抵達岸上後，並沒有感謝上天讓我獲救，而是吐了一大堆吞進胃裡的鹹水。等我稍微恢復體力，我開始在岸上亂跑，拗折自己的手，敲打自己的腦袋和臉，大聲叫喊自己的不幸：『我完蛋了！我完蛋了！』直到又累又暈才躺在地上，但又不敢睡著，我怕會被吃掉。」

「幾天後，我登上船，把所有能拿的東西都帶走。不過我還是每天爬到小山的山頂看海，希望可以看到船。有一次我以為自己看到遠方有帆，整個人充滿希望，看得眼睛都快瞎了，才知道是一場空。我像個小孩跌坐在地上啜泣，愚蠢的行為讓我顯得更加悲慘。」

不過這些事情我都克服了，安頓好自己的物品和住所，又做了一張桌子和一把椅子。我盡可能把一切安排妥貼，並開始寫日記。我為你們抄錄一份如下（上述提過的特別經歷，不得不重述一次），但後來墨水用完了，只好中斷。

第五章
蓋房子——日記

一六五九年九月三十日

我，可憐的魯賓遜．克魯索，在一次暴風雨中遭遇船難，來到這座荒涼不幸的島，我將它稱為「絕望之島」。其他的夥伴都淹死在海中，我自己也差點喪命。

我一整天都在為自己淒慘的遭遇煩惱，我沒有食物、房子、衣服、武器，也無處可逃。我對獲救的機會感到絕望，眼前只有死路一條，不是被野獸吞掉，就是被野人殺害，再不然就是因為缺乏食物而餓死。入夜後，我因為害怕野生動物而睡在一棵樹上，整夜下著雨，我卻睡得很安穩。

十月一日

早上，我看到船因為高漲的潮水而浮起，漂到距離岸邊很近的地方，很是驚喜。看見船沒有被海浪打碎，安然地立在那邊，讓我感到心安。我希望風勢減弱時，可以上船拿一些食物和生活必需品；但同時，它也喚起我失去夥伴的悲傷。我想著，假如我們都留在船上，可能可以保住大船，或者，至少他們不至於因此喪命。如果大家都能得救，我們應該能從壞掉的殘骸中找材料建造另一艘船，然後到其他地方去。我一整天都在想這些事，後來發現船似乎沒什麼進水，我盡量走近沙洲，游泳上船。這一天持續下著雨，但風已經停了。

十月一日到十月二十四日

這幾天我都花在船上，把能搬的東西都帶走，利用木筏在漲潮時把貨物搬上岸。天氣偶爾放晴，但大部分時間雨還是一直下。看來現在是這裡的雨季。

十月二十日

我的木筏翻船了，所有的貨物都掉進水裡。不過因為發生在淺灘，而且那些貨物非常重，後來我趁著退潮找回大部分的東西。

十月二十五日

雨沒日沒夜地下著，還伴隨幾陣風吹來，大船因此支離破碎。風吹得比以往強勁，船已經不在了，只剩一些殘骸在退潮時被沖上岸。我一整天都在安置從船上搬下來的貨物，將它們妥善蓋好，以避免被雨水淋壞。

十月二十六日

沿著海岸幾乎走了一整天，想找個適合定居的地點，最主要的考量是夜裡不會被野獸或野人攻擊。傍晚時分，我在一片岩壁下找到合適的地方，劃出一個半圓做為紮營的位置。為了加強防禦功能，我沿著半圓打上兩排木樁，木樁之間疊纜索，外側砌上草泥，做成一道堅固的圍牆。

十月二十六日到十月三十日

我努力工作，將所有貨物搬到新的住處，有時候雨下得非常大。

十月三十一日

早上我帶著槍外出覓食，順便探索附近區域。我殺了一頭羊，她的小孩跟著我回家，後來我也把牠殺了，因為牠不願意吃東西。

十一月一日

我在岩壁下搭起帳篷，躺下來度過第一個在帳篷裡睡覺的晚上。我盡量把帳篷蓋大，並打幾根木樁用來掛我的吊床。

十一月二日

我把所有的箱子、木板和做木筏的一些木料沿著半圓堆疊起來，做為防禦用的圍牆。

十一月三日

我帶著槍外出，殺了兩隻有點像鴨子的鳥，吃起來味道很好。下午開始幫自己做張桌子。

十一月四日

早上我開始規畫工作時間、打獵時間、睡覺時間，以及休閒的時間。沒有下雨的話，每天早上我會帶著槍外出兩到三個小時；接著一路工作到十一點，有什麼就吃什麼；十二點到兩點躺下來睡覺，這個時候天氣太熱了，傍晚才繼續工作。這一整天和隔天，我都在忙著做桌子。我還是個笨拙的工匠，但因為時間很多，我也真的需要這些東西，漸漸的也上手了，因此我相信每個人都做得到。

十一月五日

今天我帶著槍和狗一起出門，殺了一隻山貓，牠的毛皮很柔軟，但肉質不好。我把所有殺死的動物身上的毛皮都剝下來保存。

從海邊回來時，看到很多種不知名的海鳥，不過讓我驚喜的是，竟然有兩、三隻海豹出現。我盯著牠們看，但在我還沒反應過來之前牠們就潛進海裡逃走了。

十一月六日

打獵回來後繼續製作桌子，終於完成了，只是連我自己都不喜歡它的模樣。不過，不久後我就學會怎麼改進了。

十一月七日

天氣開始變得晴朗，七、八、九、十，和十二日的大部分時間（十一日是禮拜日），我都花在製作椅子的工作上。耗費了不少工夫，才勉強做出椅子的形狀；我很不滿意，製作過程中我已經拆開重組了好幾次。

附記：不久我就不做禮拜了，我忘了在木樁上做記號，搞不清楚哪天是禮拜幾。

十一月十三日

今天下著雨，讓我神清氣爽，天氣也涼爽許多。不過伴隨而來的閃電和雷聲把我嚇壞了，擔心火藥會被炸毀。因此雨勢一停，我決定盡量把火藥分裝成小袋，以免發生危險。

十一月十四、十五、十六日

這三天我做了許多小木盒和箱子，每個大約可以裝一磅的火藥，最多兩磅。我把火藥裝好，為了安全起見分開儲藏。其中一天我還殺了一隻大鳥，肉很好吃，但我不知道那是什麼鳥。

十一月十七日

今天我開始挖掘帳篷內側的岩壁，讓我的空間更便於利用。

附記：我亟需三樣工具完成這項工作：一把鶴嘴鋤、一把鏟子，和一輛手推車或竹簍。我先暫停工作，思考該怎麼彌補工具的不足，或如何自製一些工具。鶴嘴鋤可以用鐵鉤子取代，雖然重了一點，但還算合適；鏟子是絕對必要的工具，沒了它幾乎沒辦法做事，但我實在不知道怎麼做一把鏟子。

十一月十八日

我到樹林裡找到一種巴西人稱為「鐵樹」的木材，質地相當堅硬，我花了好一番工夫，斧頭都快砍壞了，才砍下一塊。搬回家的過程也很辛苦，因為這種木頭非常沉重。

這種木頭的木質太硬，我別無他法，只能一點一點慢慢把它削成鏟子的形狀，花了很多時間。我把鏟子的手把做得跟英國的鐵鏟一樣，但底端沒有包上鐵片，所以不像鐵鏟那麼耐用，然而，它已經足夠在我偶爾需要鏟子時派上用場。我相信從來沒有一把鏟子是用這種方式，耗時這麼久才製作出來的。

我還不滿意，因為我還缺了竹簍或手推車。我無法製作竹簍，因為沒有可以用來編製的軟藤條，至少目前還沒找到；至於手推車，我想輪子以外的部分我都做得出來，但輪子的做法我毫無概念，不知道該從何下手。此外，我也做不出輪軸，於是我決定放棄。為了將挖下的土石運出來，我改做一個類似工匠砌磚時運送灰泥的木製容器。

這個東西不像鏟子那麼難做，不過製作這些工具，加上手推車的失敗嘗試，整整花了我四天的時間。當然，晨間打獵不包括在內，我很少不去打獵，也幾乎都會成功帶回食物。

十一月二十三日

為了製作這些工具，我的其他工作都先暫時擱置下來，完成之後才又繼續。只要時間和體力允許，我每天都工作，花了足足十八天來拓寬並加深我的洞穴，以便獲得更寬闊的儲藏空間。

附記：這段時間，我在山洞裡鑿出足夠的空間，做為倉庫、彈藥庫、廚房、用餐室和地窖使用。平常我都睡在帳篷裡，除非濕季時雨勢過大，為了不被淋濕才進山洞。因此，後來我用長的木棒在圍牆內搭起屋簷，另一端架在岩壁上，再鋪上乾草和大樹葉，做成茅草屋的模樣。

十二月十日

我本來認為洞穴和地窖的工程已經大致完成。突然間，卻有大量的土石從上方和一側崩落（應該是我挖得太深了），嚇壞了我。我會受到驚嚇並非沒有理由，假如當時我站在洞裡，肯定不需要有人幫我掘墓。這個災難讓我多了許多工作，我必須把掉落的土石運出去。更重要的是，要想辦法撐住洞穴頂部，確保不會再次崩塌。

十二月十一日

依據計畫開始動工，我拿兩根柱子頂住洞穴，另用兩塊木板撐在上方。這件事第二天就做好了，我繼續架柱子和塞木板，大約花了一週才架穩屋頂，一排排的柱子將整個洞穴隔成許多空間。

十二月十七日

從這一天到二十日我製作幾組木架，並在柱子上打釘子，用來掛一些東西。房屋內部變得很整齊。

十二月二十日

把所有物品搬入洞穴，開始布置房屋。我用幾塊木板搭成櫃子，將糧食依序擺放上去，我的木板愈來愈少了。除此之外，我又做了一張桌子。

十二月二十四日

整日整夜都下著大雨，沒有出門。

十二月二十五日

一整天都下雨。

十二月二十六日

雨停了，天氣涼爽舒適許多。

十二月二十七日

打死一隻小山羊，又打瘸另外一隻，把牠捉住，用繩子牽回家。回到家後，我用木板固定住牠的斷腿。

附記：

在我的細心照顧下，牠活了下來，斷腿也漸漸恢復，跟以前一樣強壯。養了一段時間後，牠開始被我馴服，總是在門前的綠地吃草，不會跑走。我第一次有了馴養動物的想法，這樣一來，就算火藥用完也不用擔心沒有食物吃。

十二月二十八、二十九、三十日

天氣炎熱、無風，除了傍晚出去找食物之外都沒有出門。這幾天都在室內整理東西。

一月一日

天氣還是很熱，不過早晨和傍晚我還是帶槍外出，中午則在家中休息。這天傍晚，我進到內陸山谷的更深處，發現很多山羊，但牠們非常敏感，難以接近。然而，我還是決定把狗帶去，試圖獵捕牠們。

一月二日

按照計畫，帶狗出門，並讓牠去抓那些山羊。不過我錯了，所有的山羊都面對著我的狗，牠也知道自己有危險，根本不敢接近牠們。

一月三日

開始修建籬笆和圍牆，我還是擔心會遭受攻擊，決定把牆蓋得更厚實、更堅固。

附記：牆的部分前面有說明過了，日記就不再重說一次。我想說的是，我從一月三日一直到四月十四日，都在修繕、補強這道牆；我的半圓總周長不到二十四碼，靠岩壁的兩端點相距約八碼，洞穴正好在中間位置。

這段時期我非常努力工作，雖然會因雨耽擱幾天，有時候甚至連續好幾週，但我認為只有把牆修好，我才會真的安全。完成這些工作所需付出的勞力，真是難以言喻——尤其是把木材從樹林搬回來，再打入土中的這個過程。我把木樁做得比實際需求還要大。

圍牆完工後，我在外側再砌上一層草泥，我跟自己說，即便有人來到島上，也不會查覺這裡有人居住；後來發生的事足以證明這是個明智的做法。

這段期間，只要雨勢不大，我每天都會到樹林裡打獵，而且經常會有新的發現。特別是一種野生的鴿子，不像斑鳩在樹上築巢，反而跟家鴿一樣住在岩穴中。我找到幾隻幼鴿，努力馴養牠們，但牠們長大後就飛走了。我猜可能是因為我沒有經常餵食，我沒什麼東西可以給牠們吃。不過我經常找到牠們的巢，抓一些幼鴿回家，牠們的肉很好吃。

整理家務的過程中，我發現還缺少很多東西，但我認為我做不出來，也確實如此。舉例來說，我找不到鐵圈來箍住木桶。先前曾經提過，我有一、兩個小木桶，但我花了好幾個星期仍然做不出一個新的。我無法安裝好桶底，也沒辦法將側板緊密接起，確保水不會外漏，最後只得放棄。

其次，我也很需要蠟燭，否則天一黑（通常是七點左右），我就被迫要上床睡覺了。我想起非洲的那趟冒險，我曾經利用蜜蠟製作蠟燭，但我現在沒有蜜蠟。我唯一能做的，就是在宰羊時留下羊脂，放進我用陽光曬製的小泥盤，再拿一些麻絮當燈芯，做成一盞燈。燈火雖然不如蠟燭明亮而穩定，但至少能給我一點光亮。

做這些事時，我偶然翻到一個小袋子，前面有提過，袋子裡裝的穀物是要餵養家禽，而非船員的糧食；我想應該是船從里斯本出發時就帶著的，袋中的穀物幾乎都被老鼠吃掉了，只剩一些塵土和麥殼。我當時急需使用袋子——應該是擔心火藥被閃電打到，急著分裝的那個時候；於是將裡頭的麥殼隨便抖落圍牆邊的岩壁下方。這是在那陣大雨前發生的事，後來我就忘了這件事，根本不記得自己曾經撒過什麼東西。大約一個月後，我看到有綠色的莖芽從土裡長出來，還以為是什麼沒看過的植物。又過了一段時間，讓我吃驚的是，這些莖葉冒出了十到十二顆穗子，就跟歐洲，不，就跟我們英國的大麥長得一模一樣。

此時的震驚和困惑實在難以言喻。我這個人的行為從來不受宗教的約束，腦中也沒什麼信仰觀念，發生什麼事都視作運氣，或者簡單歸為天意而已；從來不曾追問上天的用意，探究祂為什麼如此安排。然而，看到地上長出大麥，在這個不適合穀物生存的氣候，甚至不知道從何而來，確實讓我嚇了一跳。我開始認為這是上帝賜予的奇蹟，沒有播種就長出穀物，讓我在這個荒涼之地得以生存。

這讓我頗為感動，不禁流下眼淚，這種奇蹟竟然會發生在我這種人身上，我感到慶幸。然而，更奇怪的是，我發現大麥的周邊，沿著岩壁還有一些零星的莖芽冒出，應該是稻莖。我會認得是因為我曾經在非洲沿岸看過這種東西。

此時，我不僅認為這是上天為了救我而賜予的，還想到或許其他地方有更多穀物。我跑遍島上所有曾經去過的地方，翻看每個角落和每顆岩石，但什麼都沒找到。最後我才想到，自己曾經把一袋養雞所剩的飼料丟在那個地方。瞬間驚喜的感覺消失了，我必須承認，當我理解這原來只是一件合情合理的事時，對上天的感激之情也因此消退。不過，我還是必須感謝上天安排了這件像是奇蹟的意外，因為那十或十二顆宛如從天堂落下的穀物，保持得這麼完整（老鼠幾乎破壞了整袋穀物），剛好又落在那片岩壁的陰影下，才有機會發芽。當時如果被我丟在其他地方，早就被太陽曬壞了。

約在六月底，我小心地收割穀穗，每一顆種子我都很珍惜。我決定再繼續播種，期待有一天可以收穫到足以做麵包的量。不過直到第四年，我才真的吃到一點自己種的穀物，還得非常節省才行，我之後會說明這件事。第一季的失敗，是因為我沒留意到播種的時機，我在乾季來臨前播種，因此完全沒有冒芽。我想就算真的長出來，應該也長得不好。

除了大麥，就像前面說的，還有二、三十株的稻子，我也小心收藏，同樣是為了拿來做麵包，或煮來吃——我找到一種不需烘烤就可以煮米的方法，不過偶爾還是會用烤的。我們現在先回到日記上。

為了蓋好圍牆，這三、四個月我非常賣力工作，四月十四日終於封牆完工。我原本就不打算做門，利用梯子翻牆，這樣一來，從外面就看不出有人居住。

四月十六日

梯子做好了，我用它爬上牆頭，然後將梯子拉上來放到牆的另一側，再爬下去。內側空間很足夠，而且完全封閉，除非能先翻越我這道牆，否則沒人進得來。

圍牆完工的隔天，我幾乎前功盡棄，還差點賠上小命。事情是這樣的：當時我在帳篷後的山洞口忙著工作，忽然有土石從山洞頂端和山壁崩落下來，瞬間壓垮了兩根柱子。我嚇得魂飛魄散，卻不知道發生了什麼事，還以為山洞頂部會跟上次一樣崩塌。害怕被活埋的我，趕緊跑向梯子，但還是覺得不夠安全，我擔心被滾落的土石砸傷，因此翻到圍牆外面。等到我踏上平地，才明白這是一場大地震，我腳下站立的地方在八分鐘內發生了三次劇烈搖晃，強度簡直足以震倒最堅固的建築物。離我約半哩的海岸邊，有一塊巨石從岩塊頂端崩落，我這輩子從沒聽過這麼可怕的聲響；同時，我也看到海水劇烈地搖盪著，我想海底一定震得比島上更厲害。

我被嚇壞了，因為我沒有經歷過地震，也沒和任何人談論過地震。天搖地動讓我像暈船一樣作嘔想吐，不過岩石崩塌發出的巨響，馬上把我從恍惚的狀態嚇醒。一想到崩落的土石會壓倒帳篷，埋住我所有的家當，我的心就涼了半截。

第三次的地震結束後，過了一段時間都沒有再發生搖晃，我才逐漸恢復勇氣。不過我還是不敢進到圍牆內，深怕會被活埋，我一直呆坐在地上，沮喪又鬱悶，不知道該如何是好。即便這時候，我仍然沒有認真想過上帝或信仰，只是偶爾說幾句：「上天啊，憐憫我吧！」地震一結束，這個念頭也就隨著消失。

就在呆坐的時候，我發現天空布滿烏雲，像是要下雨了。很快地，風勢逐漸增強，不到半個小時就吹起猛烈的颶風。海面也突然湧起大浪，猛力拍打著海岸，樹木被連根拔起，簡直是一場可怕的風暴。風持續吹了三小時才逐漸緩和，又再過兩小時才完全恢復平靜，此時開始降下大雨。

這段時間我一直坐在地上，又害怕又灰心。後來我才突然想到，這場風雨應該是地震造成的，地震應該已經結束了，現在我或許可以冒險回到山洞裡面。這個想法讓我恢復精神，再加上雨勢實在太大，我不得不進帳篷躲避。雨真的很大，我的帳篷幾乎支撐不住，我只好進到山洞中。我還是又害怕又不安，擔心頭上的土石隨時會崩垮下來。

這場暴雨迫使我做一項新的工作——在圍牆挖洞當作排水孔，避免雨水淹沒洞穴。我在洞裡躲了一陣子，發現不再地震之後才冷靜下來。此時的我很需要提振精神，因此我跑到小儲藏室，喝了一小口萊姆酒；總之，酒我喝得很省，我知道一旦喝光就不會再有了。

這場雨下了一整夜，隔天的大半天也是，因此我無法外出。不過我的心思已經平靜下來了，我開始思考應該怎麼做才好。假如這個島經常發生地震，我就不可能繼續生活在洞穴中，我必須考慮在空曠的地方蓋小屋，或許也再建圍牆環繞在四周，確保自己不被野獸或野人攻擊。如果一直住在這裡，我想遲早會被活埋。

有了這些想法後，我決定把帳篷從原本的地方移走。它正好就在懸崖的下方，如果再發生地震，一定會被壓垮。四月十九日和二十日這兩天，我都在計畫著該怎麼搬家，或該搬到哪裡去。

擔心被活埋的恐懼讓我睡得很不安穩，但毫無防禦地躺在室外也一樣危險。而且，當我觀望四周，所有的東西都井然有序，我把自己隱蔽得很好、很安全，實在不太願意搬家。

同時，我也想到搬家這件事會耗上許多時間。我必須先冒險住在原地，直到新住處完成，確保沒有危險之後，才搬過去。這個決定讓我心裡踏實許多，我決定盡快用木頭和纜索等材料，再搭建一圈類似的圍牆，圍牆完成後才把帳篷移過去。在此之前，我還是得冒險留在這裡。這是四月二十一日的事情。

四月二十二日

隔天早上，我開始思考各種實行計畫的方法，可是少了許多工具。我有三把大斧頭和一些手斧（本來是要拿來跟印地安人交易的），但因為砍了許多堅硬的木頭，斧頭不僅鈍了，還滿是缺口。雖然有一塊磨刀的砂輪，卻轉動不起來。我像一個政治家在籌畫國家大事，像一位法官要判決生死般，絞盡腦汁地思考；最後，我把繩子套在砂輪上，用腳轉動輪子，這樣一來，我的手就可以空下來磨工具了。

附記：我在英國沒看過這種東西，應該說磨刀的工具其實很常見，但我從來沒注意過它該怎麼使用。此外，這塊磨輪又大又重，總共花了兩週才把機器做好。

四月二十八、二十九日

這兩天我都在磨工具，我的磨刀機器運轉得相當不錯。

四月三十日

我早就知道麵包所剩不多了。重新清點後，我決定減量到一天只吃一塊餅乾，這讓我心情很沉重。

五月一日

早晨，潮水退去，我看向海邊，有個桶子般的大東西擱在海岸上。靠近後，我發現那是一個小木桶，另外還有兩、三塊船的殘骸，應該是被前一陣子的颶風吹上來的；接著我看向那艘沉沒的破船，似乎比之前高出水面許多。我檢查那個被沖上岸的木桶，裡面都是火藥，但已經泡了水，火藥硬得像石頭一樣。不過我還是把它滾上岸，接著走向沙洲，盡可能靠近那艘船，試圖再上去拿點東西。

第六章

發病與內心的愧疚

當我走到船邊，發現船的位置改變了不少。船頭原本埋在沙子裡面，現在至少升高了六呎；至於船尾，在我最後一次上船的不久後就被海浪打碎，現在被海水沖到旁邊去了，附近的泥沙堆得很高。當時那裡是一大片水窪，約有四分之一哩寬，必須游泳才能靠近；現在退潮後，用走的就能到達船邊了。剛開始我感到很驚訝，但很快就想到這應該是地震造成的。經過這場強震，船破得更加徹底，每天都有東西被沖出船艙，隨著風和海浪滾到岸上。

我的搬家計畫完全中斷，我每天——尤其是發現的當天，都在想辦法進到船裡面，但根本不可能，因為船身全是泥沙。然而，現在的我已經不會輕易放棄任何事，我決定帶走所有拆得下的東西，這些或多或少都派得上用場。

五月三日

用鋸子鋸斷一根船骨，我想它原本應該是用來支撐上甲板或後甲板的。鋸斷後，我努力清除堆積如山的泥沙，但這時候潮水開始上漲，我只能先暫停這項工作。

五月四日

今天去釣魚，但沒有一條魚是我敢吃的。直到我開始厭煩，準備離開的時候，抓到了一隻小海豚。我用麻繩做了一條很長的釣線，沒有魚鉤，不過還是常常能釣到一些魚。我都先把魚曬乾才吃。

五月五日

在破船上工作。我鋸斷另一根船骨，同時從甲板取下三大塊杉木板。我把板子綑在一起，乘著漲潮讓它們漂上岸。

五月六日

在破船上工作。從船上取下幾根鐵條和一些鐵器，我很努力工作，回家時累壞了，有一點想放棄。

五月七日

又到破船去，可是不想工作。我發現船骨鋸斷後，船艙支撐不住自身重量崩裂了。有好幾塊木板因而鬆脫，我可以直接看到船身內側，裡面充滿了泥沙和水。

五月八日

帶著起貨用的鐵鉤上船，我撬開甲板，甲板上已經完全沒有泥沙或水了。我撬了兩塊木板，同樣利用潮水將它們沖上岸。鐵鉤則留在船上以便隔天再用。

五月九日

到破船上去，將鐵鉤伸入船身，探到一些木桶。我用鐵鉤將桶子撬鬆，卻始終沒辦法打開桶子。我也探到那捲英國鉛皮，只能稍微撥動一點，實在太重，移動不了。

五月十日、十一日、十二日、十三日、十四日

每天都到破船上，拿了大量的木料、木板，還有兩、三百擔的鐵。

五月十五日

帶了兩把手斧上船，計畫把其中一把手斧的斧口放到鉛皮上，再用另一把看看能否砍斷鉛皮。可是鉛皮沉在水下約一呎半的地方，我根本敲擊不到。

五月十六日

晚上風勢很強，破船被水打得更碎了。我為了獵鴿子來吃，在樹林裡耗了太多時間，最後因為潮水上漲而上不了船。

五月十七日

看到遠處有些殘骸被沖上岸，距離約有兩哩，但我決定過去看看那是什麼。結果是一塊船頭的木料，實在太重了我搬不動。

五月二十四日

幾天以來，我每天都到破船上工作。我用鐵鉤費力撬開許多東西，潮水一來，船艙裡竟浮出好幾個木桶，以及兩個水手用的箱子。不過風從岸上吹來，這天找到的東西都上不了岸：一些木料和一個大桶子，裡面裝了巴西豬肉，但已經被鹽水和泥沙泡壞了。

我每天持續工作，直到六月十五日。除了漲潮我會去打獵覓食之外，退潮就上船工作。這段期間收集了許多木料和鐵器，要是我會造船的話，已經足夠建造一艘好船了。同時我也弄到好幾塊鉛皮，將近一百擔重。

六月十六日

在海邊找到一隻大海龜，我第一次在這裡看見烏龜。這個島其實沒有那麼荒蕪，只是我的運氣不太好，因為後來我發現，如果住在島的另一邊，大概每天都可以抓到幾百隻烏龜，不過或許也要付上相當的代價。

六月十七日

煮海龜吃，在她的肚子裡發現六十顆蛋，海龜肉是這輩子從沒嘗過的美食。自從來到這個可怕的地方後，除了山羊和鳥，我還沒吃過其他的肉。

六月十八日

下了整天的雨，我都待在室內，這場雨讓我的身體直發冷。在這個緯度，我知道這種現象不太正常。

六月十九日

病得很嚴重，不斷發抖，好像天氣很冷似的。

六月二十日

整個晚上都沒睡好，頭痛得很厲害，全身發熱。

六月二十一日

病得很嚴重，想到自己生病但沒人照顧的慘狀，感到害怕。自從赫爾那場風暴後，我第一次向上天祈禱，但連自己都不知道為什麼要祈禱，或者該怎麼祈禱。腦中一團亂。

六月二十二日

身體舒服一點了，但因為病痛而擔驚受怕。

六月二十三日

病況再度加重，冷得發抖，接著是劇烈的頭痛。

六月二十四日

好多了。

六月二十五日

患了嚴重的瘧疾，持續發作了七個小時，忽冷忽熱，最後冒了一點虛汗。

六月二十六日

好點了。因為沒東西吃，我拿著槍外出，發現自己非常虛弱。不過我還是打到一頭母羊，費一番工夫搬回家後，烤了一些來吃。我很想煮點肉湯喝，但是沒有鍋子。

六月二十七日

瘧疾再次發作，病況嚴重。我整天都躺在床上，沒吃沒喝。喉嚨很乾，但我太虛弱了，沒力氣起身幫自己倒水喝。我再次向上天祈禱，但頭還是浮浮的，稍微清醒後，又不知道該從何開始禱告。因此我只是躺在床上，喊著：「主啊，看看我！主啊，可憐我吧！主啊，救救我啊！」就這樣持續了約兩、三個小時，直到氣力放盡後才睡著。直到半夜醒來，我感覺身體舒服許多，但仍然很虛弱，而且非常口渴。不過屋子裡已經沒水了，我必須忍耐到天亮，我又回去睡覺。再次睡著後，我做了一個可怕的夢。

我想那應該是地震後的那場風暴，我坐在圍牆外的地上，看到一個人在一片火焰中，從烏雲上慢慢降下來。他的周遭如火焰般明亮，我無法正視，他的面容可怕的難以形容。當他的腳踏上地面，我感覺到土地在顫動，就像又發生了地震一樣，四周的空中充斥著火光。

他一踏上土地便朝我走來，手上拿著一把長戟，似乎是要來取我性命。當他來到我面前的高地時，他開口向我說話。應該說，我聽到了一個聲音，但我難以描述伴隨著這個聲音而來的恐懼。我唯一聽懂的一句話是：「既然這一切都還無法讓你心生懺悔，那你該面對的就是死亡。」說這句話的同時，他舉起長戟準備殺了我。

所有讀到這段內容的人，應該不難想像這個驚人的畫面帶給我多大的恐懼。雖然只是一場夢，恐懼卻如此真實；即便醒來後發現只是在做夢，殘留在腦中的印象仍然可怕得難以言喻。

哎！我啊，就是沒什麼信仰，從小父親給予的良好教育，都被八年來放蕩不羈的水手生活消耗殆盡了；我接觸的這些人都跟我一樣邪惡、瀆神。我不記得自己曾經景仰過上天，反省過自己的種種惡行。我真是個愚昧的人，善惡不分，在所有的水手當中，我就是那種最魯莽輕率的傢伙：危難時不懂得敬畏上天，獲得救贖也不知感恩。

藉由到目前為止的事件，大家應該不難理解，我從未將發生過的各種不幸視為神的旨意，或上天對我的懲罰：我違背父親的好意，過著荒唐、充滿罪惡的生活直到今天，真的是罪孽深重。當我不顧一切前往荒涼的非洲海岸時，從未考慮過自己即將遭遇的狀況，也未曾請求上天為我指引方向，庇護我遠離周遭的危險，保護我不受猛獸和殘酷的野人攻擊。我從來沒有想到神或上天，我的行為就像畜牲一樣，憑著本能和感覺做事，甚至比畜牲還更不如。

當我被葡萄牙船長從海上救起，得到仁慈、公正、優渥的對待時，也幾乎沒有任何感謝上天的意思。接著當我又再次遭遇船難，差點淹死在這座荒島時，也不把它當作報應，從沒懺悔過。只是常對自己說，我就是個倒楣的人，生來注定要吃苦受罪。

的確，當我爬上岸，發現其他夥伴都已經淹死，只有我一人倖存的時候，感受到一種很深的狂喜。假如我能想到那份喜悅是來自上天的恩賜，或許就找到真誠的感謝之心。無奈我很快就把它當作平凡的喜悅，也就是說，我只對自己還活著感到很開心，並沒有反思為何上天只救我，其他人卻都死了。我跟一般遭遇船難的水手一樣，幾杯黃湯下肚，就把所有的事都拋在腦後了，接下來的一生都是如此。

後來我也曾經謹慎地評估狀況——看到自己受困在這個可怕的地方，遠離人世，毫無獲救希望。然而，當我找到一點活命的機會，不至於餓死時，所有的苦惱又都消失了。我為了生存開始賣力工作，從沒想過這些遭遇是來自天堂的審判，是上帝對我的懲罰。這種想法很少出現在我的腦中。

我在前面的日記裡有提到過，麥芽生長出來時，我曾受感動，因為那是我第一次體驗到上天賜予的奇蹟。但我也說了，當我發現那並非奇蹟後，感動也就跟著消失了。

即便是地震——自然界中最可怕的現象，往往讓人聯想到不可名狀的神祕力量，但在最初的恐慌退去之後，敬畏的感覺也一起消失。我從沒想過目前的悲慘處境會是上天的安排，或是祂給我的懲罰，好像我的人生一路順遂似的。

然而現在我生病了，死亡的悲哀來到面前，我因為病痛而精神不振，發燒造成身體非常疲累，沉睡已久的良心才開始甦醒。我開始責備自己，都是過去那些罪惡的行為激怒了上天，祂才用這麼嚴厲的方式懲戒我。

這些反省在生病的第二或第三天壓迫著我，發燒加上可怕的良心譴責，竟讓我吐出幾句向上天禱告的話；並非祈求任何希望的禱告，充其量只是出自恐懼和沮喪的碎語罷了。我腦中一團混亂，內心悔恨不已，恐懼於自己即將死在這麼悲慘的狀態。驚慌不安的我也搞不清楚自己說了什麼，只是喊著：「主啊！我真是不幸啊！我生病了，但沒有人照顧，這次真的要死了，我該怎麼辦？」我的眼淚奪眶而出，好一陣子說不出話來。

這段期間，父親的勸戒浮現腦海，我想起他最初的預言：上帝絕不會保佑我，而到我走投無路的時候，一定會後悔沒有聽從他的勸告。

「現在，」我大聲說道，「父親的話應驗了。上帝已經做出審判，沒有人能救我，也沒有人聽得見我的呼喊。慈悲的上天原本賜予我一段快樂幸福的人生，我卻拒絕接受；我辜負父母親的好意，我的愚蠢使他們傷心，也讓自己付出代價。我摒棄所有能讓我過得舒適安逸的協助，如今不得不在艱困的況狀中掙扎，沒有人支持、沒有協助、沒有安慰、沒有勸言。」

接著我大喊：「主啊，請祢幫幫我，我真的走投無路了！」

如果這也能算是禱告的話，這是我多年來的第一次禱告。

再回到我的日記。

六月二十八日

睡了一覺之後，我的精神好多了，症狀也已經退去，因此我起身下床。噩夢帶來的恐懼仍然深刻，考慮到隔天可能會再發病，我必須趁機準備一些生病時需要的東西。首先，我把一個方形的大罐子裝滿水，放在床邊伸手可及的桌上。為了減少水的寒性，我在裡頭加了四分之一品脫的萊姆酒。接著我拿一塊羊肉放在火上烤熟，但只吃了一點點。我四處走動了一下，身體相當虛弱，一想到自己的慘狀，再加上隔天可能會再發病，心裡沉重又難過。晚餐我用餘燼烤了三顆烏龜蛋，剝殼後吃掉，就我記憶所及，這是我人生中第一次在用餐時祈求上帝賜福。

晚餐後，我試著再起來走走，但身體真的很虛弱，連槍都拿不動（我出門一定會帶槍）。因此我很快坐回地上，看向眼前平靜的大海，腦中出現了一些想法。

這片我每天看著的海和土地到底是什麼？怎麼出現的？而我又是什麼？我和其他動物，不管野生的或被馴養的，不管文明或野蠻，都是從哪裡來的？毫無疑問是來自一種神祕力量，祂也創造了陸地、海洋和天空，但祂是誰？

隨之而來的答案，就是「上帝創造一切」。是的，假如上帝創造了所有的東西，那麼祂應該也支配掌管著這一切。祂有創造萬物的力量，一定也有指引萬物的力量。

若是如此，任何事都脫離不了祂的掌控。如果祂是全知的，那麼祂一定知道我可怕的處境，這是祂預先安排好的。

我想不出任何說法推翻這個結論，因此我更加相信，是祂安排這一切發生在我身上，是祂把我帶進這個悲慘狀況的。不只有我，世界上的每一件事都由祂支配。因此我不禁要問：「為何上帝如此待我？我做錯了什麼，要受這種苦？」

我的良心立即制止我提出這種疑問，彷彿我褻瀆了上帝，良心對我說：「無恥！你還敢問你做了什麼事？回頭看看你那可怕的過往吧，你自己有什麼惡事沒做過？問問你自己，為什麼你還活著？為什麼沒在雅茅斯港淹死？薩列的海盜追上時，為什麼沒有戰死？為什麼在非洲沒被野獸吃掉，為什麼全部的人都死了，只有你一人獨活？你還敢問『我做錯了什麼』？」

想到這裡，我整個人嚇得無話可說，給不出個答案。我難過地起身走回住處，翻過牆，準備上床睡覺。然而我心煩意亂，難過得睡不著，只得又起來坐在椅子上。天開始黑了，我點亮燈。這時候我突然想到，巴西人不管生什麼病都不看醫生，只是嚼菸葉，而我剛好有一捲還可以的菸葉，雖然裡面有一些沒烤熟的青葉。

這一定是上天的指引，我在箱子裡找到的東西，同時治癒了身體和心靈。我打開箱子，找到我要的菸葉，也看到幾本被我留下來的書，我拿了其中一本聖經（前面我有提過這些聖經），一直以來我都沒空、也沒心思拿起來讀。我把聖經和菸葉一起放到桌子上。

我不知道如何用菸葉治病，甚至不知道能不能產生作用。我實驗了幾種不同的方法，猜想總有一、兩種會有效。首先，我拿一片菸葉放到嘴裡嚼，我的頭馬上感到暈眩，這些葉子又青又烈，而且我原本就沒有嚼菸草的習慣。然後我又拿一些菸葉泡入萊姆酒，決定放個一、兩個小時後，等睡覺前再喝。最後，我把菸葉放到炭盆裡燒，把鼻子湊上去聞，盡量忍受幾乎讓人窒息的熱氣和煙。

做這些事的同時，我也把聖經拿起來讀，但因為菸葉的氣味燻得我頭很暈，根本不能專心。我隨手翻開一看，映入眼簾的一句話是：「在患難之日求告我，我必拯救你，你也要榮耀我。[6]」

這句話呼應了我的處境，在當下就留下深刻印象，但之後它對我的影響還再更大。至於獲救，我得說，讀來其實沒什麼感覺，機率太小了，我根本不可能得救。就像上帝答應賜肉給以色列的孩子們時，他們問：「神在曠野能擺設筵席嗎？[7]」我也要問：「神會親自將我從這裡救出去嗎？」我常在腦中自問這個問題，但得救的希望是在多年後才出現的。然而，這句話仍讓我印象深刻，我常常會想起它。

這時候已經很晚了，如我所說，菸葉讓我的頭很暈，很想睡覺。為了方便夜裡起床拿東西，我在山洞裡留下一盞燈，然後就到床邊去。躺下之前，我做了一件這輩子沒做過的事：我跪下祈求上帝答應我，如果我在患難之日呼喊祂，祂必會搭救我。斷斷續續做完這個不太完整的禱告後，我喝下浸泡菸葉的萊姆酒，酒很烈，而菸葉的味道相當嗆人，幾乎難以入喉。喝完後我立刻上床睡覺，兇猛的酒力直衝腦袋，我卻睡得很沉。根據太陽的位置判斷，我應該是一直睡到隔天下午三點才起床，不，現在看來，我甚至懷疑自己睡了一整天，直到第三天的下午才醒的。因為多年後，我發現日記裡的這一週少算了一天，如果是因為做記號的疏失，應該會遺漏更多天才對，但確實只少了一天，我也不知道是怎麼回事。

無論如何，起床後我神清氣爽，體力比前一天恢復了許多，腸胃也恢復了，我開始覺得肚子餓。總之，這一天我沒有再發病，身體也逐漸好轉。這是二十九日的事。

身體狀況在三十日變得更好，我帶槍外出，但沒有到很遠的地方。我打下一、兩隻像是黑雁的海鳥帶回家，卻不太想吃鳥肉，因此我又吃了一些美味的烏龜蛋。傍晚，再次把菸葉泡在萊姆酒裡面當藥，我覺得前一晚喝了這些酒對身體有幫助。不過這次沒有喝那麼多，也沒有嚼菸葉或燻菸葉。隔天起床後，也就是七月一日，身體沒有如我預期地好轉，我有點發冷，但不是太嚴重。

6　節錄自《詩篇》第五十篇第十五節。

7　節錄自《詩篇》第七十八篇第十九節。

七月二日

再次用三種方法治病，像第一次一樣把自己弄得昏沉沉的，酒更是喝了雙倍的量。

七月三日

不再發病了，但幾週之後才完全恢復體力。休養期間，我腦中常常浮現聖經的這句話：「我必拯救你。」不過我知道自己獲救的機會微乎其微，根本是種奢望，就在為此感到失落時，我忽然醒悟過來。我一心只希望上帝拯救我，卻沒想過自己其實已經獲救，我自問：我不是從疾病中復原了嗎？我不是已經脫離那個最可怕的狀態了嗎？我怎麼沒有注意到這點？但我可有盡本分？上帝救了我，我卻沒有榮耀祂。換句話說，我沒有把它視為救贖，所以不知感激，那我怎能期望得到更大的救贖？

我的內心大受感動，立即跪下，大聲感謝上帝讓我從疾病中康復。

七月四日

早上，我拿起聖經，從新約開始讀起。我很認真地讀，規定自己每天早晚都要讀，沒有一定要讀多少篇章，但只要能讀，我就繼續讀下去。認真讀經不久後，我深深體悟到自己過往的生活是多麼不堪。夢中的情景再次浮現，我重新思索那句話：「發生的一切都還無法讓你心生懺悔。」隔天，就在我虔誠祈求上帝賜予我懺悔的機會時，我讀到了這句話：「他被高舉，作君王、作救主，好將悔改的心與赦罪之恩賜給人。[8]」於是我拋下書，誠心誠意地把雙手高舉向天，帶著狂喜喊道：「耶穌，大衛之子！耶穌，被高舉作君王、作救主的您，請賜予我懺悔之心吧！」

嚴格說來，這是我有生以來第一次的禱告。因為我的情感和境遇與經文產生了連結，我終於受到上帝話語的鼓舞；我可以說，從此刻起，我才開始希望祂能垂聽我的禱告。

我對「求告我，我必拯救你」這句話有了新的理解。過去，我以為救贖就是把我從目前的困境中拯救出去——即便可以自由行動，但這座島對我而言，就是世界上最殘酷的監獄。然而，我有了不同的看法，我對過去的生活感到十分驚恐，覺得自己罪孽深重。現在，我一心只求上帝將我的靈魂從令人不安的沉重罪惡中解放出來。目前孤獨的生活反倒不算什麼了，我並不特別祈禱上帝救我離開荒島，也不太放在心上。我特別說這些事，是為了提醒讀者，當我們看見世事的真義時，就會明白：心靈從罪惡中得到救贖，遠比身體從困境中得到拯救還要幸福。

8 節錄自《使徒行傳》第五篇第三十一節。

不過我們就先停在這裡，回到日記上吧。

現在，即便生活仍然困苦，我的心卻輕鬆許多。藉由持續閱讀聖經和禱告，我的思想依循上帝的指引，內心感覺到從未有過的安定。同時，由於健康和體力也恢復了，我又重新投入尚待完成的工作，盡量讓生活回到正軌。

從七月四日到七月十四日，大部分時間我都帶槍外出走動，每天增加一點距離，像個大病初癒的人，慢慢恢復體力。我生病期間那副虛弱失神的模樣，沒看到的人是很難想像的。然而我治病的方式更是創新，我想沒有人用過這種方式來治療瘧疾，但我也不能因為這次的實驗成功，就把這種療法推薦給別人。病雖然治好了，但身體也變得相當虛弱，而且後來我的四肢常會抽筋，持續了好一段時間。

從這場大病中我還學到一個教訓：下雨的日子外出對健康最有危害，尤其是夾帶著狂風的雨。我發現乾季的雨常會伴隨著風暴出現，比九月和十月下的雨危險許多。

第七章
務農體驗

我來到這個不幸的荒島已經超過十個月了，幾乎沒有獲救的機會，我也很確定在我之前沒有人類到過這裡。現在住處已經相當安全，我開始想進一步探索這座島，了解一下島上是否還有我不知道的物產。

我在七月十五日展開仔細的探勘。首先，我從之前木筏靠岸的那個河口沿溪流往上走，發現潮水最高只到兩哩左右的地方，再往上是一條清澈的小溪，溪水很甘甜。不過這時候是乾季，有些區段幾乎沒有水，即使有，也只是微小的細流。

我在溪邊發現一片平坦滑順的草地，讓人心情愉快。從綠地延伸出去的坡地（溪水應該淹不到那個地方），長滿了綠油油的菸葉，莖幹又粗又壯。此外，還有一些我不認識的植物，也許各有用處，只是我不知道罷了。

我在尋找木薯，熱帶地區的印地安人都用它來做麵包，但沒有找到。我看到許多高大的蘆薈，只是當時不知道它的用途。另外也發現一些甘蔗，但因為是野生的，缺乏照顧，長得並不好。這些發現讓我很滿意，回家的路上我不斷思考，有沒有什麼方法可以知道這些植物的用途？但我想不出個結果。簡單來說，就是因為我在巴西時沒有仔細觀察各種植物的特性和用法，現在遇到困境就無計可施了。

隔天，十六日，我沿同樣的路走到更深入的地方，到了綠地和溪水的盡頭。這一區樹木比較茂密，我發現很多水果，尤其是地上的瓜類和樹上的葡萄，長得非常茂盛。葡萄藤蔓爬滿樹枝，結了一串串果實，又大又熟，真是驚喜的發現。我為此感到非常高興，但過去的經驗也告訴我吃葡萄要小心一點。之前在非洲的巴貝里海岸時，有幾個在那邊當奴隸的英國人，就因為吃太多葡萄得到痢疾和熱病而死。我想出了一個利用這些葡萄的好方法，我把它們拿到太陽下曬乾，做成葡萄乾收藏起來。這樣一來，在不是葡萄盛產的季節也吃得到葡萄乾，一定好吃又健康，後來事實證明真是如此。

我沒有回去我的住處，當天晚上就留在那裡，這是我第一次在外面過夜。夜裡，我一樣爬到樹上休息，睡得很安穩。隔天早上繼續向前探索，根據山谷的長度判斷，我向北走了約有四哩，兩側都是連綿不斷的小山。

最後我來到一片開闊的空地，地勢向西邊低斜，有一流清澈的溪水從身旁的山丘穿出，一路流向東邊。這個地方清新翠綠、生氣勃勃，看起來像個人工花園。

我沿著秀麗的山谷往下走了一段路，四處觀看這片景色，暗自歡喜的心裡卻又混雜一點苦澀。我想著，這一切都由我獨享，我就是這裡的君王，假如可以轉讓的話，我會像英國莊園的領主那樣，將它留給後代子孫。我發現了很豐富的可可樹、柳橙、檸檬和萊姆，但都是野生的，沒有結太多果實（至少這個季節沒有）。不過我採下的一些萊姆，好吃又健康，後來我把萊姆汁和水加在一起喝，真是清爽提神。

現在我必須費點工夫把這些水果帶回家，我決定將葡萄、萊姆和檸檬儲藏起來，以便在雨季的時候可以吃。我知道雨季快來了。

因此，我採了許多葡萄堆起來，然後換個地方再堆一點，萊姆和檸檬則又堆在另一個位置。此外，我也帶了一些回家。我打算拿袋子再來一趟，把剩下的東西也都搬回家。

我花了三天的時間才回到家（現在我已經把帳篷和山洞叫做家了），不過還沒到家之前，我發現葡萄都壞掉了，因為果實很重，又已經熟透，經過一路的碰撞而破裂，一點用處都沒有。萊姆就沒什麼問題，不過我只帶了幾個回來。

隔天，也就是十九日，我帶了兩個袋子回到那裡，準備把採收的果實都運回家。走到堆放葡萄的地方時，我大吃一驚，原本飽滿完好的葡萄，現在卻都破碎了，撒得到處都是，還有一些被吃掉了。因此我確定有野生動物在附近出沒，但不知道是什麼動物。

現在，我發現不能把水果堆在地上，因為會被動物破壞，也不能直接用袋子裝回家，因為在路上就會撞破了。我採用另一個方法，先採下大量的葡萄，掛在附近的樹枝上讓太陽曬乾，而萊姆和檸檬，我盡可能全部帶回家。

這趟旅行之後，我一直對那個富饒的谷地念念不忘。那裡沒有暴風雨，又靠近水源和樹林，我選擇的居住地根本就是島上環境最惡劣的地方，因此我開始考慮要搬家。可能的話，就搬去那個美麗又肥沃的地方，找個跟現在一樣安全的地點定居。

這個想法盤據在我腦中許久，有時候我興匆匆地想要馬上行動，因為那個地方太誘人了。不過仔細思考後，我認為住在海邊也有優點，至少哪天有機會碰上跟我一樣倒楣的人漂來島上。或許不太可能發生，但如果我住到島中央的山林裡，等於是把自己關進牢籠，連最後一點機會都沒了，因此絕對不能搬家。

只是我仍然很喜歡那個地方，七月的後半部我幾乎都待在那裡。雖然不搬家，但我決定在那裡蓋一間茅屋，用堅固的圍牆環繞起來。我同樣建了雙層的籬笆，盡可能蓋得高一點，木樁也穩固打好，然後在兩層籬笆之間填入樹枝。這讓我能安心休息，有時候會連續待個兩、三晚，一樣用梯子進出。這項工作直到八月初才完成，從此，我有了一間鄉間小屋與一間濱海小屋。

正當我完成圍牆，準備享受勞動的成果時，開始下雨了，逼得我一直躲在海邊的房子裡。新居我也用帆布搭了帳篷，遮蓋得很確實，但那個地方沒有山壁可以遮擋風雨，雨勢過大時也無法躲到山洞裡面。

就像我剛說過的，我大概在八月初完成茅屋。正準備享受的時候，八月三日我就發現掛在樹上的葡萄已經完全曬乾了，變成上等的葡萄乾。我開始將葡萄從樹上拿下來，幸好我有做這件事，因為接著來到的大雨一定會把它們全部打壞，那樣的話，我可要損失過冬最好的糧食了。我收回超過兩百串的葡萄，剛取下來運回洞裡，就開始下雨了。從這一天開始，八月十四日，每天或多或少都會下雨，一直到十月中旬才停，有時候雨勢非常猛烈，很多時候我只能待在洞裡無法出門。

在雨季裡，我驚訝地發現家中的成員竟然增加了。先前我就留意到有隻貓失蹤，因為一直沒有下落，我以為牠可能已經死了。直到八月底，牠突然回家，還帶著三隻小貓一起回來，嚇了我一跳。更奇怪的是，這些小貓長得跟原來的貓一樣。我那兩隻貓都是母的，不可能生得出小貓，而我也獵過山貓，牠們和歐洲品種的家貓有很大的差異，這件事讓我一直想不透。這三隻貓陸續生了更多小貓，讓我很困擾，最後我不得不把牠們當作害蟲殺死，或趕出家門。

從八月十四日開始，一直到八月二十六日，雨一直下個不停，沒辦法出門。我現在相當小心，盡量不讓自己被雨淋濕。被雨困住的這段期間，糧食逐漸減少，我只有冒險外出打獵兩次，第一次獵到一隻山羊；而最後一天，也就是二十六日，我抓到一隻大海龜，這是我最喜歡的食物。每餐的食物我是這樣分配的：早餐吃一串葡萄乾；午餐吃一塊烤羊肉或烏龜肉，可惜的是，我沒有器具可以煮肉；晚上就吃兩到三顆烏龜蛋當作晚餐。

因下雨無法出門的日子，我每天工作兩、三個小時擴大我的山洞。我一直往側邊挖，直到挖通圍牆外側的山壁，接著做了一道門當作出入口。這讓我睡得很不安穩，因為一直以來這裡都是完全封閉的。現在我感覺自己暴露在外，任何東西都能進來攻擊我。雖然還沒遇過什麼危險的野獸，目前看過最大的動物就是山羊了。

九月三十日

今天是我來到這座島滿一週年的日子。我算了柱子上的刻痕，發現自己已經在這裡度過三百六十五天，我把這一天訂為齋戒日，舉行宗教儀式。我用最虔誠謙卑的態度跪伏在地上，向上帝懺悔我的罪，接受祂公正的審判，並祈求耶穌基督的憐憫。我十二個小時沒有進食，直到太陽下山後才吃了一塊餅乾和一串葡萄，接著就上床睡覺了。

我已經很久沒有守安息日了。因為一開始我沒什麼信仰的觀念，後來又忘記把代表安息日的刻痕加長一點，日子搞混了。不過就如上述所提，我計算出自己上島已經一年了，因此我按照星期計算，每七天空出一個安息日。只是最後還是少記了一、兩天。

不久之後，我的墨水也快用光了，我決定再更節省一點，只寫重大事件，不再記錄日常發生的瑣事。

現在我也找出雨季和乾季的規律，知道如何劃分這兩個季節，以便提早做適當的準備。這也讓我付出了相當的代價，我來講述一個糟糕的經驗，這是我最灰心的一次嘗試。先前提過，我收藏了幾顆麥穗和稻穗——剛開始我還以為他們是憑空從土裡冒出來的，稻穗約有三十顆，麥穗二十顆。雨季過後，太陽逐漸南移，當時我認為那是最適當的播種季節。

我用我的木鐽努力翻鬆了一塊地，分成兩個區塊用來種這些穀物。正當我要播種時，心裡突然想到，不應該一次全都種下去，因為我還不確定這是不是正確的時機。後來我先種下三分之二的種子，每個種類都保留一點。

後來我很慶幸自己有這麼做，這一批種子都沒有長大。當初播種之後，一連好幾個月的乾季都沒下雨，沒有足夠的水分讓種子成長。直到後來雨季來臨，才像剛播種似地長了出來。

看到種子沒有發芽，我很快就猜到是乾旱的緣故，因此我找了一塊潮濕的地再試一次。這塊地在我的新茅屋附近，翻完土後，我在二月的春分前幾天播種。接下來的三月和四月是雨季，提供了充沛的水分，這一批長得很好，也結了很好的穀子。不過我仍然不敢全都種下去，因此收穫量不多，總共的收穫量只有半配克[9]左右。這次經驗讓我開始對農作上手，知道什麼時候適合播種；後來我還知道每年可以播種兩次、收穫兩次。

9 英國的計量單位，一配克等於八點八一公升。

穀物成長期間我有一個小小的發現，後來對我很有幫助。雨停後，天氣一恢復穩定，我就回去看我的茅屋，這時候大概是十一月。我已經好幾個月沒去那裡了，一切都跟我離開的時候一樣。雙層的圍牆還是堅固完整，就連我從附近樹上砍下的木樁，都發了芽，抽出幾條細枝，像是前一年剛修剪過的柳樹一樣。我不知道這是什麼樹，但看到這些小樹長出來讓我很開心，我稍作修剪，希望這些樹長得整齊。三年後，它們簡直美麗得讓人難以置信，我做的圍牆直徑有二十五碼，但樹蔭很快就覆蓋了整個範圍，乾季住起來很舒服。

這讓我決定多砍一些樹，在半圓圍牆外再多做一道圍籬（我說的是第一個家）。我在第一道圍牆外大概八碼的距離打上兩排木樁，這些木樁很快又抽出枝葉，一開始只是覆蓋著我的住所，後來也成為一道防禦機制，之後會再細談。

我發現這裡的節氣跟歐洲不一樣，不能用冬季和夏季來區分，而是分成雨季和乾季。大致如下：

二月前半　雨季，太陽位於赤道上方或接近赤道。
三月　雨季，太陽位於赤道上方或接近赤道。
四月前半　雨季，太陽位於赤道上方或接近赤道。
四月後半　乾季，太陽位於赤道北方。

五月　乾季，太陽位於赤道北方。
六月　乾季，太陽位於赤道北方。
七月　乾季，太陽位於赤道北方。
八月前半　乾季，太陽位於赤道北方。
八月後半　雨季，太陽回到赤道附近。
九月　雨季，太陽回到赤道附近。
十月前半　雨季，太陽回到赤道附近。
十月後半　乾季，太陽位於赤道南方。
十一月　乾季，太陽位於赤道南方。
十二月　乾季，太陽位於赤道南方。
一月　乾季，太陽位於赤道南方。
二月前半　乾季，太陽位於赤道南方。

雨季受風勢影響，有時長一點，有時短一點，不過也只是我的推測罷了。自從體驗過在雨天出門的壞處之後，我都會事先存好糧食，確保自己不必冒雨外出。雨季期間，我盡量都待在室內。

這段時間我有很多工作要做，需要耐心和勞力才能完成。例如，我試過許多方法編織籃子，但我找到的枝條都太脆，根本無法使用。我小時候很喜歡到鎮上看人家怎麼編竹簍，有時候也會湊熱鬧幫忙，這個經驗現在派上用場。我知道編織的方法，只差沒有材料而已。此時我突然想到，我砍來當作木樁的那種樹，枝枒就跟英國的柳樹一樣堅韌，因此我決定嘗試看看。

隔天我就跑去鄉間小屋，我現在都這樣叫它，砍了一些枝條，發現很合用。我發現那一帶有很多這種樹，又帶一把手斧準備多砍一點。我把這些枝條放在圍牆上曝曬，曬得差不多時就收進山洞。雨季來臨前，我努力編織籃子，拿來裝土和其他東西——雖然做得不太好看，卻也還算實用。之後我就不再缺籃子用了，壞掉就做新的。穀物收穫量變多後，我也做一些較深、較堅固的籃子來代替袋子。

我花了許多時間終於克服這個困難，精神振作了起來，也再嘗試解決另外兩個需求。我有兩個裝滿萊姆酒的桶子，幾個一般尺寸的玻璃瓶，以及用來裝水和酒的方瓶，除此之外就沒有可以裝液體的容器了。我也沒有像樣的鍋子可以煮東西，只有一個從船上帶下來的大壺，但它太大，不適合拿來煮肉湯。另外，我還想要一個菸斗，但不可能做得出來。不過最後我還是想出了一個好方法。

整個夏天，或說乾季，我都在建造木樁圍牆和編織籃子。不過還有另一件事花了比我預期還多的時間才完成。

第八章

探查小島

先前曾經提過，我很想好好探查整座島，因此我沿著小溪往上走，蓋了一間茅屋。從這裡，我可以清楚看到小島另外一側的海，我決定到海邊看看。因此，我帶著槍、手斧、狗，和比平常更多的彈藥，再加上兩塊餅乾以及一大包我收藏的葡萄乾，開始了這段旅行。穿過小茅屋所在的山谷後，如我所說，西側可以看見大海，天氣相當好，我還可以看見不知道是島還是大陸的陸地。那裡地勢高聳，從西邊一路延伸到西南西的方位，不過離我的島很遠，我猜距離至少有十五到二十里格。

我判斷不出那會是哪裡，或許是美洲的一部分。根據我的觀察，應該在西班牙的領地附近，可能有野人定居，假如我在那裡登陸，狀況會比現在更糟。我現在開始相信上天會給予最好的安排，一切都是天意，也就放下到那邊去的妄想。

我停下來好好想了一下，如果那邊真的是西班牙的海岸，那麼遲早會有船隻經過，假如不是，那就是位於西班牙和巴西之間，野人居住的海岸。那些野人都是食人族，他們會吃掉所有落入手中的人類。

我一邊想，一邊悠閒往前走，小島的這一側比我住的那邊好多了。青草和花朵的香氣飄散在開闊的草原上，到處長滿木材品質很好的樹。

我看到很多鸚鵡，很想抓一隻回家養，教牠說話。後來我花了一點力氣真的抓到一隻小的，我用樹枝把牠打下來，鸚鵡醒過來後，我便把牠帶回家。後來，我真的教會牠喊我的名字。然而那是很多年後的事了，還發生過一個小意外，想起來真是有趣。

這趟旅行相當愉快，我在低地看見了一些野兔（我想應該是野兔沒錯）和狐狸，和我看過的品種完全不一樣。我打死了幾隻，但不太敢吃牠們的肉。我不需要冒險吃這些肉，因為我不缺食物，而且我的食物還比較好吃，尤其是山羊肉、鴿肉和烏龜肉。況且我還有很多葡萄，我想就連利德賀市場[10]也擺不出這麼豐盛的宴席。因此，雖然處境悲慘，我還是抱持感激的心。我無需承受餓肚子的苦，擁有的食物都很美味。

旅途中，我每天最多只前進兩哩，但花很多時間來回探索每個區域，因此停下來準備過夜時，身體都相當疲累。我不是睡在樹上，就是在周圍或樹木之間的空隙插上木樁，確保野生動物在接近之前會先把我驚醒。

當我來到海邊，看到了驚人的景象，立刻發現我住的地方果然是島上最糟糕的地區：這裡的海岸布滿無數烏龜，我那邊一年半卻只找到三隻。這裡還有數不清的鳥，有我看過的，也有從來沒看過的。有很多鳥的肉都很好吃，但除了企鵝之外，我都叫不出名字。

其實鳥這麼多，應該可以盡情打獵，但我需要節省彈藥，因此只想獵一頭山羊，山羊可以吃比較久。這一帶有很多山羊，比我住的那邊還多，不過地勢太平了，牠們很容易發現我，很難接近。

我承認島的這一側比我那邊還要舒適，但我一點都沒有搬家的意圖。因為我把住處蓋得很完整，也當成家了，我只把這趟視為離家的旅行。我沿著海岸往東，走了大約十二哩之後，在地上立一根大柱子做為標記。我打算先回家，下一趟旅行再沿另一邊的海岸走來這根柱子。之後我會再說明。

回程我走了不同的路，我認為只要走在高處，可以環視全島的話，就能找到回家的路，但我錯了。走了兩到三哩之後，我發現自己走進一道很深的山谷，群山環繞，山上都是樹林。我完全無法辨認哪一邊才是我要的方向，當時連太陽也沒有幫助，除非我能清楚知道太陽的位置。

更不幸的是，我在山谷的那三、四天霧氣很重，完全看不到太陽，只能憑著感覺亂走，最後才碰碰撞撞回到海邊。我找到那根柱子，順著原路回家。走這條路很輕鬆，但

10 利德賀市場（Leadenhall Market），位於倫敦市的恩典堂街，是倫敦最古老的市場之一。

因為天氣很炎熱，身上帶著的槍、彈藥、手斧和其他東西，顯得格外沉重。

途中，我的狗襲擊一隻小羊，並抓著不放，我趕緊跑過去把小羊救出來。我一直很想抓一、兩隻小羊帶回家馴養繁殖，等我彈藥用光，才不怕沒東西吃。

我做了一個項圈給這個小東西，另外用帶在身上的麻紗做一條細繩牽著牠走。我費了好一番工夫把牠拖到我的鄉間小屋，關起來後我就走了，我已經離家超過一個月了，迫不及待只想回去。

回到老窩，躺到吊床上的滿足感真是難以形容。旅行中到處晃蕩，沒有一個固定的住處，讓我很不痛快。相較之下，這個家根本就是個完美的住所，一切都如此舒適方便。我決定，如果我注定要在這個島上度過餘生的話，再也不要離家那麼遠了。

我在家休養了一個禮拜，紓解長時間外出的疲勞，這段時間我都在幫鸚鵡做籠子；這隻小鸚鵡已經被我馴服，和我很親近了。這時候我才又想到那隻可憐的小羊還被我綁在籬笆裡面，我決定把牠牽回家，餵點食物給牠。到了那邊，牠還在，因為牠根本跑不出去，只是沒吃東西快餓死了。我去找了一些有嫩枝的樹木，砍下來給牠吃，然後一樣用繩子牽著走。牠因為太飢餓變得很聽話，無需綁繩子也會像狗一樣乖乖跟著。過了一段時間，這隻羊變得很可愛，溫馴又討喜，從此牠成了我家的成員，從沒離開過我。

秋天的雨季來了，我同樣莊嚴地度過了九月三十日這一天。我來到這座島已經滿兩年，跟上岸的第一天一樣，完全不期待自己會得救。一整天我都以謙卑、虔誠的心感謝上天的憐憫，假如沒有這些恩賜，我的孤島生活一定會更加悲慘。我全心感謝上帝，祂讓我了解到我在孤獨的狀態中，可以過得比待在自由社會中還要快樂。祂豐富了我的孤單，時常和我的靈魂交談，支持我，安慰我，鼓勵我依循祂的旨意生活，我希望祂永遠都在身邊。

這時候我開始覺察到，自己的處境雖然還是很悲哀，但比起以往那種罪惡、令人憎惡的糟糕生活，生命已經變得幸福許多。現在，我對喜樂和悲傷的看法已經改變了。跟過去，或剛來到這座島的我相比，欲望和興趣也都不同，卻獲得全新的快樂。

以前，不管打獵或探險，走著走著，一想到自己的處境我就會突然崩潰。這片山林和大海，就是監獄的柵欄，把我這個囚犯監禁在這個蠻荒的島上，沒有任何得救的希望。即使在最平靜的時候，情緒也會像暴風雨一樣突然爆發，使我扭緊雙手，像個孩子般哭泣。有時候我工作到一半，會突然哀嘆地坐下來，一、兩小時都呆看著地面。這是最糟糕的情況，如果能大哭大喊，就會把情緒釋放出來，累了之後悲傷也就減退了。

現在我用新的思想訓練自己，每天閱讀上帝的箴言，連結自身的狀態。有一天早上，我很難過，打開聖經就看到這句話：「我絕不離開你，也絕不棄捨你。[11]」我立即

11 節錄自《希伯來書》第十三篇第五節。

醒悟這些話正是對我說的，否則它怎麼會剛好在我自憐，覺得自己被上天遺棄的時候出現呢？

「是的，」我說，「只要上帝沒有放棄我，即便是被全世界遺棄，也沒有關係；假如擁有全世界，卻要失去上帝的祝福和眷顧，才是無比的損失啊！」

從這一刻起，我知道即使自己身處孤獨的環境，也能活得比任何狀態中更幸福。如此一來，我倒要感謝上帝帶我來到這個地方了。

這個想法浮現腦中時，我嚇了一跳，隨即閉嘴，不敢再多說一個字。我對自己說：「你怎麼這麼虛偽？你努力表現出感謝一切的模樣，心裡其實很希望上帝拯救你離開這個地方。」

我就此住嘴。雖然我無法感謝上帝讓我來到這裡，卻要誠摯感謝祂以種種磨練打開了我的雙眼，看清過去的罪惡並懺悔。每次我閱讀聖經，總要感謝上帝的指引，祂讓我英國的朋友未經囑咐就把聖經放進我的行李中，後來又幫助我從破船中救出聖經。

帶著這樣的心境我展開第三年的生活。我不再那麼詳細說明這一年的工作，但我沒有閒下來，分配好每天該做的事，規律地執行。首先，每天祈禱，閱讀聖經三次；第二，沒有下雨的日子，早上外出打獵三個小時；第三，打理捕獲的獵物，醃製保存、煮食，這些事占去絕大部分的時間。另外，每到中午，太陽掛在頭頂上時，酷熱的天氣會讓我沒辦法外出，因此只有傍晚的四個小時可以工作。有時候我也會將工作和打獵的時間互換，白天工作，傍晚才外出打獵。

一天能工作的時間很短，卻有很多事需要做。加上工具短缺，技術不佳，每件事都非常花時間。例如，光是要用木板做一個長架放到洞穴裡，就花了我整整四十二天；如果是兩個木工帶著工具，挖個鋸木坑[12]，半天就可以鋸出六塊木板了。

我的情況卻是如此：假如想要一塊大的木板，就要砍一棵大樹。大概要花三天砍一棵樹，兩天去除枝葉，才會得到一塊大木頭。接著，要花無數的時間慢慢劈，將樹幹兩端削平，減輕重量，我才搬得動。再來，把木頭表面從頭到尾削得又平又光滑，翻面，再削另一邊，直到削成一塊三吋厚、兩面平整光滑的木板。大家可以想像這個工作多麼辛苦，但我靠著努力和耐心完成了這件事與其他工作。我特別講這件事，是想說明為什麼我花了那麼多時間，卻只完成很少的事；要是有幫手或工具，許多工作都能輕鬆完成，但如果只靠一雙手，就得花費無數的時間和勞力。儘管如此，我仍憑藉耐心和努力克服了種種困境，完成我需要做的事情，接下來要談的就是這件事。

此時正值十一、二月，我的大麥和稻米就要收成。耕作施肥的範圍不大，先前提過，因為在乾季播種，我失去了大部分的種子，後來每樣都剩不到半配克。眼看著這次收成應該會不錯時，我發現了幾種對作物帶來威脅的敵人，很可能會害我一無所有。首先是山羊和另一種野生動物，我都叫牠們野兔，牠們嘗到嫩芽的鮮美滋味後，整天躲在田裡。芽苗一抽出來馬上被吃掉，根本沒機會長大。

蓋一道圍籬是我唯一想得到的補救方法，也因為必須盡快蓋好，耗費了我很多心力。所幸耕種面積不大，大約三個星期我就將它整個圍起來了，我白天會到田裡射殺那些動物，夜裡就讓狗去顧著。我的狗整夜吠叫，不久後敵人們就放棄這個地方，我的作物長得又大又好，也開始結穗了。

野獸在嫩芽階段破壞我的作物，結穗後則招來鳥類的侵擾。有次到我田裡視察作物生長的狀況，發現作物四周圍繞著許多不知名的鳥，像在等我離開一樣。我馬上開槍趕跑牠們——我隨身都會帶著槍。沒想到我一開槍，又從田裡面飛出一群我原本沒看到的鳥。

我意識到這個問題很嚴重，過不了幾天，這些鳥就會吞噬掉我所有的希望。我已經沒有種子可以播種，到時候就要挨餓了，但又想不出解決的方法。然而，我已下定決心，即使日夜到田裡看守，也絕對不要失去這些作物。首先，我去檢查作物損害的情況，野鳥破壞了一些穀物，但因為還沒完全成熟，損失不算太大。如果能保住剩下的部分，也還算是個豐收。

我站在田邊，把槍上膛，然後假裝走開。我看到那些小偷就躲在樹上，像是在等著

12　鋸工裁切樹木時挖的坑洞，一人在坑內，一人在地上，合力拉大鋸截斷木材。

我離開。事實證明就是如此，我一走到視線之外，牠們便一隻隻飛回田裡。我被激怒了，走到圍籬邊，想到牠們吃的每一粒穀物，在幾年後可能會變成一大配克的糧食，沒耐心等更多鳥飛下來就開槍打死了三隻。這就是我想要的，我把三隻鳥抓起來，用英國懲罰竊賊的方法，把屍體掛起來示眾。沒想到這個方法真的有用，鳥再也不敢到我的田裡，牠們甚至不敢飛來島的這一邊。從此之後，再也沒有看過鳥飛到示眾鳥屍的附近。

我的滿意你可想而知，後來到了十二月底，也就是一年中的第二個收穫季節，我收割了我的穀物。

遺憾的是，我沒有鐮刀，唯一的辦法就是把從船上帶下來的腰刀當作鐮刀使用。所幸這次的收成量並不多，沒有造成太大的困擾，而且我有自己的方法，我只把穗子割下，放到自己做的籃子中帶回家後，再用雙手搓下穗粒。我那半配克的種子，最終結成了兩蒲式耳[13]的稻米，以及超過兩蒲式耳半的大麥。不過這只是我的估計，當時沒有任何量具可以使用。

這是很大的鼓舞，我相信不久之後上帝就會賜予我麵包的。不過我又遇上了難題，我既不知道如何把穀物磨成粉，也不懂怎麼去殼，篩掉米糠。就算我完成了，我也不會做麵包；假使真的做出麵包，也不知道該怎麼烤麵包。除了這些困難，我還需要存積更多糧食，確保之後可以穩定地產出。因此我決定不吃這些穀物，把這一批收成全部保留下來，做為下一季的種子。這麼一來，我就能花時間全心研究種田和製作麵包的方法。

現在可真的是為麵包在工作了。我想應該很少人想過這件令人驚嘆的事：製作一塊麵包需要先播種、收割作物，再經過曬、篩、磨等一連串繁複的程序才能完成。

退回原始狀態的我，在不經意間得到了那一小撮種子，隨著時間流逝，我發現自己無時無刻都在苦惱著該怎麼利用它們做出麵包。

首先，我沒有犁可以耕地，沒有鋤頭或鏟子能挖土。好吧，就像先前說過的，我製作木鏟克服了這個問題，雖然製作一支木鏟要花掉很多天的時間，而且不是鐵製的，很快就磨壞了，用起來也特別費力，讓我的工作變得更加困難。

儘管如此，我還是將就著使用，耐著性子用木鏟掘土。播種後，因為沒有耙子，我拖了一根很大的樹枝來用，與其說是耙田，倒不如說是在掃地。隨著作物漸漸長大，我還有很多事要做。之前也有提過，建圍籬、看守田地、收割、曬穀、運回家、打穀、去殼、保存等過程。此外，我還需要研磨的器具來磨穀物，需要篩子來篩粉，需要酵母和鹽巴做麵包，也要有爐子才能烤麵包。很明顯地，這些東西我全都沒有，只有穀物的收成是一大安慰。最後我還是做出麵包了，但這之後再提。如我所說，在缺乏工具的輔助下，所有的事都要耗上許多心力，不過我並沒有浪費太多時間，我把工作安排得很好，

13 英制的容量及重量單位，主要用於量度農產品，一蒲式耳為八加侖（約三六．三七公升）。

每天都做一點。我決定累積夠多的穀物才要做麵包，因此接下來整整六個月的時間，我全心研發、製造做麵包需要的各種器具，以便穀物充足時可以派上用場。

第九章
小艇

我必須先準備更多的耕地，我現在已經擁有足夠播種一畝的種子了。在這之前，我先花一週的時間做一把新的鏟子，完成品又糟又笨重，得用雙倍的力氣才能使用。然而，我還是用這把鏟子鋪平了兩大塊地，播下種子。我盡量找靠近住處的地，砍了些之前找到的那種樹建起圍籬。我知道這種樹做成的木樁會自己長出枝枒，只要一年的時間，就會變成一道不太需要修補的天然籬笆，但因為正值雨季，我常常不能出門，這項工作花了將近三個月才完成。

下雨我就待在屋內工作，工作時我跟鸚鵡說話，或教牠說話做為消遣。很快牠就學會說自己的名字了，最後還能大聲叫出「波兒」這個名字。這是我來到島上後，第一次聽到從其他生物口中說出的話。這不是必要的工作，卻對我的心情很有幫助。此時我正在著手一件大事，之前也有提過，我一直很想要做一些容器，嘗試了很久卻都沒辦法完成。後來，我想到這裡的氣候炎熱，如果能找到陶土，做出一些土缽放在太陽下曬乾曬

硬，應該能拿來保存一些需要保持乾燥的東西。我決定盡量把容器做大，之後要磨製穀物或麵粉時，就能保存在裡面了。

假如讀者知道我用了哪些愚蠢的方法做陶器，一定會覺得我可憐又可笑。我做了好多形狀古怪又醜陋的東西，不知道有多少陶土因為支撐不了自身重量而凹陷或凸出來，還有更多因為太早拿出去曬，禁不起強烈的日照而裂開，或者稍微移動就碎掉了。總之，我費了好一番工夫才找到合適的陶土，把土挖出來，運回家，製作陶器。最後花費兩個月的時間，做出兩只很難看的大瓦罐，甚至稱不上是罐子。

太陽把兩個罐子曬得又乾又堅硬，我小心翼翼地把它們放到事先做好的筐籃裡頭，以防破裂。接著，我發現罐子和筐籃之間還有空隙，就拿一些稻草和麥稈塞了進去。這兩個罐子讓我可以存放乾燥的穀物，將來或許還能保存麵粉。

儘管我的兩個大罐子做得很差勁，過程中卻成功做出了一些小器皿，像是小圓壺、盤子、水罐、小鍋子，以及一些我隨手捏出來的東西，太陽把這些統統曬得非常堅硬。不過我的目的還是沒有達成，我需要的是可以盛裝液體，可以承受火烤的容器，目前這些都不行。過了一段時間，某次我生火烤肉，把火熄滅後，意外在餘燼裡發現一塊碎掉的陶土，被火燒得通紅，像塊石頭般堅硬。我吃驚地看著，心想，假如碎片能燒的話，完整的罐子肯定也能燒。

我開始研究控制火候的方法，打算燒一些罐子試試看。我不知道怎麼搭蓋陶器工人燒陶的窯，手邊有鉛片，但我也不會用鉛上釉。不過我還是把三個大土罐和兩三個鍋子堆起來，周圍架上木柴，底下放一堆木炭，然後點燃四周以及上方的木柴。直到所有的罐子燒得通紅，我仔細確認它們沒有裂開後，又讓火繼續烤了五到六個小時。後來我發現其中一個罐子雖然沒有破裂，卻開始融化，陶土裡的沙子因為高溫融化了。繼續燒的話，恐怕就要變成玻璃，於是我減弱火力，直到罐子慢慢褪去火紅的顏色。我整晚顧著火，小心不讓溫度降得太快，到了隔天早上，我做出了三個不敢說好看，但很不錯的瓦罐和兩個鍋子，堅固又耐用，其中一個還因為沙子燒溶的關係，上了一層很棒的釉。

這次實驗之後，我再也不缺陶器了，但我必須說，這些東西的形狀真的很不像樣。大家都知道我沒有什麼工具，像個小孩在捏土，也可以說像個不會和麵粉的女人在做餅。

發現自己做出可以承受火烤的鍋子那種喜悅，真是無可比擬。我甚至等不及鍋子完全冷卻，又生起爐火，在鍋裡放一點水，開始煮肉，非常適用。雖然沒有燕麥或其他配料，我仍然用一塊羔羊肉煮出一鍋美味的肉湯。

接下來，我想做一個用來磨搗穀物的石臼，只是光憑我這雙手實在很難完成。世界上所有的工藝中，我最不拿手的就是石匠工藝，更何況現在完全沒有工具可以使用。我花了許多天尋找大到足以將中間鑿空的石頭，以便做成石臼，卻一塊都找不到；這種石頭都在岩壁裡頭，不可能挖得出來。島上大部分的岩石都是砂石，不夠堅硬，禁不起磨杵的鎚打。即使真的用來研磨穀物，也會有砂石的碎塊混入其中。浪費許多時間尋找石頭後，我放棄了，決定改用堅硬的木頭來做。這樣簡單多了，我找了一塊夠大，但還搬得動的木頭，用斧頭和手斧將它削圓。形狀出來之後，用火在中間燒出一個洞，再手工修整，就跟巴西那些印地安人製造獨木舟的方法一樣。之後，我用鐵樹做了一支很重的磨杵，下次穀物收成時，我準備用它來研磨麵粉，做麵包。

另一個困難是篩子，我需要做一個或找一個篩子來篩麵粉，把麵粉和糠皮分開，否則一定做不出麵包。我光想就知道這件事很困難，畢竟我沒有任何做篩子需要的材料，也就是那種可以篩出麵粉的細網眼。這項工作停頓了好幾個月，因為我不知道該如何是好。我手邊都是一些破布，沒有亞麻布，有一些羊毛，但我不知道怎麼織布，就算懂得編織，也沒有工具可以用。最後我終於想到，從船上拿出來的那些水手的衣物當中，有一些棉布或薄紗做成的領巾。我拿了幾條做出三塊還算合用的小篩布，用了好幾年。之後研發出的新方法我會再找機會說明。

接下來思考的是如何製作麵包，以及如何烘烤麵包。首先，我沒有酵母，這應該沒什麼解決方法，因此我沒有太煩惱這件事。烤爐倒是耗費我不少心力，我試了這個方法：先做幾個很大，但不深的盆子（直徑兩呎、深度九吋），同樣用火燒過。要烤麵包時，我就用自製的方磚砌成爐子，在裡頭生火——不過那些磚根本不能說是方的。

木柴燒成火炭之後，拿出來鋪滿在爐子上方，等到爐子也夠熱了，就移開火炭，放進麵包，然後把那個陶土做的大盆子倒扣在上面。我會在盆子四周也鋪滿火炭，確保溫度夠熱。就這樣，我烤出了大麥麵包，跟用世界上最好的烤爐做的一樣香。不久之後，我簡直像個麵包師傅了，我用米做了蛋糕和布丁，但沒有做派，因為除了山羊和鳥的肉之外，沒有其他食材可以加進去。

在島上的第三年，我大部分時間都花在上述這些事，一點也不用意外，因為我也說過了，做這些事期間我還得處理農務。時間到了我就去收割穀物，用筐籃小心搬回家裡放著，有空才去把穀粒搓出來，因為我沒有打穀場或打穀的器具。

穀物存量開始增加了，我想要找個更大地方當作穀倉。我現在有將近二十蒲式耳的大麥，超過二十蒲式耳的稻米，終於可以隨心所欲地享用（從船上帶下來的麵包早就吃完了）。另外，我也決定估算自己一年的食量，打算一年栽種一期就好。

我發現自己一年最多能吃掉四十蒲式耳的大麥和稻米，因此決定種這個量就好，希望收穫量足以供應我製作麵包和其他用途。

做這些事的期間，我的心思經常飄到島嶼另一側看到的那片陸地，暗自幻想著自己抵達了那邊的海岸：那是一整片的大陸，有人群居住，我在那裡找到了逃生的辦法。

當時我完全沒考慮到其中的危險性，假如我落入野蠻人的手中呢？他們可是比非洲的老虎獅子還要可怕。假如我落入他們手中，鐵定會被殺掉，或許還會被吃掉，我聽說加勒比海沿岸居住的都是食人族。以緯度來判斷的話，我估計自己應該就在那些食人族海岸的附近。就算不是食人族，他們應該也會殺了我，有許多落入他們手上的歐洲人就是這個下場，他們十人、二十人都被殺了，更何況我是獨自一人，毫無抵抗能力。這些都是我該想清楚的事，後來當然還是考慮到了，但一開始我滿腦子只想著該如何渡到對岸。

我突然懷念起我的僕人殊里，以及那艘載著我在非洲海岸航行了一千多哩的三角帆長艇。不過懷念也於事無補，我決定去看看那艘小艇，我曾經說過，她在我第一次登陸那天，被海水沖出大船擱淺在岸上。現在還留在幾乎同樣的位置，只是被海浪和風打得船底朝天，卡在一塊高起來的砂石堆上，四周和以前一樣沒有水。

如果有人能幫我修補這艘小艇，推回海上的話，我應該能輕易開著她回到巴西。我早該看出光憑一人的力量，不可能把小艇翻回正面的，就像我也不可能移動這座小島。然而，我還是想試試看，我走進樹林，砍一些木頭當作槓桿和滾軸。我在想，假如我能把她從砂石堆上弄下來，修補破損的地方，應該還是一艘不錯的船，能讓我輕鬆出海。

我不遺餘力去做這件事，大概過了三週或四週，終於意識到以我微薄的力量是不可能移動它的。於是我決定挖掉小艇下方的砂石，拿幾塊木頭支撐著，試圖讓小艇掉下來的時候翻回正面。不過這麼做還是沒有將它翻正，也沒辦法在底下塞木頭，更不用說要往海上移動了，我被迫放棄。儘管放棄了小艇，想到對岸一探究竟的欲望，卻因為無法實現而更加強烈。

最終我想，有沒有可能像熱帶的土人那樣，用樹幹做一艘獨木舟呢？即使我沒有工具，不，應該說沒人幫忙。我認為不僅可行，還會很容易，這個想法讓我興匆匆地想趕快動工，我覺得自己的條件比印地安人或黑人有利的多。我當時完全沒考慮到，自己比印地安人有更嚴重的不利條件，那就是我沒有幫手。船做好了，卻沒人幫我推到海上，這個困難可比缺少工具的他們嚴重多了。如果我看上了一棵大樹，就得花很多力氣把它砍倒，再用僅有的工具做成獨木舟的形狀，想辦法燒空或挖出船體的空間。不過，假如我真的做出一艘船，卻只能讓它留在原地，那又有什麼用？

有人可能會問，製船的過程中怎麼會沒考慮到這件事？但當時我一心想著出海的事，完全沒想過如何將船移動到海邊的問題。說真的，讓船在海上航行四十五哩，比在陸地上移動四十五噚[14]容易多了。

我就像個傻子一樣開始造船了，任何有點理智的人都不會這樣做，但我卻對自己的計畫相當興奮，完全沒仔細想過可行性。其實，造船的過程中我也曾想過搬運會是一個難題，只是這個疑惑被我的愚蠢擋了下來，我對自己說：「先把船做好吧，到時候一定會找到解決的辦法。」

真是一個荒謬的想法，但我當時已經被自己的渴望迷住了，只是埋頭苦幹。我砍倒了一棵杉木，樹幹的直徑長達五呎十吋，距離樹根約二十二呎的頂端，直徑也還有四呎十一吋，再往上才是分生的枝椏。我想就連所羅門王建造耶路撒冷的聖殿時，也沒用過這樣的建材吧！砍倒這棵樹耗盡了我的力氣，一共花了二十天才將根部砍斷，再花十四天用斧頭截斷那些茂密的枝椏。之後，又過一個月，我才修整出船底的形狀，讓它可以浮在水面上。我又花費三個月把內部掏空，做出船身空間，不過我沒有用火燒，而是拿錘子和鑿子慢慢挖。我終於做出一艘像樣的獨木舟，大到可以乘載二十六個人，足以放進所有的家當。

完成後真是滿心歡喜，我這輩子沒看過只用一棵樹做成的獨木舟可以造得這麼大。我付出了多少心力可想而知，只剩讓它下水這件事了，假如我能讓它下水，肯定會是一場最瘋狂、最不可思議的旅程。

我費盡心思，嘗試各種方法，就是沒辦法把船移到水中。船的位置離水不超過一百碼，但往河邊是一條上坡路。為了解決這個問題，我決定把地面鏟成向下的斜坡，這個工作確實非常辛苦，不過對於一個懷有獲救希望的人來說，有什麼痛苦不能承受呢？可是鏟好地之後，船依然一動也不動，跟我先前無力移動的那艘小艇一樣。

之後，我開始測量地勢的高低和距離，打算掘一道溝渠，試圖把水引到獨木舟的位

14　英美長度單位，一噚等於六呎（約為一．八公尺）。

置。我投入工作，計算需要挖掘的深度和範圍，思考如何把土運走。我發現單靠我一個人兩隻手，這個工程大概要耗上十年到十二年才有可能完成。因為河岸很高，最上游處至少有二十呎深。儘管很不甘心，我還是放棄了這個計畫。

這個結果讓我非常傷心，即使已經太遲了，但我終於看清事實：做一件事之前，如果沒有先了解自己的能力，如果沒有計算需付出的代價，就真的太愚蠢了。

這段期間，我度過了來到島上的第四年。我用同樣虔誠的態度過這個紀念日，心情比以前平靜多了。我持續研讀聖經，並實踐在生活上，得到了前所未有的體認，開始用不同的角度看待事情。現在外面的世界對我來說非常遙遠，已經跟我沒什麼關係了，我對它沒有期待也沒有欲求。總之，我對世界沒了牽連，以後應該也不會再有，因此我用離開人世的心情來看待它：我曾經在那裡生活，但已經離開。就像亞伯拉罕對財主說的：「你我之間隔著一道深淵。[15]」

首先，我從世間的罪惡中解脫出來了。我沒有肉慾，不求聲色，不慕虛榮，不再奢求什麼，因為我很享受現有的一切。我是這塊土地的主人，我高興的話，可以稱自己為帝王或君主，我在這裡沒有敵人，沒有競爭者來奪取王位。我可以種出裝滿整艘船的糧食，但我根本不需要那麼多，夠吃就行了。我可以抓到很多烏龜，但我偶爾才會吃個一、兩隻。我有足夠的木材建造一支船隊，也有足夠的葡萄可以釀酒，或曬成葡萄乾，裝滿所有的船。

不過，只有用得上的東西才有價值。既然夠吃夠用了，何必要求更多呢？假如我殺了太多獵物，多出來的肉就會被狗吃掉或長蟲；假如栽種過多的穀物，只能看著它腐壞。之前我砍了太多木頭，現在都腐朽了，最多只能拿來生火，但其實除了煮東西之外，我不太需要生火。

總而言之，大自然的定律和過去的經驗使我了解到，有用處的東西才有價值；我們能享受的量很有限，多出來的部分，應該送給別人。即使是全世界最貪婪、最吝嗇的守財奴，來到我這種狀況，吝嗇的毛病也會治好的。我擁有的東西多到不知該怎麼處理，除了一些我還缺少的東西之外，我沒什麼欲望；那些東西我雖然很需要，卻也只是小東西。我曾經說過我有一袋錢，裡頭還有金幣和銀幣，價值大約三十六英鎊。哎！那些無用的東西到現在還放在那裡，我寧願用一大把錢幣去換一支菸斗，或者換一個可以磨穀子的磨石。不，我願意用所有的錢去換價值六便士的蕪菁和紅蘿蔔，或者換一把豆子和一瓶墨水。這些錢完全派不上用場，只能堆在抽屜中，在雨季因潮濕而長霉；就算抽屜裡放的是鑽石，也會是同樣的狀況。沒有用處，所以對我來說沒有價值。

與剛到島上時的狀態相比，我的生活已經舒適多了，身體和精神也都好很多。坐下

15　摘自《路加福音》第十六篇第二十六節。

來用餐時，我會感謝上天在這個荒野為我擺出滿桌的食物。我學會正向看待自己的處境，盡量不去看黑暗面，多想自己擁有的一切，不去想缺了的部分。這樣的想法帶給我一種神祕的安定感，我難以描述那種感受。我說這些話，是想讓不知足的人知道，他們之所以沒辦法安然享受上天的賜予，是因為他們只想著自己得不到的東西。我認為，我們之所以不知足，都是因為我們對已經擁有的一切缺少一顆感恩的心。

還有另一項體悟也對我幫助很大，對於任何落入類似處境的人來講，也一定有用。那就是，拿現況跟一開始預期的狀況做比較，不，應該說，跟原本必定要遭遇的狀況做比較。仁慈的上帝做了神奇的安排，讓大船沖到岸邊，我不僅能夠靠近，還從裡頭拿出了各種東西，拯救了我。若非如此，我沒有工具可以工作，沒有武器防身，也沒有彈藥可以打獵。

我花了好幾個小時，甚至好幾天的時間，仔細地想著這個處境：要是沒從大船上得到這些東西，我會是什麼模樣？除了魚和烏龜，我應該找不到其他食物，而且我是好一段時間後才找到牠們的，在那之前早就餓死了。若是沒有餓死，也一定是過著野人般的生活。或許我能想辦法殺死山羊或鳥，但我無法剖開牠們，也沒辦法剝皮、取出內臟，或切肉，想必會像隻野獸，用牙齒咬，用爪子撕肉。

這些想法讓我深刻地感受到上天的仁慈，儘管困苦和不幸都還在，我仍然對現況充滿感激。在這裡，我想要勸那些在苦難中常哀嘆「有誰像我這麼不幸？」的人，好好想一想，有多少人處在更困苦的狀況之中？況且，假如上天真要使他們不幸，狀況一定還會更糟。

還有另一種反思，讓我的心更安定，充滿希望。只要拿目前的處境去比較原本該得的報應，我就能理解上天為什麼這樣安排。我從前過的生活多麼可怕，不認識上帝也不敬畏祂。雖然父母親從小就努力對我灌輸神的思想，教導我做人的道理和應盡的責任。哎！不幸的是，我太早開始過水手的生活了，上帝總是把苦難帶到水手的面前，他們卻一點都不懂得敬畏。我很早就加入航海生活，與水手為伍，這些傢伙總是拿我那僅存的信仰來取笑我。我身邊都是這樣的人，沒有人會給我良善的勸戒，後來，我也漸漸習慣了充斥著危險和死亡的生活。

因此，當時的我完全沒有善良的心，也不知道自己是什麼樣的人，或者該怎麼做人。我獲得了幾個極大的恩賜，例如逃離薩列、被葡萄牙船長從海上救起、在巴西農產豐收、順利從英國運送貨物到巴西等等。我從未說過，或在心裡想過「感謝上帝」，遭遇苦難時，我從未禱告，說句：「主啊，請憐憫我！」只有在詛咒或褻瀆上帝的時候，才會提到祂的名字。

幾個月以來，我一直在反省上述所說的罪惡生活，接著看看現在的處境，想到自己來到島上後，上帝給了我多少恩賜，多麼仁慈。這帶給我無窮的希望，上帝接受了我的懺悔，並憐憫我。

此後，我對上帝的信念更加堅定了，不僅完全順從他的安排，也始終懷著感謝的心情看待一切。我沒有因為犯過的罪受懲罰，到現在還活著，實在不該抱怨；在這個地方，我得到了許多難以奢望的恩賜，不該有任何不滿，我要感到滿足。我要感謝每天都有麵包可以吃，我在這種地方還有東西可以吃，跟烏鴉餵養以利亞一樣，只能說是一連串的奇蹟接連發生的結果。我覺得這個世界上，沒有哪個蠻荒之地比我這裡更好，雖然沒人陪伴讓我很孤單，卻也沒有吃人的野獸（例如狼或老虎）來威脅我的生命，不用擔心有毒的生物害我受傷，更沒有野人會殺我或吃我。

總之，雖然生活還是有可悲的一面，我也得到了上天的厚愛。我已經不需要更安逸的生活，只求每一天都能感受到上帝對我的好，看顧著我。我的想法有了這些提升之後，就不再感到悲傷了。

我已經在島上度過很長的時間，船裡帶上岸的東西大部分都用光了，有剩的也剩沒多少。之前有提過，我的墨水已經用得差不多了，只剩下一點點，我每次加一些水進去，直到筆跡淡得幾乎看不見為止。還能寫的時候，我盡量把每個月發生的特殊事件都記下來。翻了翻過去發生的事，我發現自己遭遇過的重要大事，很恰巧地都發生在相同的日期。假如我相信日子有吉凶之分的話，一定會對此感到非常驚訝。

首先，我逃離父親和朋友，跑到赫爾準備出海的那一天，跟後來我被薩列海盜帶走，淪落為奴隸那天是同一個日期。

我從雅茅斯港的船難倖存下來的那天，跟我乘船逃離薩列是同一個日期。

我出生的那一天是九月三十日，二十六年後的同一天，我奇蹟似地被沖到這座島上，活了下來。因此，我人生中罪惡的部分和孤獨的部分，都是從這個日期開始的。

除了墨水之外，我的麵包也吃光了（我指的是從船上帶下來的餅乾）。我吃得很省，一天只允許自己吃一塊，一年多才吃完。因此在我種出足夠的穀物之前，有將近一年沒麵包可以吃。後來吃到麵包我非常感激，就像我在前面提過的，那真是個奇蹟。

我的衣服也變得破爛不堪，早就沒內衣可以穿了，只剩一些從船員箱子裡找出的格紋襯衫。我小心保存著它們，因為除了襯衫之外，我無法忍受其他的衣物。所幸我全部的衣物中，襯衫有將近三打，另外還有幾件船員值夜時穿的大衣（但穿那個太熱了）。這裡的天氣炎熱，用不著穿衣服，而且整座島只有我一個人，不穿也沒關係，但我一點都不想這麼做。

我不想要光著身子，是因為身體耐不住這裡毒辣的太陽，皮膚經常曬傷。穿著襯衫的話，空氣會在裡面流動，反而比不穿還涼快。我也沒辦法不戴帽子就出門，這裡的太陽太烈了，直接曬在頭上的話，馬上就會頭痛，戴上帽子就不會有問題。

因此，我開始想著要整理那些我稱之為衣服的破布。我把所有背心都穿破了，現在要設法利用手邊的材料，把值夜大衣改成背心來穿。我就這樣開始做起裁縫的工作，可以說是亂縫，因為我做得很差。不過，最終我還是做出了兩、三件背心，我希望它們能撐久一點，後來我也勉強做出幾件很不美觀的短褲。

先前提到過，我會把獵到的動物毛皮都保留下來（我指的是四隻腳的動物）。我會把毛皮掛在棍子上曬乾，有些曬得又乾又硬，沒什麼用處，但有一些倒是非常好用。我用這些材料先做了一頂帽子，毛皮朝外，擋雨的效果很好。因此我又做了一套衣服，包括一件背心和一條及膝的短褲。這些衣服我做得很寬鬆，主要是為了通風，而非保暖。當然我必須承認，我把它們做得很難看，我做木工的手藝已經不好了，裁縫技術更是糟糕。不過，至少它們還滿有用的，出門遇到下雨的時候，因為有衣服和帽子外的毛皮擋著，我的身體可以保持乾爽。

之後，我還花了一番工夫做傘，我很需要一把傘，決定自己試著做。我在巴西時曾看過人家做傘，炎熱的天氣很有用。我這裡也很熱，而且更靠近赤道，天氣比巴西還熱，再加上我經常要出門，有一把傘的話，無論遮雨或擋太陽都很有用。我費盡千辛萬苦才做好一把傘，不，就在我以為自己做好了的時候，又搞砸了兩、三次，最後才勉強做出一把還算合用的傘。做傘最困難的部分，在於要想辦法讓傘可以闔起來；讓傘展開不難，但如果沒辦法闔上，會很難隨身攜帶，我得一直撐在頭頂上，那就不適用了。總之，我終於做出一把堪用的傘，傘面是毛皮製成的，像個小屋簷一樣可以避雨。它還能抵擋日曬，讓我在最酷熱的天氣也能外出，甚至比以前在涼天出門時還要舒服。用不到的時候，可以收起來，挾在手臂下攜帶。

現在的生活很舒適，我把自己完全交給上帝，聽從祂的指示和安排。我過得比有社交的生活還自在，每當我哀怨沒人可以交談的時候，我就問自己：和自己的內心交流，以及透過禱告和上帝交流，難道比不上社交活動帶來的樂趣嗎？

第十章
馴養山羊

此後的五年，我按照相同的方式在這裡生活，沒有太大的變化。我定期耕種大麥和稻米、曬葡萄乾，提前準備好一年要吃的分量。除了這些事和每天例行的打獵之外，我又開始做獨木舟，最終也真的有完成。為了把獨木舟送到半哩外的小溪，我還挖了一條六呎寬、四呎深的小運河。第一艘獨木舟我做得太大了，而且事先沒有想好，完全沒辦法下水，最後只能讓它留在原地，提醒自己下次要聰明一點。這一次，雖然沒找到合適的木材，還必須想辦法引水進來（我說過了，至少有半哩遠），但我一直覺得行得通，也沒有放棄。最後花了兩年才完成，可是我從不偷懶，只希望能有艘可以航海的船。

獨木舟雖然完成了，尺寸卻無法達成我一開始的計畫，也就是橫渡四十哩的海面到對岸的大陸去。我的船太小了，不可能做到這件事，只能打消念頭。不過既然有了船，下一個計畫就是划船繞行小島一圈。先前曾經穿越這座島到另外一邊，那趟旅行有不少新發現，因此我一直很想看看沿岸的其他部分。現在我有船了，當然要來一趟環島航行。

我很謹慎地為這趟旅行做準備，我在船上裝了一支小桅杆，接著用我收藏的帆布做了一張帆。

安裝好桅杆和帆布後，出去試船，我發現她航行得非常穩定。接著我在兩端做了幾個可以保存糧食、必需品和火藥的櫃子和箱子，確保物品保持乾燥，不至於被海浪和雨水打濕。我還在船身內挖了一道長長的溝槽放槍，上面加做一塊蓋子，避免槍枝受潮。

我把傘架像根桅杆般立在船尾平台，傘打開時，像個棚子般罩在我的頭上，遮擋住陽光。我經常出海，但都只是小航行，不敢離岸太遠，最多只划到小溪附近。最後我實在忍不住了，很想趕快看看這座王國的疆域，便決定出航。我在船上放了兩打的大麥麵包（或許應該說是餅乾）、滿滿一陶壺的炒米（我最常吃的食物）、一小瓶萊姆酒、半隻山羊、火藥和子彈（以便路上可以繼續殺羊），以及兩件先前提過的值夜大衣（在船員的箱子裡找到的）：一件用來墊著睡，一件可以蓋在身上。

我在十一月六日出航。這是我統治孤島的第六年，或者說，我被囚禁在孤島的第六年。雖然島沒有很大，旅程卻比預期的還要長。當我來到島嶼的東部時，發現了一大片礁石，礁石往外海延伸約有兩里格遠，有一些浮出海面，另一些藏在水下；礁石之外還有一片乾燥的沙洲，約半里格長。我被迫朝著外海航行，以便繞過這片海角。

剛看到礁石的時候，我幾乎要放棄計畫往回走了。我不知道必須朝外海航行多遠，也不確定能不能回到島上，因此決定先下錨停船（我用從船上拿下來的一個破鐵鉤當作船錨）。

停好船，我帶著槍上岸，爬上一座小丘，眺望整片海角。看清楚地形的全貌後，我決定冒險繼續前進。

我站在小丘上朝海上看，發現有一道強勁的海流往東邊流去，非常靠近海角的末端。仔細觀察後，我認為進入海流很危險，我可能會被帶向外海，再也回不到島上；小島的另一邊還有一道海流，不過距離海岸較遠。同時，我也看到海岸底下有一股強勁的漩渦。說真的，要不是有先勘查地形，我一定會不小心划進海流裡面，就算僥倖躲過，也會被捲入漩渦。

我停在原地等了兩天，風勢很強，吹自東南東方，正好與海流的流向相反，在海角附近捲進大浪。在這種情況下，太靠近岸邊會碰上大浪，離岸太遠又會捲入強流，都不安全。

風勢在第二天夜晚減弱，第三天早上，海面也變得平靜，我決定冒險前進——又是一個無知魯莽的錯誤決定。當我一到海角的末端，距離礁石不過一個船身的長度，卻發現已經身處一片很深的水域，海流就像磨坊下方的水一樣，又快又猛。我沒辦法把船控制在海流的邊緣，船被帶向外海，很快就超過了在小丘上看到的那股漩渦，它從我的左手邊逐漸遠去。這時候沒有風，我只能拚命划槳，卻起不了任何作用。我開始感到絕望，因為小島另一邊那道海流，和我底下這一道，在幾里格外就要交會，到時候我就沒救了。我根本無計可施，必死無疑——海很平靜，我不會淹死，但會餓死。上岸勘查地形時，我有抓到一隻烏龜，大到我幾乎抬不起來，後來勉強把牠搬上船；我也有一罐清水，裝在自製的陶罐裡。不過假如我被海流帶到外海，這些根本不夠，因為距離任何海岸、小島或大陸，至少都要上千里格。

我現在才明白，上帝多麼容易就可以將不幸的人推向更加悲慘的處境。此時，想想那座荒涼的孤島，簡直是世界上最愉悅的樂土，能再回到那裡，就是我最大的幸福。我熱切地向小島伸出雙手。

「噢，我迷人的荒野！」我說，「我再也看不到你了。噢，我這個悲慘的人，又要流落到哪裡去？」

我開始責備自己不懂得感恩，不該抱怨孤獨的生活，如果能讓我再回到小島上，我願意付出任何代價。人們總是要到狀況變糟了，才看得清事情的真貌，失去之後，才懂得珍惜擁有的一切。很難想像此刻我有多著急，我被沖向外海，距離我心愛的小島（現在才這麼覺得）已經有兩里格遠，幾乎已經沒有回去的希望了。然而，我還是奮力划槳，划到筋疲力盡，仍試著讓船往北邊走，也就是產生漩渦那道海流的方向。中午時分，太陽剛過天頂，我感覺南南東方有輕風吹來，吹在我的臉上。半小時後，風勢又增大了一點，這讓我燃起一絲希望。此時，我離島的距離已經遠得讓人害怕了，只要有一點烏雲或升起薄霧，我就糟糕了。船上沒有羅盤，一旦看不見小島，我就不知道該往哪個方向划船。所幸天氣持續晴朗，我豎起桅杆，展開帆，想辦法讓船離開海流，往北邊航行。

豎好桅杆和船帆後，船就開始前進了，我從海水的清澈程度判斷出附近的海流已經有所改變。海流強勁的話，海水會顯得混濁，但這時候的水很清澈，表示海流已經漸漸減退。接著，我看見東邊約半哩外有一些岩石，海水衝擊著這些岩石，造成海流分流。主流往岩石的西南方走，分流則撞擊岩石，形成一股強勁的漩渦，變成一道急流，往西北方前進。

要是有人曾在絞刑台上得到赦免，或在即將被強盜殺害時獲救，就能體會我把船划進這道回流時的驚喜之情。風持續吹著，我開心地張帆乘著急流前進。

這道回流將我往小島的方向帶回約一里格，目前我的位置大概是在第一道海流北邊約兩里格的地方。因此後來靠岸時，我是在小島的北部，也就是島的另外一端，我是從南邊出發的。

過了一里格後，這道回流的力量就用盡了，已經沒辦法再帶我往前走。然而，我發現自己正處於兩道巨大海流的中間：南邊是把我沖向外海的海流，北方的那一道還約有一里格的距離。我所處的這片海域很平靜，風向也是順的，我持續朝著小島的方向划船，已經不需要那麼拚命了。

傍晚約四點鐘時，我離小島已經不到一里格，我又看到了那片造成這次災難的海角，海角向南延伸，推著一道海流也往南邊流去，同時造就了另一股向北的回流。這道回流也相當強勁，直朝北方走，不同於我向西前進的路線。後來，我順著風越過回流，朝著西北方斜行，約一個小時後距離岸邊只剩一哩，海面平順，我很快就上岸了。

一上岸，我馬上跪下來感謝上帝救了我一命，決定以後不敢再動乘船離開的念頭。我用帶在身上的東西填飽肚子，把船停在一個有樹木遮蔽的小灣裡，接著躺下來睡覺，這趟旅行把我累壞了。

此時我完全不知道該怎麼把船開回家，經歷了這麼驚險的狀況，我已經不敢從原路回去。我不知道另一邊的狀況（我指的是小島的西部），也不想再冒險了。因此，隔天早上我划船沿著海岸往西邊走，在附近尋找可以停放這艘護衛艦的小溪，或許哪天有需要的時候再回來拿。沿著海岸划了約三哩，我來到一個很理想的小灣，寬度約一哩，愈往內陸愈狹窄，最後變成一條小溪。我發現這裡是一個合適的港口，簡直就是特地為我準備的碼頭。我把船划進去，停好之後上岸，看看周遭的環境，想辦法搞清楚自己的位置。

很快我就發現自己距離上次步行到達的海岸並不遠。因為天氣非常炎熱，我只帶著槍和傘就出發了，這趟驚險的航行過後，走在陸地上感覺非常輕鬆，傍晚我就到了小茅屋。環境跟我離開時一模一樣，我說過了，我總是把鄉間小屋保持得乾淨又整齊。

我翻過圍籬，躺在陰涼處休息，因為已經非常疲憊，我馬上就睡著了。要是你繼續讀接下來的故事，肯定能了解我有多麼吃驚。當時有一個聲音不斷呼喚我的名字，把我從睡夢中叫醒。

「魯賓遜、魯賓遜、魯賓遜．克魯索，可憐的魯賓遜．克魯索！你在哪裡？魯賓遜．克魯索？你到底去了哪裡？」

那一天我先是拚命划槳，後來又走了好一段路，整個人氣力放盡，睡得很沉，我沒有馬上清醒。半夢半醒之間，我聽到有人一直跟我說話，而且重複叫著「魯賓遜．克魯索、魯賓遜．克魯索」，我這才驚醒，嚇得跳了起來。當我睜開眼，看見波兒坐在圍籬上，我就知道是牠在跟我講話。之前我常用這種悲情的語調跟他說話，並教牠怎麼說，牠也學得很好，常停在我的手指上，對著我叫喊一些我教他說的話：「可憐的魯賓遜．克魯索！你在哪裡？你到底去了哪裡？你怎麼會在這裡？」

儘管知道是鸚鵡在說話（也不可能有其他人），我的心情還是過了很久才漸漸平復。首先，牠是怎麼飛來這裡的？再者，牠怎麼會一直守在這裡，而沒有去別的地方？不過，知道是忠實的波兒在跟我說話，讓我很欣慰，我伸出手，叫了一聲牠的名字「波兒」。這隻善解人意的小鳥就跟往常一樣，飛到我的拇指上，繼續說著：「可憐的魯賓遜．克魯索！我怎麼會來到這個地方？這裡是哪裡？」好像見到我很高興似的。我便帶著牠一起回家了。

我在海上漂蕩了好一段時間，回家後先休息了幾天，回想這次經歷的那些危險。我雖然想把船運回島的這一邊來，卻找不出可行的方法。我很確定不能再去小島的東部冒險（也就是我這次航行的路線），光是用想的就讓我不寒而慄。小島的另一邊，我也不確定狀況如何，如果和東邊一樣有海流經過，就會遇到相同的危機：被帶進海流，沖離這座島。幾經思考，我決定不再想那艘船，即使完成它耗費我好幾個月的心力，又花更多時間才弄到海上。

我耐著性子度過接下來的一年，生活平靜悠閒。你可以想像得到，我很滿足於自己的處境，全然接受上帝的安排，除了沒有人可以交往之外，各方面都很好。

這段時間，我製作生活必需品的技術成長不少。相信總有一天我會成為很棒的木匠，尤其我手邊的工具還非常有限。另外，陶器我也意外地做得很好，我用輪子塑形，不僅工作起來輕鬆許多，形狀也好看。現在的陶器又圓又有型，不像以前那麼不堪入目。不過最讓我感到自豪的，莫過於我終於做出一支菸斗。一樣是用陶器燒成的，雖然粗糙又難看，但只要堅固耐用、可以抽菸，我就很滿意了。我一直有抽菸的習慣，船上也有一些菸斗，但我沒想到島上會有菸葉，一開始忘了帶走。後來回到船上時，卻怎麼也找不到。

編織藤器的技術我也進步不少，我花了許多心思，做出符合各種需求的筐籃。外表或許沒有非常漂亮，但方便實用，可以拿來放東西，或是把東西運回家。舉例來說，假如我在野外殺了一頭羊，我會把牠掛在樹上，剝皮，取出內臟，把肉切成小塊裝在籃子裡帶回家。烏龜也是一樣，剖開，取蛋，再割下一、兩塊肉，用籃子裝回家，其他部分就留在原地。

我查覺火藥也大量減少了，這是沒辦法補給的東西，因此我開始認真思考火藥用完後該怎麼辦，也就是說，要怎麼不用槍來捕捉山羊。先前曾經提過，我在島上的第三年馴服了一隻小羊，我一直想找隻公羊來配種，卻始終沒抓到。後來小羊漸漸長大，我不忍心殺掉她，直到她最後老死。

現在已經是我上島的第十一年，火藥量持續減少。我開始研究用陷阱捕羊的方法，想著要活捉幾隻，尤其希望可以抓到一隻懷孕的母羊。

我做了捕獸夾當陷阱。我認為好幾次都有夾到羊，但因為沒有鐵絲可以用，夾子做得不理想。羊吃完餌，破壞捕獸夾逃走了。

最後我決定挖洞，我在山羊最常吃草的區域挖了幾個陷阱，上頭蓋幾塊自製的格子狀木條，再壓上重物。最初幾次，我在上面放了麥穗和稻米，但不設機關，可以藉由足跡知道羊有來吃掉穀物。某天晚上我設下三個機關，隔天一早去看，穀物都被吃光了，陷阱卻沒有啟動，讓我很氣餒。於是我馬上改造機關，有天早上去看，其中一個陷阱抓到一隻很大的老公羊，另一個抓到三隻小羊，一隻公的，兩隻母的。

那隻老公羊很兇猛，我不知道該怎麼處理。我不敢靠近牠，雖然可以開槍射殺，但那不是我的本意，我希望可以活捉。我放牠走，牠嚇壞似的馬上就跑掉了。後來我才學到「飢餓可以馴服獅子」的道理，假如我先讓牠餓個三、四天，再給一點水喝，一點穀物吃，牠一定會像小羊一樣服貼。只要用對方法，山羊是十分聰慧而容易馴服的動物。

不過當時我想不到什麼好辦法，已經放走牠了。接著我走向那三隻小羊，一隻隻捉出來，用繩子繫在一起，花了一番工夫才帶回家裡。

牠們好一段時間不願意吃東西，直到我丟了些香甜的穀物誘惑牠們，才慢慢馴服。此時我了解到，彈藥用光後，如果還想吃山羊肉，飼養是唯一的辦法。到時候，或許我會有滿屋子的羊也說不定。

我突然想到，我必須把已經馴服的羊和野生山羊分隔開來，否則牠們長大後，也會跑出野性。唯一的辦法就是找塊適合的地，用籬笆或柵欄圈起來，確保裡面的羊不會往外跑，外面的羊不會跑進來。

單就一個人來說，這是個大工程，但我認為絕對必要。首先，我得找塊適合養羊的地：要有草可以吃，有水喝，還要有陰涼處給牠們休息。

那些有圈地經驗的人，一定會覺得我計畫得不夠周到。我找到一塊三個條件都符合的空曠草原，也就是西方殖民者口中的稀樹草原。草原上有兩、三條清澈的小河，草原盡頭的樹木長得很茂密。我說過了，有經驗的人一定會取笑我的圈地方法，因為我的籬笆蓋得至少有兩哩長。不過荒謬的地方不在於草原的大小，就算有十哩，我也有足夠的時間完成。重點是圍那麼大的地，羊就跟野生的沒兩樣，可以到處亂跑，到時候我根本抓不到牠們。

我動手蓋籬笆，蓋了約五十碼後才想到這件事，馬上暫停。後來我決定先圍一塊長一百五十碼、寬一百碼的地，這個大小應該足夠我用一段時間。要是羊的數量增加，還可以再擴大範圍。

這是一個比較謹慎的做法，我提起精神重新動工。蓋這圈籬笆花了大概三個月，完成後，我把那三隻小羊拴在最精華的地點，盡可能近距離餵養牠們，跟牠們培養感情。我經常直接用手餵牠們吃麥穗和稻米，因此籬笆完成後，就算我把拴繩解開，牠們仍然圍繞在我身邊，咩咩叫著討穀物吃。

目標達成了，大概一年半後，我已經擁有大大小小十二隻山羊；再過兩年，我有了四十三隻羊，這還不包括殺來吃的部分。之後，我又再圈五、六塊地，裡面蓋一些小柵欄，要捉羊時，就把牠們趕到裡面去。我也做了門，讓每塊羊圈可以互通。

令人驚喜的是，現在我不僅隨時都有羊肉吃，還有羊奶可以喝，這是我一開始沒有料想到的。我蓋了一間擠乳房，有時候一天可以擠出一到兩加侖的羊奶。大自然不僅提供萬物所需的食物，還賦予他們使用的本能。儘管我從未擠過牛奶（更別說是羊奶），也沒看過奶油和起司的製作方法，但經過不斷嘗試和幾次失敗，終於做出奶油和起司，從此之後再也不缺這些食物。

造物主對祂所創造的生靈是這麼的仁慈！即便身處絕境，祂仍然使他們在苦澀中品嘗甜美的滋味，讓他們在牢獄中也不禁要讚頌祂！在這片荒野中，祂竟賜予我如此豐盛的饗宴，一開始我還以為自己會餓死在這裡呢！

第十一章
沙灘上的腳印

看到我和我這個小家族的成員們一起用餐的景象，我相信連一個禁欲主義者都不禁要微笑了。我就像這座小島的帝王，主宰所有臣民的生殺大權，要殺就殺、要抓就抓，我可以給予自由，也可以拿走他們的自由，沒有人可以反抗。

接著來看看帝王是怎麼用餐的，我獨自坐在那裡，所有的臣僕在一旁侍奉：波兒，我的寵臣，也是唯一被允許跟我交談的人；我的狗，此時已經又老又癲，知道著自己沒有繁衍後代的可能，總是坐在我的右手邊；兩隻貓各坐在桌子的兩端，不時期待著從我手中得到賞賜。

不過，這兩隻貓並不是我從船上帶下來的那兩隻，牠們早就死了，我親手埋葬在住處的附近。其中一隻生前不知道跟什麼生物交配，生下一些後代，現在的貓就是其中的兩隻。其他的貓跑進樹林裡，後來變成我的大麻煩。牠們經常跑來屋子裡肆虐，我不得不開槍，殺了好幾隻，牠們才終於離開。在這些臣僕的侍奉下，我的日子過得很豐足，除了沒有社交生活之外，什麼都不缺。只是不久之後，我反而覺得社交變得太多了。

我這個人就是不安於現狀，我又開始想我的船了，但就如同前面所說，我並不想再冒險；我一直在思考把船弄回來的方法，有時候卻又覺得不要也罷。另一方面，我也一直很想回到那座山去看看（我說的是上次俯瞰海角，觀察海流和漩渦的那座小丘），或許能找到什麼方法也說不定。這個想法一天比一天強烈，最後決定沿著海岸，走陸路過去，我也真的付諸實行。要是在英國碰上像我這樣的人，肯定會嚇壞人家，或被取笑一番；我有時候也停下來打量自己，想像穿這身打扮在約克郡旅行的模樣，就不禁想笑。你們可以透過以下的描述，想像一下我的樣子。

我戴著一頂醜陋的羊皮大帽子，後端垂著一片帽緣，用來遮陽，也可以防止雨水流進衣服裡面。在這種氣候下，雨水浸濕身體是最傷身的。

我身上穿一件羊皮做成的短皮襖，下襬幾乎蓋住半條大腿；及膝短褲也是羊毛做的，我記得是一隻老公羊的皮，兩側的毛一路垂到小腿，看起來像是一條長褲。沒有鞋子和襪子，但我做了一雙不知道該怎麼形容的東西，長得像短靴，靴面兩側像綁腿一樣往上遮蓋住我的小腿。不過形狀看起來很野蠻，老實說，我全身的裝扮都是這副德性。

我的身上束著一條乾羊皮做成的寬皮帶，另用兩條同樣材質的皮帶代替紐扣，繫在上面。兩側各有一個吊環，掛的不是短刀或劍，而是小鋸子和手斧，一側一把。另外還有一條皮帶，沒有第一條那麼寬，也用同樣的方式掛在肩膀上，末端（也就是我的左手臂下方）掛有兩只羊皮袋：一只放火藥，一只放子彈。我背上還有籃子，肩膀扛槍，頭頂是一頂不堪入目的羊皮傘。不過除了槍之外，這把傘是我最需要的東西。說到臉，皮膚黑得人家可能會以為我是住在緯度九到十度以內的那些穆拉托人[16]，毫不修邊幅。我的鬍子曾經留到四分之一碼那麼長，後來有了剪刀和剃刀，我就把它修短了。不過我還留著上唇的鬍鬚，整個修剪成回教徒式的大鬍子，就跟我在薩列看到的那些土耳其人一樣；摩爾人不會留這種鬍子，只有土耳其人會。雖然我鬍子的長度可能不夠讓我掛帽子，但形狀和長度在英國絕對足以嚇壞所有人。

這些都只是附帶一提，沒有人會在意我的外貌，根本無關緊要，我就不再多說了。我用這副模樣展開旅程，沿著海岸走了五或六天，抵達我之前下錨停船的那個海角。這次不用顧慮船的問題，我直接走近路爬上山頂。上次那個滿布礁石，逼得我不得不繞開的海角仍在那裡，但讓我吃驚的是，海面跟其他海域沒什麼兩樣，很平靜，沒有波浪或任何海流。

我對此感到迷惘，決定多留一段時間，觀察這個現象是不是潮汐造成的。我很快就明白了，應該是西邊退下來的潮水，與岸上某條大河匯合，才形成那道海流；而海流離岸的遠近，端視西風和北風的強度而定。到了傍晚，我又到山頂觀察，這時候正在退潮，我清楚看見跟之前一樣的那道海流，只不過這次離岸比較遠，約有半里格的距離。上次就是因為海流很靠近岸邊，我才會被沖進去，如果在別的時段，應該不會如此。

這個觀察結果讓我相信只要摸熟漲退潮的時機，就能輕鬆把船划回島的另一側。只是當我要實行的時候，上次那些危險的景象又跳回腦中，讓我不敢再多想。然而，我也又想到另一個解決方法，雖然比較費力，但很安全，那就是再建另一艘獨木舟。這樣的話，我在小島的兩端就各有一艘獨木舟了。

你們應該知道，我在島上有兩座莊園。一座是我的堡壘，圍牆環繞，背抵岩壁，裡面還有山洞。現在這個山洞已經擴大，我隔出許多洞室，彼此緊鄰在一起；其中，最大最乾燥的那一間，有一扇門可以通到圍牆外面，也就是圍牆和岩壁相接的地方。此處放滿陶土做的大罐子，還有十四或十五個大筐籃，每個容器都能裝五、六蒲式耳的乾糧；這裡是我儲藏糧食的地方，尤其是穀物，有的是剛割下來的穗子，有的是我用手搓下來的穀粒。

至於圍牆，之前那些木樁現在都長成樹了，變得非常高大，樹枝也拓展得很茂盛。我想沒有人看得出來這些樹後面有人居住。

住處附近，往內陸不遠處是一片低地，我的兩塊農地就在那裡。我按照季節播種、

16 指黑人和白人的混血兒，多數為男主人與女黑奴所生，主要分布於非洲、北美洲、南美洲和加勒比海一帶。

耕耘、收成。假如臨時需要更多收穫量，附近也還有更多適合耕作的地。

此外，我的鄉間小屋現在也成了一片像樣的莊園。首先，我一直持續整修小茅舍，也就是讓籬笆維持在一定的高度，確保梯子可以立在樹籬裡面。這些樹一開始只是木樁，現在卻長得堅固又高大，我經常修剪那些擴展出去的枝椏，遮出一片宜人的樹蔭，讓我非常滿意。籬笆中間是我的帳篷，上面蓋著用柱子撐起來的帆布，從來不需要修理或更換；帳篷裡放一張小床，鋪上動物的毛皮或一些質地柔軟的東西，最後覆上一張從船上拿下來的毛毯，睡覺時就拿一件值夜大衣蓋在身上。離開岩壁下那個主要住所時，我都在這裡過夜。

鄉間小屋附近是養羊的圈地，這片圍籬花了我好一番工夫才完成。為了避免羊破壞圍籬逃走，我用盡全力在外圍打滿木樁，每根木樁之間幾乎沒有縫隙，連一隻手都穿不出去。後來這些木樁在雨季過後，長得非常強壯，堅固得像一道圍牆，它確實比任何圍牆都還牢固。

這足以證明我沒有偷懶，只要是生活上的需求，我都毫無保留地工作，想盡辦法完成。我認為馴養羊群，等於是為自己建造一個供應羊肉、羊奶、奶油和起司的活倉庫，就算我在這裡住四十年也不用擔心沒東西吃。為了確保羊群聚集在一起，我把圍牆蓋得很完美，木樁長大後，因為太密集了，我甚至被迫拔掉一些樹。

我也在這裡種葡萄，冬天要吃的葡萄乾存量主要就來自這裡，我總是小心保存。葡萄乾是我最珍貴的食材，不止好吃，也很有營養，非常健康。

這裡也是我的主要住所與停放獨木舟那個地方的中點，往返時我都會在這裡停留。我很常去看我的船，而且把船上的東西收拾得很整齊；我不時會划船出海，但不敢做太冒險的航行，離岸最多一、兩個擲石距離，生怕又被海流或風吹走了。這時候，我的生活又有了新的變化。

有一天，約是中午時分，我正走向我的船，意外發現了一個腳印，清楚地印在沿岸的沙灘上。我像被雷打中一樣嚇得呆站，彷彿看到了什麼異象。我仔細聽，環顧四周，沒有聽見或看見任何東西。接著。我跑到地勢較高的地方眺望遠方，也在岸邊來回跑了幾趟，同樣沒有結果。除了那個腳印，沒有其他的痕跡；我走回去，試圖再尋找更多的腳印，確定那不是我的幻覺。絕對不是幻覺，那真的是個腳印——腳趾、腳跟，每個部分都很完整。我不知道它怎麼會出現在這裡，也難以想像，但腦中開始浮現無數不安的想法。我立刻飛也似地跑回我的堡壘，心中害怕不已，跑兩、三步就回頭一次，每個草叢、每棵枯樹，我都誤以為是人。各種難以描述的幻想不斷出現，又恐怖又荒謬，我滿腦子都是古怪的念頭。

回到城堡（之後我都會這麼稱呼它），我像個亡命之徒一樣，馬上逃了進去。至於是用梯子爬進去的，還是從岩壁上的門進去的，我不記得了，一直到隔天早上都想不起來。我想，就連受到驚嚇逃進樹林的野兔或躲進洞穴的狐狸，也沒有我這麼驚恐。

我整夜都沒睡，時間愈長，我愈是擔心——依一般動物受到驚嚇後的反應來講，這似乎有點不合常理。我可能只是大驚小怪，用可怕的妄想在嚇自己，但我就是無法擺脫這些想法。有時候我幻想那一定是惡魔，然後找理由自圓其說：怎麼會有人類來這個地方？載他們來的船在哪裡？其他足跡呢？怎麼可能只有一個人？接著我又想，撒旦化為人形，卻只留下一個腳印，也沒道理，因為我未必會看見。我認為，如果惡魔想要嚇我，應該還有許多方法，而不是留下一隻腳印。再說，我住在小島的另一邊，惡魔不可能這麼傻，把腳印留在我不一定會發現的地方，更何況還是在沙灘上，只要風吹，一道浪就會把它覆蓋掉了。惡魔應該是很狡詐的，這一切都跟它的形象搭不上邊。

以上的推論讓我不再擔心會有惡魔，但我馬上斷定，一定是比惡魔更危險的東西，肯定是對岸大陸上的野人過來了。他們可能是划著獨木舟出海，遇上海流或逆風，來到小島，但上了岸又不願待在這座孤島，不然我應該會看到他們。

這個想法一浮現，我馬上慶幸自己當時不在現場，也還好他們沒發現我的船，否則他們會認定島上有人居住，或許就會深入搜索。接著，可怕的想像又再出現，他們說不定已經看到我的船，也知道有人在島上，如果是這樣，他們肯定會帶更多人回來吃掉我。就算沒找到我，也會發現我住的地方，破壞我的穀物，搶走所有的羊，最後，我會活活餓死。

恐懼完全驅逐了我的信仰。先前那些奇蹟般的經歷，我對上帝建立起的信心全都消失了。祂曾慈悲地賜予我糧食，但現在祂的神蹟似乎無力為我保住這一切。我責怪自己貪圖安逸，只求糧食夠下一季吃，竟然沒有多播一點種子，天真地以為意外永遠不會發生，自己能一直享有地上冒出來的穀物。這個反省是正確的，我決定之後要提前準備兩、三年份的糧食。無論發生什麼事，我都不至於餓死。

生命多麼難以預測！在不同情況下，心境就跟著轉變了！今天所愛的，明天卻變成恨；今天追尋的，明天卻急於躲避；今天的欲望，變成明天的恐懼，甚至讓人害怕到全身顫抖——這就是在說我，現在的我就是活生生的例子。我被大海隔絕在人類社會之外，孤獨一人過著所謂的「沉默人生」，這原本是最讓我難過的事，彷彿是上天認為我不足以和眾人一起生活。對當時的我來說，能見到一個人類等同於重生，是僅次於靈魂救贖的最好祝福。然而，我現在卻因為可能會看到人而擔心得發抖，一道陰影，或一個沉默的腳印，都讓我害怕到想鑽到地底！

人生就是這麼變幻無常。驚訝的情緒稍微平復後，我產生了一些奇怪的想法。我想，這就是擁有絕對智慧的上天替我安排的人生，雖然我看不見背後的神聖目的，但絕對不該違抗祂至上的權威。我只是祂的創造物，祂有權力支配我的命運，況且，我還曾經冒犯過祂，讓我受罰也是公正的安排。我能做的就是順從、承受祂的憤怒，因為我有罪。

接著我又想，既然全知的上帝認為應該這樣懲罰我，祂應該也有辦法救我，我該做的，就是全心服從祂的旨意。另一方面，我也該保持希望，繼續禱告，安靜等候祂給我的指引。

這些想法占據在我的腦中好幾個小時，好幾天，不，甚至好幾週，好幾個月。這些思考帶來了一件特別的影響：有天清晨，我躺在床上，腦中想的全是野人出現將帶來的危險，心中很不安，此時，那句話忽然浮現腦海：「在患難之日求告我，我必拯救你，你也要榮耀我。」

我興奮地跳下床，我的心獲得鼓舞，馬上虔誠地向上帝禱告。禱告完，我拿起聖經開始讀，讀到的第一句話是：「要等候主吧，要振作，要堅固你的心。我說：要等候主。[17]」我難以描述這句話為我帶來多大的安慰，我帶著感激放下聖經，不再難過（至少當時是這樣）。

就在我腦中混雜著這些思緒、擔憂和反省的時候，有一天我突然想到這一切或許都是我的幻想，那個腳印可能是我下船時留下來的。這也讓我更有精神了一點，我開始說服自己一切都是幻想，那只是我自己的腳印：我在那裡上船，當然也是從那裡下船的啊！況且，我也不能確定自己走過哪些地方，又有哪些地方沒走過。假如腳印真是我的，那我就是那種編造鬼怪故事想嚇人，自己卻最害怕的傻瓜。

我鼓起勇氣出門，我已經三天三夜沒離開城堡，糧食快吃光了，只剩下一點大麥餅和水。此外，山羊也該擠奶，這原本是我每天傍晚的消遣。那些可憐的傢伙，太久沒有擠奶，一定讓牠們很痛苦，也確實有幾隻幾乎擠不出奶了。

我不斷鼓勵自己相信那是我的腳印，我只是自己嚇自己。於是，我終於出門到鄉間別墅擠羊奶。我還是有點害怕，不斷往後看，隨時準備要丟下籃子逃命。如果有人看到我這副德性，一定會以為我做了虧心事，不然就是被嚇壞了——我是真的嚇壞了。

過了兩、三天，什麼事都沒發生，我的膽子又大了一點。雖然我覺得一切只是胡思亂想，但不到海邊再確認一次，又無法真的說服自己。我必須親自去比對那個腳印跟我的腳是否一樣大。不過，到了那裡我很快就發現：首先，根據停船的位子來看，我不能在那個地方上岸；其次，當我拿腳一比，發現腳印比我的腳大上許多。這兩件事，讓我的腦中再度冒出許多新的想像，我的鬱悶升到最高點，像得了瘧疾一樣打冷顫。我又跑回家，我相信有人曾經在那裡登陸；也就是說，島上已經有了其他人，或許哪天會突然碰上，但我卻不知道該怎麼確保自己的安全。

噢！人在恐懼時做的決定，如此荒謬！恐懼會使人放棄合理的方式拯救自己，我想到的第一件事是——拆除籬笆，把羊群全部野放回樹林中，這樣敵人就不會發現牠們，不會為了搶羊經常跑來島上；接著，要破壞掉那兩塊種穀物的田地，免得他們發現後，

17 摘錄自《詩篇》第二十七篇第十四節。

為了穀物不斷造訪。還要拆掉茅屋和帳篷，一旦他們發現有人定居，可能會深入搜索，企圖把人找出來。

以上就是我第一個晚上所想的內容，回家後，我的心中再度被憂慮填滿，滿腦子幻想。我得說，害怕危險的恐懼比危險本身可怕千百倍，而焦慮帶來的痛苦，往往大過壞事真正造成的痛苦。更糟糕的是，這次我沒辦法跟以前一樣，藉由聽天由命的想法得到慰藉。我覺得自己就跟掃羅[18]一樣，不僅抱怨非利士人[19]攻擊他，還埋怨上帝遺棄他。我的心安定不下來，因為我沒有像以前一樣，在苦難中呼喊上帝的名字，把自己交給祂，向祂祈求保護和救贖。要是我有這麼做，至少能比較樂觀地面對這次的意外發現，或許就能以更大的決心度過難關。

我整晚都在胡思亂想，天亮後才有了睡意，紛亂的心緒耗盡了精神，因此我睡得很熟。起床後，心情穩定多了，我開始冷靜地思考。經過一番激烈的自我辯論，我得到以下結論：這座島景色宜人，物產豐富，離大陸也不是真的很遠，應該沒有想像中那麼孤立。即便沒有人定居，或許偶爾還是會有意外被風吹上岸的船，但我住在這裡已經十五年了，卻從未看過一個人影。我想就算真的有人被沖上岸，也不會想在這裡定居，會盡快離開。我現在最可能碰上的危險，應該是遇到從對面大陸過來的人，他們比較可能是不小心被風吹來這裡的，會想要趕快離開；這些人應該很少在島上過夜，因為失去陽光和潮水的幫忙，航行會很困難。有鑑於此，我應該什麼都不用做，看到有野人上岸的話，只要躲起來就好了。

這時候我非常後悔自己把山洞挖得那麼大，還開了一道門直通外面（也就是圍牆和岩壁的接合處）。幾經思考，我決定在十二年前種下兩排樹的地方，建造第二道半圓形的圍牆。這些樹已經長得非常粗壯，我只要在間隔處打進幾根木樁，牆就會變得更密實，很快就可以完成。

就這樣，我有了兩道牆，而且我把一些木頭和舊纜索之類用得上的東西，全用來補強第二道牆，讓它更加堅固。此外，我在牆上打了七個小洞，大小正好能讓我把手臂穿出去。我還從洞穴裡運出了許多土，倒在牆角，用腳把土踏實，將牆增厚到十呎。這七個小洞是擺放短槍用的（前面提過，我在船上找到七把短槍），我把短槍當作大砲，裝設在類似砲車的木架上，這樣一來，我就能在兩分鐘內連開七槍。我辛苦工作了幾個月才完成這道牆，完工後才比較有安全感。

完工後，我又在圍牆外的空地上，插滿一種類似柳樹的枝椏。我發現這種樹長得又

18 摘錄自《撒母耳記》第二十八章第十五節。掃羅（Saul）是以色列第一代國王，後來因為多次違背神的旨意，先知撒母耳以耶和華棄絕掃羅為由，另外挑選了大衛為王。

19 非利士人是居住在迦南南部海岸的古民族，領土位於現今加薩走廊以北一帶，在後來的文獻中被稱為「非利士地」。

快又好，總共插了將近兩萬支。我在枝椏和圍牆之間保留一大片空地，讓我有足夠的空間可以看見敵人，假如他們試圖靠近外牆，我的視線也不會被小樹擋住。

不到兩年，我就有了一片濃密的樹叢。五、六年後，住處前變成一片叢林，樹木長得密實又強壯，完全無法從中穿越。沒有人會覺得叢林後還有別的東西，更別說有人定居在裡面。我沒有保留任何通路，只靠兩把梯子進出，一把先放在岩石的低處，上方的岩壁正好有個內凹的地方，可以擺放第二把梯子。只要拿開兩把梯子，沒有人可以輕易接近我，就算真的翻越樹叢，也只是在外牆的外面而已。

我可以說是窮盡了人類的智慧在保護自己，後來也證明我很有理由這麼做，雖然當時純粹只是因為恐懼而做。

第十二章

隱蔽的石洞

這段期間，我沒有荒廢其他工作。我尤其關心我的羊群，牠們是穩定的食物來源，讓我不用浪費火藥和子彈，也不需疲於在森林裡打獵。我不願意放棄我的羊，免得以後還得重養一次。

經過深思熟慮，我想出兩個保護羊的辦法：第一個，找個合適的地點挖地洞，然後每天晚上把羊趕到裡面；另外一個辦法是再找兩、三塊較小的地，最好隱密一點，彼此相隔遠一點距離，每個地點養六、七隻羊。這樣的話，就算主要的羊群遭遇不幸，我也能很快重新培養起來。雖然需要花很多時間和勞力，但我想這是最理想的方法。

按照計畫，我花一些時間在島上找了幾個最偏僻的區域，其中一個很隱蔽的地點讓我很滿意。這是一塊密林中的小濕地，當初我去東邊探險的回程，差點在這附近迷路。這裡有塊約三畝大的空地，四周樹木環繞，就像天然的屏障，至少讓我不需花那麼多心力圈地。

我馬上動工，不到一個月就圍好了籬笆。我沒有耽誤任何時間，立刻把十隻母羊和兩隻公羊帶過去，牠們已經不像剛開始那麼野了，可以放心安置在那裡。羊帶過去後，我繼續補強籬笆，直到它跟另一個圈地的籬笆一樣堅固。不過蓋以前那座籬笆時，時間比較從容，花了比較久的時間才完成。

只是因為看見一個腳印，產生了種種擔憂，我就花費心力做這些事。儘管還沒在島上看到任何人，兩年來我卻過得惶惶不安。這確實使我的生活不像以前那麼自在，曾經在恐懼中度日的人，應該都能體會我的感覺。另外，讓人難過的是，這種不安的情緒對我的信仰也產生很大的影響。因為我無時無刻都擔心著自己會落到野人或食人族手中，根本無心禱告，或者沒辦法保持我想要的那種平靜臣服的態度來禱告。我經常帶著沉重的心情祈禱，彷彿四周充滿危險，每天夜裡都有被殺害或吃掉的可能。

從過去的經驗中，我知道祈禱時最好保持著一顆平和、感激、愛和崇敬的心。帶著恐懼向上帝禱告，就像在病榻前懺悔。不安是心靈生的重病，祈禱是心靈上的行為，心靈不安對人造成的影響，甚至比生理問題還要大。

好，現在繼續講接下來發生的事。安頓好這些小動物之後，我走遍全島，想再找個隱密的地方圍另一個羊圈。走到小島的西岸時（我從沒到過這邊），看見遠方的海上好像有一艘船，實在太遠了，我沒辦法確認——我從船上帶下來的那些船員的箱子裡，有一、兩副望遠鏡，但沒有帶在身上。直到眼睛實在撐不住了，仍然不確定那到底是不是船。我走下山後就什麼也看不到了，只好放棄。這讓我決定之後出門都要帶著望遠鏡。

我走下山，來到小島的盡頭，我從未來過這裡。現在我開始覺得，在島上看見腳印沒有想像中那麼稀奇，只是因為上天保佑，安排我在野人從未到過的那一側上岸。其實那些從對面大陸出海的獨木舟，如果不小心划得遠一點，經常會在這附近靠岸；他們也常在海上相遇，在獨木舟上打鬥，獲勝的人會把俘虜帶來這裡。他們都是食人族，依據可怕的風俗習慣，他們會殺了俘虜，然後吃掉他們。這些之後再詳談。

此時我在小島的西南邊，就像我說的，從山上走下來到海岸邊。我看到沿岸布滿了人的頭骨、手、腳，還有其他身體部位的骨頭，嚇得不知所措，說不出心裡有多麼恐懼。此外，那裡還有生過火的痕跡，地上有個圓圈，像個鬥雞場，我想那些沒人性的野人就是坐在那裡，享用同類的肉。

這幅景象使我震驚不已，一時間竟沒想到自己可能身處危險之中。雖然我曾經聽說這種事，但從沒有這麼近距離目睹，真是殘酷、野蠻又恐怖，人性竟然可以墮落到這種地步。我趕緊轉開臉，不想再看到這幅可怕的景象，我開始反胃，幾乎就要昏倒過去。劇烈的嘔吐之後，感覺舒服了一點，但再也無法忍受，我用最快的速度爬到山上，往我住的方向走回去。

離開那個區域後，我停了一會，讓心情平復過來。我抬頭看看天空，眼眶裡充滿淚水，由衷感謝上帝讓我出生在別的國家，使我有別於這些可怕的人。儘管處境還是很悲慘，但祂為我的心帶來許多慰藉，使我願意感激，而非抱怨。最重要的是，在我最糟糕的時候，祂指引我與祂相遇，祈求祂的祝福。這份幸福，比我曾遭遇過，以及可能遭遇的苦難的加總都還要多。

我帶著這份感謝回到城堡，心情舒坦許多，第一次覺得我住的地方是安全的。我想那些傢伙從來沒想過要探索這座島，他們登陸的位置附近都是樹林，什麼都沒有，也就不期待能在島上找到有用的東西。我已經住在這裡將近十八年了，從沒看過有人出現。只要像現在這樣把自己藏好，不被他們發現，再過十八年也不是問題。當然，我不會把自己暴露在他們面前，除非有比食人族更文明的人出現。

我真的很厭惡那些野蠻的傢伙，以及那個沒人性又殘忍的習俗，我說過了，他們會吞食彼此。有將近兩年的時間我一直開心不起來，只在我的生活圈裡活動。我的生活圈指的是城堡、鄉間小屋（也就是小茅屋），和樹林中的圈地——這裡只有養羊，沒做其他用途。我天生就厭惡那些讓人毛骨悚然的傢伙，就像害怕遇見魔鬼一樣想避開他們。因此我很少去看我的船，我寧願建一艘新的，也不敢再嘗試把船划回來，如果在海上遇到他們，我很清楚自己會有什麼下場。

然而，時間一久，我開始覺得自己沒有被發現的危險，心中的大石也漸漸放下來了。我回到跟以前一樣安穩的生活，只是更謹慎一點，隨時留意周遭的狀況，以防不小心被他們看見。我也不隨便開槍，因為如果有人在島上，可能會聽見槍聲。值得慶幸的是，我現在養了一群羊，已經不需要再到樹林裡打獵了；後來我還有再抓到羊，但都跟先前一樣，是用陷阱抓到的。我大概有兩年的時間沒有開過槍，但還是都會把槍帶在身上。除此之外，我也帶著從船上拿下來的三把手槍，或至少隨身把其中兩把插在羊皮皮帶上；我還磨了一把從船上拿下來的彎刀，一樣用皮帶掛在腰間。因此，我出門的模樣很嚇人，除了曾經描述過的那些服裝外，腰間還要再加上兩把手槍，和一把沒有刀鞘的大刀。

就這樣過了一段時間，除了變得更警覺外，我又回到以往平靜的生活狀態。經歷這一切使我更加相信，如果拿我跟其他人的狀況相比，或者跟我可能遭遇的狀況相比，我根本一點都不悲慘。我想，假如人們願意拿自己和處境更糟的人相比，而不要去想比自己好的狀況，就會懂得感謝，也不再會有那麼多抱怨。

我現在其實沒有真的缺少什麼東西，不過因為時常擔心野人，只關心著自身安全，使得生活更舒適的那股創造力就這樣消磨掉了。我放棄了一個計畫很久的嘗試——用大麥釀啤酒來喝。當然，這真是癡心妄想，我也常責備自己把事情想得太簡單，因為釀啤酒需要的工具有很多我都沒有，幾乎也都無法自製。首先是保存用的酒桶，我已經提過，我嘗試了不僅數天、數週，甚至好幾個月都做不出來。另外，我沒有啤酒花可以保鮮，沒有酵母可以發酵，也沒有烹煮用的銅鍋或鐵鍋。儘管如此，我確信，要不是對那些野人的恐懼和憂慮打斷了這項計畫，我應該已經著手進行，說不定也克服困難了。一旦決定做一件事，不到成功我很少放棄。

不過，我的創造力現在都往另一個方向發展，我日日夜夜都在想著要怎麼殺掉那些殘忍又血腥的傢伙，可能的話，或許再從他們手中救下幾個即將受害的人。如果我將腦中所有的計畫全都記錄下來，大概會比這本書還要厚，我想要殲滅這些傢伙，至少把他們嚇到不敢靠近這裡。不過除非我真的去執行，不然都只是空想，假如他們二、三十個人一起來，投擲標槍和射箭的功力還跟我開槍一樣神準的話，我一個人怎麼抵擋得住？

我也想過要在他們生火的地方挖洞，埋入五到六磅的火藥，當他們一生火，就把那附近炸個天翻地覆。只是我不想浪費那麼多火藥在他們身上，我已經剩一桶的存量了，況且，我也無法保證火藥會在正確的時機爆炸；有可能只爆出一點小火花，或許能嚇到他們，卻不足以讓他們放棄這個地方。因此，我把這個想法放到一旁，考慮自己帶三把槍，裝滿雙倍的火藥，找個合適的地點埋伏。接著，在他們進行血腥的儀式時跳出來攻擊，我想每一槍應該都能打倒兩、三個，然後再拿大刀和三把手槍衝上去，這樣一來，就算有二十個人我也能全部解決掉。這個幻想在我腦中盤旋了好幾個禮拜，整天都在想這件事，連睡覺時我都夢見自己跳出來攻擊他們。

我對這個想像很著迷，也花了好幾天尋找適合的埋伏地點，漸漸熟悉了那附近的地勢；我滿心想著要復仇，想著要用大刀殺他個二、三十個野人，恨意漸漸取代了那幅可怕景象和吃人習俗帶給我的恐懼。

終於，我在海岸的小丘找到一個安全藏身的好地點，可以清楚看見他們上岸後的一舉一動。他們上岸前，我可以先躲在一片濃密的樹林中（那裡正好有空隙可以讓我隱蔽在裡頭），坐看他們進行血腥的儀式。等他們聚集在一塊時，我就瞄準頭部射擊，這麼近的距離不可能失手，第一槍應該就能打倒三、四個人。

這個地方就是我要執行計畫的地點。我準備了兩把短槍和常用的獵鳥槍，短槍裝上一對金屬彈丸和四、五顆小一點的子彈；獵鳥槍則裝上尺寸最大的打鳥彈；每把手槍也各裝四顆子彈。此外，我也準備好一些火藥，以提供第二或第三波射擊使用——就這樣完成了遠征的整備。

我不斷在腦中演練這個計畫，每天早上都跑到山上，那座山離我的城堡超過三哩，在上面可以觀望有無船隻靠近小島，或在遠方航行。不過，後來我開始厭倦這項辛苦的工作，因為觀望了兩、三個月都毫無斬獲，根本沒有船靠近岸邊，甚至用望遠鏡也沒看到外海有任何船影。

每天到山上巡邏的這段期間，我對自己的計畫充滿信心，氣勢十足，彷彿隨時都準備好要處決二、三十個沒穿衣服的野人。至於他們哪裡冒犯到我，我倒是沒認真想過。我只是因為見證了他們沒有天良的吃人習俗，本能地產生厭惡的感覺。他們似乎被全知的上天遺棄，失去了指引，只憑著自己可憎而墮落的本性行事，經過許多世代，這項行為變成了恐怖的習俗。他們一定是完全被上天放棄了，才會墮落到這個地步。

然而現在，就像我說的，我開始厭倦每天外出巡邏卻都空手而回的情況。這讓我對他們的看法產生改變，開始冷靜下來思考自己在做的事。長久以來，上天都默許這些人互相殘殺，沒有做出懲罰，我有什麼權力可以審判這些人，把他們當作罪犯處決？他們哪裡冒犯到我了？我有什麼資格干涉這項血腥的儀式呢？我時常和自己辯論：「你怎麼知道上帝將如何審判這件事？可以確定的是，這些人並不認為自己犯了罪，他們沒有違背自己的良心，不受良心譴責。如同我們犯下大部分的罪時一樣，他們不知道這是罪惡的行為，並非故意挑戰上天。對他們來說，殺死戰俘就像我們殺牛一樣，他們吃人肉，就跟我們吃羊肉一樣，沒有什麼罪惡。」

稍微這樣思考一下，我就發現自己錯了。這些人不是我之前一再譴責的殺人犯，基督徒在戰爭中也常殺死俘虜，而且經常是在對方棄械投降後消滅整個部隊。

接著，我又想，即便他們的行為殘忍又沒人性，也跟我沒有關係，這些人並沒有傷害我。假如他們試圖傷害我，我為了保護自己而攻擊，那還說得過去。但是，我沒有落在他們手中，不用說想要傷害我了，他們甚至不知道我的存在。因此，我不應該攻擊他們，否則無異於我認同了西班牙人在美洲犯下的暴行，他們在那裡屠殺了數以百萬的人。就算那些人都是土著和野人，有一些野蠻的習俗（例如拿活人獻祭給偶像），但對西班牙人來說，他們只是無辜的人。這些行為在歐洲各個基督教國家，甚至是西班牙人自己看起來，都是血腥的屠殺，簡直是殘酷不公，人神共憤的暴行。也因此，「西班牙人」之於保有人道主義思想的人，和虔誠的基督徒來說，變成一個可怕的代名詞。好像只有西班牙才會做出這種殘酷不仁，毫無憐憫之心的事——有憐憫之心的人是寬容的。

基於這些考量，我暫停所有行動。漸漸地，我放棄了整個計畫，我認為攻擊野人的決定是錯的，我沒有理由干涉他們的行為，除非他們先攻擊我。我該做的是防止他們找到我，攻擊我，但要是真的發生了，我知道自己該怎麼應對。

另一方面，我質疑這個計畫不但沒辦法拯救自己，反而會毀了我。除非我能殺死每一個上岸，或接著上岸的野人，否則只要有一個人逃回去告知他的同伴，一定會有上千人回來報仇。到時候，我等於是自取滅亡，沒有理由這樣做。

總之，無論是原則上或策略上，我都不該捲入這件事。我該做的是想辦法不讓他們找到我，不要留下任何蛛絲馬跡，讓他們猜到島上有其他生物，我是指其他人類。

經過慎重的考慮，我重新找回了信仰，現在我覺察到，那個殺害無辜野人的計畫（至少對我來說他們是無辜的），已經超越了我的職責。他們互相殘殺的罪不是我能干涉的。那是一個普遍的現象，應該把它留給上帝，上帝照看所有的事，只有祂才能對這些公開犯下罪惡的人做出適當判決。

我看清一切了，慶幸自己沒有真的去做這件事，現在看起來，這等於犯下蓄意殺人的罪行。我跪下來，用最謙卑的心感謝上帝，祂把我從血腥的罪惡中拯救出來；我也懇求祂保護我，別讓我落入野人的手裡。除非清楚聽見來自上天的召喚，我才會為了保護自己的生命出手攻擊他們。

接下來將近一年的時間，我只做確保自己不落入野人手中的事。我不再去山上觀察野人的蹤跡，不再檢查他們是否有再上岸，這樣我才不會又興起攻擊的想法，或重新實行那些計畫。我唯一做的事，是把船移動到小島的另一側。我在小島的東岸找到一個藏在高聳岩石下的小灣，依據海流的走向，野人應該不敢來這裡，至少不會把船划到這個位置。

接著，我帶走了原本留在船上的東西，例如桅杆和我做的船帆，以及一個像是船錨的東西——它實在稱不上是船錨，但我已經盡力了。短程的航行不需要這些東西，我全部拆掉，讓人看不出任何小島上有人居住的跡象。

此外，我比以前更少出門，除了擠羊奶、到樹林裡照料羊群等日常工作之外，我幾乎都在家裡。羊群位於小島的另一端，相當安全。這些野人雖然會上岸，但從來沒想過要搜尋這座島，因此從未離開過那片海岸；我認為我開始處處提防之後，他們一定跟以前一樣上岸過幾次。每次想到以前外出的模樣，我總是為自己感到害怕，那時候我常常只帶著一把小槍，裝幾個子彈，就在島上到處亂走亂看。要是突然碰上他們，真不知道該怎麼辦。況且，要是我遇到的不是一個腳印，而是十幾、二十個野人跑來追我的話，我一定逃不掉，因為他們的腳程實在太快了！

這個想法偶爾浮上腦中，總是讓我的心情久久無法平復。我想著在那種狀況下的我，一定無法抵抗他們，甚至嚇得想不出任何辦法，更不可能想得到現在這些經過深思熟慮才得出的準備措施。每次想到這件事，我總是心情低落好一陣子，不過，到最後都會轉化成對上天的感激。祂讓我遠離看不見的許多危險，那種狀況下我根本不可能自救，因為我無法預見危險，甚至想不到會有這些可能性。

因此，一些過去的想法又重新回到我的腦中。當時我剛認識上帝，看到祂讓我在危險的處境中找到生路，在什麼都不知道的情況下奇蹟般地救了我。每當我們感到遲疑，不確定該走這條路或那條路的時候，總會有一個神祕的指引出現。當我們意圖，不，應該說，當理智、現實都告訴我們該走某條路時，心中仍會冒出一個想法，要我們走另一條路；這個想法不知道來自何方，也不知道由什麼力量促使它來到。而後來總會發現，要是選擇的是一開始的那條路，可能早就陷入絕境當中。經過許多類似的思考之後，我得出了一個行事原則：每當神祕的暗示或迫切感出現，指引我做什麼，或不該做什麼時，我都臣服於這種神祕的指令；即使不知道原因，純粹只是心中浮現了一種暗示。我的一生，尤其是流落到荒島後，有許多因臣服這類指引而成功的例子；另外，還有許多事件，假如當初我就用這樣的觀點看事情，一定可以意識到這項原則。

不過，領悟永遠都不算太晚。我想要建議那些總是考慮太多的人，假如你們遇到跟我一樣離奇的意外，就算沒有我這麼離奇，也不要輕忽來自上天的指引。讓這種看不見的智慧來到我們身邊，我沒辦法深入討論或說明，不過它確實證明心靈是互通的，毫無疑問的，有形和無形之間有著神祕的交流。在我後續的孤寂生活中，還有一些重要的例子可以證明這一點。

我生活在壓力之中，總是焦慮著危險隨時都要發生，這也抹殺掉生活上的創造力。相信讀者一定可以理解我的處境。比起食物，我更關心安全的問題，我甚至不敢打釘子、敲木頭，只怕聲音會被聽見，基於相同的理由，我也更少開槍了。其中，最令我感到不安的是生火的問題，因為煙在很遠的地方就看得見，這會害我被發現。因此，我把燒製陶器或菸斗等需要用火的工作，全都移到樹林中那個新地點去做。一段時間後，我意外發現一個天然的洞穴，這個洞穴很深，我敢說連野人到洞口都不敢隨便進去。大概只有我這種一心想找個庇護所的人才敢冒險進去吧。

這個洞的洞口位於一塊巨大岩石的下方。有天我在砍樹枝，準備燒成木炭時意外發現的（只能說是天意了）。在繼續說下去之前，我要先說明製作木炭的理由。

如上所述，因為煙的關係我不敢在住處生火，可是我又不能不烤麵包或煮肉。因此我決定先燒一點木材，用我在英國看過的方法，把木頭蓋在草皮下悶燒，燒成木炭之後，熄滅火焰，保存好木炭帶回家使用。如此一來，需要用火時我就燒木炭，不需擔心起煙的問題。

好，回到正題。我在砍樹時，發現一處濃密的矮樹叢後面有個洞，我好奇地往內看，然後費力爬進洞口，發現裡面很大，足夠我站直身體，或許還能再容納另一個人。

不過，我必須承認自己一進去就馬上逃了出來，我在一片黑暗中看向洞穴深處，發現有兩個眼睛反射著從洞口射入的微光，閃閃發亮，像星星一樣，我不知道那是魔鬼還是人類。

心情稍微平復之後，我開始罵自己是大蠢蛋，我對自己說，害怕見到魔鬼的人根本不可能獨自在島上生活二十年；而且，我相信洞穴裡面不會有比我本人更可怕的東西。因此我鼓起勇氣，點燃一根火把再度進到洞裡。才走了不到三步，又嚇了一跳，我聽見很大的嘆息聲，像是人在痛苦中會發出的聲音；接著是一陣斷斷續續的聲音，像在訴說著什麼話，然後又是沉重的一聲嘆息。我真的受到驚嚇了，馬上後退一步，冷汗直流，要是我頭上有戴帽子，準會被聳立的頭髮頂飛起來。不過，我盡量保持鎮定，相信上帝的力量無所不在，祂必然會保護我，因此我繼續向前走。我把火把舉在頭頂上，透過火光看見地上有一隻怪物般的老公羊，牠似乎就要老死了，正為了生存做最後的掙扎。

我稍微移動牠一下，想把牠弄到外面，牠也試著起身，卻站不起來。我決定讓牠躺在那裡就好，既然牠能嚇到我，如果有野人敢跑進來，一定也能嚇到他們（只要牠還活著）。

此時我的驚嚇已經平復了，我看看四周，洞穴其實不大。整體約十二呎左右，因為是天然形成的洞穴，沒有特別的形狀，不方也不圓。我發現裡面還有一個更深的洞，不過洞口很低，要用爬的才進得去。我不知道這個洞會通往哪裡，但因為手上沒有蠟燭，我決定先暫停，隔天再帶蠟燭和火絨盒（這個火絨盒是我用一把短槍的槍機做成的），以及一些火種過來。

隔天我帶了六根自製的大蠟燭——現在我已經能用羊脂做出很好的蠟燭了。我四肢並用爬進那個矮洞，約有十碼的距離，老實說，我認為這很冒險，因為我不知道洞有多長，也不知道裡面會有什麼東西。過了這個窄道，我發現洞頂變得很高，將近二十呎。環顧四周，在蠟燭的光照下，周圍的岩壁以及洞頂反射出萬千光芒，我不確定那到底是岩石、鑽石，或是其他珍貴的礦物或黃金。

雖然洞裡全然是暗的，但這真是最令我驚豔的洞穴了。地是乾的，平坦，上面有些碎石，沒有什麼噁心或有毒的生物，四周的岩壁和洞頂也都很乾燥。唯一的問題就是要爬進來有點困難，不過相對也比較安全，對我來說是個優點，它正是我想要的庇護所。這個發現讓我非常開心，我決定立刻把最讓我放心不下的東西搬來這裡，特別是彈藥和平常用不到的武器，包括兩把獵鳥槍和三把短槍——我總共有三把獵鳥槍，八把短槍；其餘的五把短槍留在城堡，像大砲一樣架在外牆上，隨時都能拆下來戰鬥。

搬運彈藥的過程中，我順手打開那桶在海上找到，已經受潮的火藥。我發現水從四周滲進桶子約有三到四吋深，火藥變得又乾又硬，但卻像貝類外殼一樣，把內部的火藥保存得很好。因此，我得到了約六十磅品質很好的火藥，令我非常滿意。我把火藥帶到洞穴，城堡只留不到三磅，以免發生任何意外。同時，我也把所有剩餘的鉛皮都帶過去

（做子彈的鉛頭用的）。

我把自己幻想成古代的巨人，聽說他們都住在岩穴裡頭，沒人能靠近他們。我對自己說，只要待在這裡，就算有五百個野人在外面也找不到我，即便找到了，他們也不敢冒險進來攻擊。

那隻垂死的老公羊，我發現牠的隔天就在洞口附近斷氣了。我發現在裡頭挖洞埋了牠，比拖到外面容易得多，於是我把羊給埋了，免得牠發出惡臭。

第十三章

遇難的西班牙大船

現在，我在島上已經度過二十三個年頭了，非常熟悉這個地方，享受這裡的生活方式，沒有野人來打擾的話，我很願意在此度過餘生。直到生命的盡頭，我就讓自己躺下來死去，就像洞穴那隻老山羊一樣。我也找到一些娛樂消遣的方法，讓自己過得比以前開心許多。

先前有提過，我教會波兒怎麼說話，牠學得很好，講得清晰又流利，讓我非常高興。波兒跟我一起生活超過二十六年，後來牠又活了多久我不清楚，但巴西那邊的人都說鸚鵡可以活一百年；也許可憐的波兒還活著，還在叫著「魯賓遜．克魯索」，我希望不要有哪個不幸的英國人淪落到那裡，否則他聽到波兒的叫聲，肯定以為自己遇到魔鬼了。我的狗也陪了我超過十六年，是個討人喜愛的夥伴，最後壽終正寢；至於貓，我說過了，牠們一直繁殖，我不得不殺掉一些，以免牠們把我和所有的糧食都吃掉。不過，後來最老的那兩隻貓死了，我一直驅趕牠們，也不給食物吃，牠們全跑到樹林裡。最後我只留兩三隻中意的下來養，牠們新生的後代，如果又繁殖出小貓，我都把牠淹死。以上就是我的家庭成員。

除此之外，我固定會留兩到三隻小羊在身邊，親手餵食。我還有兩隻鸚鵡，話也都說得很好，總是叫著「魯賓遜・克魯索」，不過說的不如第一隻鸚鵡好，畢竟我沒有花那麼多心力在牠們身上。我還馴服了幾隻不知名的海鳥，我在岸邊抓到牠們，剪去了翅膀。那些用來建造城堡外牆的木樁，都已經長成茂密的樹林，海鳥就住在矮樹叢裡，還生了小鳥，我看了非常欣慰。就像我說的，只要能避免掉那些可怕的野人，我對生活感到很滿足。

事情偏偏不會這樣發展。我想，所有知道我的故事的人，都能從中發現一個道理：在生命中，我們總是陷入那些極力避免的壞事中，但時常又在最悲慘的時候，找到了救贖的門；只有遭遇困苦，才有再次奮起的可能。從我一生各種離奇的遭遇中，可以舉出許多類似的例子，但都沒有比我在孤島最後這幾年發生的事更能證明這一點。

就像我說的，當時是我在島上的第二十三年，正值十二月的冬至時分（天氣實在很難說是冬天），正好是收穫的季節，因此我經常外出到田裡去，我總是清晨天還沒全亮就出門。我看見距離兩哩左右的海岸邊有火光，大吃一驚。那附近就是我之前發現野人蹤跡的方向，但火光出現的位置是在靠近我的這一側。

這幅景象真的把我嚇壞了，我馬上躲進矮樹叢中，不敢走出來。我的內心開始翻騰，擔心著若是野人在島上亂走，發現那些已經收割和尚未收割的農作物，以及其他我做的東西，他們就會知道島上有人，勢必要把我找出來才肯罷休。我立刻回到城堡，收起梯子，盡量把一切弄成荒野般的自然景象。

接著，我在城堡內準備防禦工事。我把所有架在外牆上的大炮（也就是我的短槍），以及所有手槍都先裝填好火藥，決定奮戰到底。我沒忘記把自己交給上帝，虔誠祈求祂保護我免於落入野人的手裡。就這樣繃緊神經過了兩個小時，我開始不耐煩，想知道外面的狀況——因為我沒有間諜可以派出去打探消息。

又躲了好一會兒，我思考著該怎麼做比較好，實在不能再盲目地坐等下去了。因此，我把梯子架到山壁一處平坦的地方，稍早我就是在那裡發現火光的，我收起梯子，再用它爬到山頂，並拿出刻意帶出來的望遠鏡，趴在地上觀察。我馬上看到九個沒穿衣服的野人圍坐在火堆旁，天氣非常炎熱，他們不可能是在取暖。我想，一定是在烤俘虜的肉，但我不知道那個人是死的還是活的。

他們有兩艘獨木舟，都已經拉到岸上。當時正值退潮，我感覺他們是在等待潮水回來，才要再次出航。我的慌亂實在難以想像，尤其看到他們來到小島的這一邊，如此接近我。不過，發現他們只會在退潮時段上岸後，我冷靜下來，這表示漲潮時段外出是安全的。有了這項發現，我外出收成的心情也比較安穩。

跟我預料的一樣，當潮水一往西流，他們就把船抬回海上，划著槳離開了。離開前，他們跳了一個多小時的舞，透過望遠鏡，我可以清楚看到各種手勢和姿態，他們全都一絲不掛，但我辨認不出到底是男人還是女人。

他們一離開，我立刻把兩把槍扛到肩上，腰間繫著兩支手槍，以及我那把沒有鞘的大刀，全速前往我第一次發現他們蹤跡的那座山上。因為負重太多跑不快，我花了兩個多小時才到那裡，馬上發現另外三艘獨木舟，他們在外海會合，一同往大陸的方向划去。

當我下到岸邊，看見他們留下的痕跡，那幅景象真是恐怖：滿地都是血、骨頭，以及他們大肆啃食過的屍體殘骸。我看得氣憤不已，心想下次如果被我遇見，不管有多少人我都要殺掉他們。

很明顯的，他們不常造訪這座小島，因為直到十五個月後，我才又看到他們上岸。換言之，這段期間我沒有看見他們，也沒發現腳印，當時是雨季，他們不會出海，更不用說航行到這麼遠的地方。不過我的生活過得很不安，總是擔憂著隨時可能遇見野人，所以我要說：大難臨頭的恐懼，比真正受苦還要折磨人，尤其是無力擺脫這些擔憂和恐懼的時候。

這段期間，我全心全意想著要殺死野人，計畫著下次看見他們時，該用什麼方法攻擊他們；如果他們又像這次一樣分成兩批出現，又該怎麼辦？我沒考慮到的是，假使我殺了第一批（譬如十到十二人），隔天又殺了一批，隔週、下個月，根本沒有盡頭。直到最後，我跟他們一樣成了殺人犯，甚至比他們更加殘暴。

我每天都處於極大的焦慮之中，覺得自己總有一天會落入這些冷血的野人手中。偶爾冒險外出，也總是東張西望，小心留意著各種狀況。我也慶幸自己飼養了這些羊群，牠們帶給我很大的安慰。我現在完全不敢開槍，特別是在野人會出沒的那一側，我擔心槍聲會驚動他們。就算第一時間可以嚇跑他們，我很確定他們過不了多久就會回來，或許是兩、三百艘獨木舟一起來，我知道自己會有什麼下場。

然而，直到一年又三個月後，我才又發現他們的蹤影，接下來要談的就是這個部分。這段期間，他們可能也來過一、兩次，或許沒有停留很久，也或許是我沒注意到。不過，就在我來到島上第二十四年的五月時分，我和他們有了一場奇怪的相遇。

這十五、十六個月以來，我的心思非常紛亂，睡也睡得不安穩，總是作噩夢，在半夜驚醒。白天時心情沉重不安，晚上經常夢見自己殺了野人，腦中充滿殺掉他們的種種理由。暫且撇開這些不談，當時是五月中旬，約是十六號的時候，吹起了劇烈的風暴，閃電和雷聲大作，延續整個晚上。我有點忘記確切的狀況了，我應該正在閱讀聖經，思考自己當下的處境。此時，一聲槍響嚇到了我，我想那是從海上傳來的。

顯然，這跟以前發生過的事都不一樣，因此我也產生全然不同的反應。我嚇得跳起來，轉眼間，已經架著梯子爬上岩壁中段。爬上山頂的那一刻，我看見火光一閃，一分多鐘後就聽到第二次的槍聲，是從我上次被海流沖走的方向傳來的。

我馬上認定有船遇難了，而且他們還有其他同伴同行，所以才開槍當作求救訊號。我沉著地想，雖然我沒辦法幫助他們，但他們也許救得了我。我把手邊找得到的乾柴都聚集起來，堆成一堆，開始在山頂燒火。這些木頭很乾燥，火勢一下子就起來了，雖然當時風很大，但還是燒得很旺；如果海上真的有船，一定看得見這道煙。他們確實看到了，因為火才剛生起來，我就聽見另一聲槍響，之後陸續又有好幾聲，都是從同一個方向傳來的。於是我讓火燒了一整夜，直到天亮後，視野變得比較清楚一點，我看見小島東邊遙遠的海上，有個不知道是帆還是船的東西。不過距離實在太遠了，加上海面有些許霧氣，我又沒有望遠鏡，無法分辨。

那一整天，我不時跑去看望那艘船，很快發現它都沒有移動，我斷定應該已經下了船錨。你們可以想見我有多麼想知道狀況，我拿槍往小島的南邊跑去，到了先前被海流沖走的岩石邊。我爬上高處，這時候天氣已經完全放晴了，視野很好，令人遺憾的是，那艘船在夜裡撞上我前一次出航時發現的暗礁，失事了。這些暗礁擋住了海流的衝力，使它形成另一道回流，我上次就是因為這道回流，才得以從生命中最絕望的狀況中脫困。

由此可見，同一件事對某些人來說是救贖，對另一些人來說卻是災禍。不論這些人是誰，他們對這附近一定很不熟悉，再加上昨夜強勁的風勢來自東邊和東北東的方向，他們因而撞上藏在水面下的那些暗礁。我在猜，他們也沒發現這座島，否則一定會拚命划小艇過來。他們只是開槍求救，尤其是看到我生起的火後又開了好幾槍。我腦中想像著各種可能性。

首先，他們看見火光之後，應該會搭上救生艇，努力划上岸。不過當時風浪很大，小艇可能會被沖走。接著我又想，或許他們早就沒有救生艇了，這是常有的事，遇到大浪時，水手們經常被迫把救生艇拆下來丟進海中。有時候我又覺得，他們或許有同行的船，看到求救信號後把他們接走了。然後我也會幻想，他們也可能搭上小艇，遇上我之前捲入的那道海流，被帶往外海了；如果真是如此，只剩死路一條，他們大概已經快要餓死，淪落到互食的地步。

這些都只是推測而已，我唯一能做的就是想著這些不幸的人，憐憫他們的遭遇。不過這仍然為我帶來正向的影響，讓我更有理由感謝上帝，即便身處絕境，我卻過得舒適又快樂——兩次的船難，只有我一條命活了下來，其他同伴都被帶走了。我再一次深刻體認到，即使上天把我們丟到谷底，承受極大的痛苦，看到其他人遭遇到更嚴酷的狀況，我們還是能從中找到值得感謝的事情。

我看不出這些人有得救的可能，如果沒有全員陣亡，只可能是其他同行的船隻把他們接走了。這個可能性非常小，因為我沒看到任何相關的跡象。

此刻，我很難用文字描述從我心底生起的一種奇特的渴望。我不時會開口大喊：「噢！只要有一、兩個，不，只要有一個人活下來就好，讓他逃到我這裡來，讓我有個同伴可以說話，跟我交談！」我整個孤單的生涯中，沒有像此時如此熱切渴望著同伴，我為這項缺憾深深感到難過。

人類的情感中，似乎隱含著一種神祕的動力，當它被某個目標啟動了——無論是看得見的目標，或只是想像中的目標，就強烈地驅使我們向前撲去，沒有達成便會痛苦難耐。

我現在就是這麼熱切地希望看到有人生還！「哪怕只有一個人也好！」我一直重複講這句話，「哪怕只有一個人也好！」我至少講了上千次。強烈的渴望使我在說這句話的時候雙手緊握，手指緊緊壓在掌心上，我想，如果我的手中有什麼柔軟的東西，一定會被我粉碎掉；我緊咬牙關，一時之間竟然張不開嘴巴。

讓生物學家去解釋這些現象吧！我只是描述出事實，發現這些現象時，我自己都嚇了一跳。我不知道背後的原因，但毫無疑問是因我強烈的渴求產生的，要是能有個基督徒作伴，對我會是很大的撫慰。

不過這件事沒有發生，他們的命運，或我的命運，或者說，我們兩方的命運阻擋了這件事發生。因此，直到在島上生活的最後一年，我仍然不清楚是否有人從那艘船上生還。令人傷心的是，幾天後我在那艘船失事的海岸附近發現一個溺死的男孩，他身上只穿著船員的背心、及膝短褲，和一件藍色的亞麻襯衫，我辨認不出他是哪一國的人。他的口袋裡只有兩塊錢幣和一支菸斗，對我來說菸斗比錢幣有價值多了。

此時海已經平靜下來了，我想著要冒險到失事的船上看看，相信那裡一定會有管用的東西。不過，最主要是船上或許還有人活著，我可以救活他們，對我來說這是最大的安慰。這個想法非常強烈，我整天都冷靜不下來，根本無法抗拒划船過去的念頭。我想，交給上天安排吧，是看不見的力量在指引我，不去就太對不起自己了。

在這個念頭的驅使下，我匆忙回到城堡，開始做出航的準備。我帶了不少麵包、一大壺清水、航海用的羅盤、一瓶萊姆酒（我還剩很多），和滿滿一籃的葡萄乾。準備妥當後，我把東西帶到停船處，舀出船裡的水，讓它浮起來，再將貨物都放到船上，接著回家準備更多東西。第二趟的貨物包括一滿袋的稻米、放在頭上遮蔭用的傘、另一壺清水，以及大約兩打的小麵包（或說大麥餅，我帶的比前一次出航還多），此外，還有一瓶羊奶和一塊乳酪。我費了許多工夫把所有東西搬上船，祈求上天保佑我的旅程，便划著槳沿海岸開始航行。最後，我來到小島的東北角，接下來就要往外海前進了，必須決定要不要冒險。我看著遠處在島嶼兩側快速流動的海流，想起上次的可怕經歷，內心不免有些退縮。如果被捲入任何一道海流，我都會被帶到外海，大概就再也看不見，也回不到島上了。況且，我的船很小，只要稍微起一點風，肯定就會出事。

這個想法重重壓在心頭，我考慮要放棄計畫。我把船拉近岸邊的一條小溪流，走下船，坐在一個稍微高起的地方，在欲望和恐懼中掙扎，焦慮著要不要出海。此時，我看到海流轉向了，潮水上漲，看來幾個小時內不可能出海。這讓我想到自己應該到至高點觀察狀況。假如我可以找到潮汐和海流的規律，或許在被沖走時有機會乘著另一道激流回來。才剛想到這裡，我就發現了一座小山，在上面能同時看見小島兩面的海，以及漲退潮和海流的狀況，讓我知道回程該划往哪個方向。

我發現，退潮時海流是沿著島的南岸流出去，漲潮時則沿北岸流進小島。因此，回程時我只要往小島的北岸走，自然就能回到岸邊。

這個發現鼓舞了我，我決定隔天清晨第一次退潮就出發。晚上我在獨木舟裡休息，蓋著之前說過的值夜大衣。出海後，先往正北方划了一段距離，直到被海流快速帶向東邊——速度沒有上次南邊的那道海流快，我還能用槳操控獨木舟的方向，不到兩個小時，已經來到沉船附近。

船的模樣慘不忍睹，船身夾在兩塊礁石之間，依建造的方式判斷，應該是艘西班牙船。船尾和後艙被海浪打得支離破碎，卡在礁石之間的船頭，可能因為撞擊力道太猛，前桅和主桅都折斷倒在甲板上。當我更靠近時，有一隻狗從船中跑出來，對著我又哭又叫，我一叫牠，牠就跳進水中游向我。我把狗抓到獨木舟裡，發現牠幾乎快餓死了，我拿一塊麵包給牠吃，牠就像頭在雪地裡挨餓半個月的狼一樣吞了下去。之後我又給這個可憐的傢伙一些清水，要是我沒阻止牠的話，牠肯定會把自己撐死。

接著我爬上船，第一眼就看見前艙的廚房有兩個淹死的人，緊抱著彼此。我想，當時風浪一定很大，不斷襲擊這艘船，船員根本承受不住（跟溺死在水底沒兩樣）；除了那隻狗，沒有人從船難中倖存。我沒看到什麼貨物，所有的東西都被海浪破壞了。潮水退去後，我在艙底發現好幾桶酒，不確定是葡萄酒還是白蘭地，不過這些酒桶太大了，我實在搬不動。我也看到幾個箱子，應該是船員的行李，我沒有打開檢查就搬了兩箱到獨木舟上。

假如是船頭被打壞，船尾沒事的話，我這一趟的收穫一定會更豐富。從那兩個箱子的內容物看來，這艘船原本一定載有可觀的貨物。我猜這艘船大概是從巴西南部，南美的布宜諾斯艾利斯或拉普拉塔河出航的，開往墨西哥灣的哈瓦那，接著或許再前往西班牙。船上確實載滿寶物，但此時對任何人都沒有用處了。至於其他船員發生什麼事，我無從得知。

除了這幾個箱子，我還找到一小桶烈酒（大約二十加侖），我費了一番工夫才搬到船上。船艙內還有好幾把短槍和一只很大的火藥角筒，裡面大概裝有四磅的火藥；短槍對我沒有用處，只拿了火藥筒。我還拿了爐鏟和火鉗（這兩樣正好符合我的需求），以及兩個小銅壺、一個煮巧克力用的銅鍋、一個烤架。此時潮水開始對我有利，我就帶著這些東西和狗離開大船。天黑後不到一小時，我再次上岸，整個人疲憊不堪。

當天晚上我就在獨木舟上休息，隔天早上，決定把所有東西搬到我新找到的洞穴中，不帶回城堡。恢復精神後，我把貨物都搬上岸，開始仔細檢查。原來我找到的烈酒是一種萊姆酒，但跟巴西的做法不太一樣，總之，這種酒一點也不好喝。接下來我打開兩個箱子，發現裡面有些東西對我很有用。例如，在其中一個箱子裡，我找到一個樣式很特別的高級酒盒，裡面裝滿了好喝的甘露酒；每瓶約三品脫，瓶口還鑲銀。我還找到兩罐品質很好的蜜餞，瓶口封得很緊，沒被海水浸壞（另外有兩罐已經壞了）。還有一些很棒的襯衫，我求之不得，接著是一打半白色的麻紗手帕和有色的領巾；手帕我也很需要，熱天拿來擦汗相當清爽。此外，我在箱子內的錢盒找到三大袋錢幣，共約一千一百枚；其中一袋裝著六塊西班牙金幣和一些金條，都用紙包著，估計約有一磅重。

另一個箱子裡也有一些衣服，但沒太大用處，我想這個箱子應該是副砲手的；不過裡面只有兩磅磨細後的火藥，分裝在三個小罐子裡，應該是獵鳥槍用的。總而言之，這趟旅程收穫並不多。錢幣對我來說毫無用處，跟地上的塵土沒有兩樣，我寧可全部拿去換三、四雙英國鞋或襪子（我真的很想要），我的腳已經很多年沒穿過鞋襪了。我確實得到了兩雙鞋——從淹死在船上那兩個人身上脫下來的，後來又在箱子裡找到兩雙，讓我非常開心。不過，這種鞋子不像英國的鞋子那麼舒適耐穿，只能算是便鞋。在這個水手箱裡，我又找到五十枚銀幣，沒有金幣，這個箱子的主人比較窮，另外那個大概是某個高級船員的箱子。

不過，我還是把這些錢幣打包回家，跟之前從我的船上拿下來的那些放在一起。可惜的是，我到不了船的其他部分，否則一定可以載出一船又一船的錢幣。之後如果有機會回到英國，這些錢幣藏在這裡也很安全，我可以找機會再回來拿。

第十四章

夢想成真

我把所有物品搬上岸儲藏妥當後，回到獨木舟上，划到原來停泊的港口，接著就盡快回去我自己的老窩。那裡安全又寧靜，我讓我自己好好休息，過著跟以前一樣愜意的生活，料理家務。只不過我現在比以前更謹慎，時常留意四周的狀況，也比較少外出了。如果真的想自由走動，我就到小島的東半部去，野人從未到過那裡，我不需要像到別處去時那樣，把大批的武器和彈藥帶在身上。

我就這樣又過了將近兩年。令人遺憾的是，我這顆腦袋似乎就是為了折磨肉體而生的。兩年來，我的腦中充斥著逃離小島的計畫；有時候，我還想著要再回到那艘船上看看，但理智告訴我，那艘船已經沒有值得冒險的東西了。我也會想要划船到處晃晃，假如我還保有從薩列逃出來的那艘船，一定早就出發，不知道航行到哪裡去了。

從過去的經歷，我體認到人類的通病就是不知足，人生大概有一半的苦難，都是因為對上天和大自然的安排感到不滿足導致的。我以前就是對現況不滿，不願聽從父親的忠告（這是我的原罪），才會有後面一連串類似的錯誤，讓自己淪落到這番淒慘的下場。後來，上天安排我在巴西當個幸福的農主，如果踏實經營，經過這段時間（也就是我在島上的這些年），我可能已經變成全巴西最富有的農主；從我短期間累積的成果看來，如果繼續留在那裡，現在早已擁有相當於十幾萬葡萄牙金幣的財產了。我怎麼會拋下財富，拋下穩定成長的事業，跑到一艘前往幾內亞買賣黑奴的船上當個管貨員呢？只要耐心經營，持續增產，在家門口我也買得到他們帶回來的黑奴，即便價格貴一點，但差距絕對沒有大到值得冒這麼大的風險。

然而，這就是年輕人共同的命運，沒有多年的歷練，沒付出高昂代價，不會懂得自己的行為多麼愚蠢。我就是如此，這種性格已經根深柢固：無法滿足於現況，總是盤算著離開的方法和可能性。為了增加閱讀的樂趣，在我把接下來的故事告訴讀者前，不妨先談談我那愚蠢的逃脫計畫是怎麼成形的，以及依據什麼付諸實行。

造訪過那艘失事的船後，我同樣把獨木舟沉放到水中藏好，回到城堡裡過著隱居的生活。我的錢確實比以前更多了，卻沒有更富有，因為錢對我來說根本沒有用；就像祕魯的那些印地安人，在西班牙人出現前，錢幣對他們也是毫無用處。

當時是我造訪孤島的第二十四年，在三月雨季的某天晚上，我清醒地躺在床上（或說吊床），沒有病痛，身體沒有任何不適，心情也比往常平靜，但我就是沒辦法闔上眼，一整夜都睡不著覺。

整個晚上我的腦中千頭萬緒在奔騰，怎麼也放不下那些回憶。我大略回顧了自己的一生，從出生到踏上這種小島，以及後來在島上的生活。我想起剛上岸的前幾年，我過得多麼快樂，直到在沙灘上發現腳印後，生活變得充滿著焦慮和恐懼。我相信野人本來就會來這座島，或許有時候幾百人一起來也說不定，但我不知道，也就不懂得擔心。危險是相同的，但不知道，所以很自在，就像危險根本不存在一樣。我從此得到許多體悟，尤其這一點：造物主多麼英明，祂限制人類的所見所知。要是人類發現周遭充滿各種危險，一定會心神不安，精神委靡。因此造物主遮蔽了人類的雙眼，讓我們認不出身旁的危機，才能平靜安穩地生活。

我這樣子想了一會兒，接著認真回顧在島上的這些年，自己可能曾經身處哪些危險之中。我總是安然自在地到處走動，卻不知道或許是一座小山丘、一棵大樹，或夜色正好降臨，才讓我倖免於最悲慘的災禍——落入野人的手中。對他們來說，抓我就像我抓山羊和烏龜一樣自然，把我殺來吃就跟我殺鴿子或麻鷸一樣，不會有罪惡感。因此，要是我還不懂得感謝上天，就太該受譴責了；我之所以能從自己都不知道的危險中獲救，都是因為主的保佑，要不然，我應該早已落入殘忍野人的手中了。

這些念頭過後，有時候我會想到那些傢伙（我指的就是野人），以及他們的天性。智慧的主怎麼會允許祂的生靈做出這麼沒人性的事，自相殘殺還吞食彼此？我怎麼都想不出個結果，因此浮現另外一個疑問：這些傢伙是從哪來的？他們出發的海岸離這裡有多遠？他們冒險來這麼遠的地方，有何目的？他們搭的是哪一種船？而既然他們能到我這裡來，我何不設法也過去他們那邊呢？

我從沒考慮過到那邊我該怎麼辦，假如落到野人手中，又會有什麼下場？該怎麼逃脫？更沒想過，我怎麼可能在不遭受攻擊的狀況下安全上岸？就算沒被野人抓走，我要怎麼找東西吃？該往哪個方向走？這些事我都沒有思考，整個心思只想著要划船到對面的大陸去。我認為除了死亡之外，沒有比現況更悲慘的處境了。要是我到對岸，或許就能獲救；或者跟上次在非洲一樣，沿著海岸航行，直到遇上有人定居的地方，得到救援。畢竟，我可能會遇到基督教國家的船，他們應該會救我。再不然，最糟的狀況也就是一死，直接為我悲慘的一生畫下句點。

請各位讀者注意，這都是我當時紛亂的心思造成的。我長期處於煩惱的狀態，情緒很不穩定，那艘失事的船又讓我非常失望。我幾乎要得到渴望已久的東西了：一個可以交談的人，讓我了解附近狀況，知道是否有獲救的可能。原本我把自己的一切交給上天安排，現在滿腦子都是這些念頭，失去了平靜的心。我沒辦法轉移注意力，只想著要划船到大陸去，渴望如此強烈，簡直讓人無力抵抗。

這些想法在我腦中翻騰了超過兩個小時，我像是害了熱病，整個人熱血沸騰，脈搏跳得很快。然而，發熱的其實只有我的腦子而已，不久後我就因為氣力放盡而沉沉睡去。你們可能會以為我夢到了相關的事情，其實不然，我夢到的是，有天早上我一如往常從城堡外出，忽然看見兩艘獨木舟載著十一個野人正要上岸。他們還帶著另外一個野人，應該是要殺來享用的，突然，那個即將被殺的野人跳開逃走了。在夢中，他跑到我圍牆外的矮林中躲起來。我看其他野人沒追上來，只有他一個人，就現身對他微笑示好。他跪在地上，似乎在求我救他，於是我讓他爬梯子過來，把他帶回山洞，當作我的僕人。得到這個人後，我馬上對自己說：「現在可以去大陸冒險了。這個僕人可以當我的領航員，告訴我該怎麼行動，哪裡有食物，去哪裡不會被吃掉，哪些地方可以探險，哪些地方要避開。」想到這裡我就醒了。我沉浸在逃脫的希望中，那種喜悅真是難以言喻，但我隨即發現只是一場夢，整個人又變得非常沮喪。

這場夢給我一個啟示：如果要逃離這個地方，我必須想辦法弄到一個野人，可能的話，最好是即將被殺的俘虜。不過，這件事執行上很困難，我必須先襲擊他們，殺光所有的人。這是孤注一擲的做法，很可能會失敗。另一方面，我也會受良心譴責——即便是為了自救，想到必須流這麼多血，我還是感到膽怯。我之前已經說過不該攻擊野人的原因了，就不再重述一次。即使現在我能講出各種理由：他們威脅到我的生命，一有機會就會把我吃掉；我只是保護自己免於一死，他們攻擊我，我當然要回擊等等。即便如此，想到要用這種血腥的方式才能獲救，我還是覺得非常可怕，心情久久難以平復。

經過好一番掙扎和衝突（做，還是不做？這個爭論占據整個腦子），最終，期盼獲救的渴望還是勝出了。我下定決心，無論付出什麼代價，我都要得到一個野人。接著就是計畫並執行，這確實非常困難。我想不出什麼可行的辦法，決定暫且觀望一陣子，看他們什麼時候會上岸，再臨機應變。當時我只能這樣做，讓一切自然發生。

決定之後，我時常外出偵察，一有空就去，後來連自己都厭煩了。將近一年半的時間，我幾乎每天都跑到小島的西端，或者西南角落，觀望是否有獨木舟靠近（但連個影子都沒有）。我很沮喪，這讓我很困擾，但我沒有像上次那樣放棄希望。等得愈久，我反而更加渴望。總之，一開始我是極力避免碰見野人，現在卻迫不及待想遇到他們。

此外，我也幻想著得到一個，不，得到兩、三個野人，讓他們完全臣服於我，做我叫他們做的任何事，但也要想辦法避免他們傷害我。有好一陣子，我想到這些事就開心得不得了。不過全是一場空，因為很久沒有野人上岸了。

有了這些想法後，大概過了一年半的時間，都沒有實行的機會（思考了這麼久，全是枉然）。某天清晨，我突然發現五艘獨木舟停在我這一側的岸邊，但沒有看到人，可能都上岸了。他們的人數打亂了我的計畫，我知道他們常是四到六人搭一艘獨木舟，有時候甚至更多，我實在不太可能一個人對付二、三十個野人。我回到城堡裡面待著，心中充滿不安，不過還是按照原本的計畫做好準備，等待有機會時就要攻擊。我等了很長一段時間，留意著任何動靜，最終還是耐不住性子。我把槍放在梯腳，跟之前一樣分兩段爬到山上。到了山頂後，我把頭藏得很好，他們不可能看得見。我用望遠鏡觀望，他們的人數不少於三十人，已經生起火堆準備煮肉——用什麼方法煮肉，或那是什麼肉，我就不知道了。不過，從他們的手勢和姿勢，看得出來他們正圍繞著火堆跳舞。

就在我窺伺他們的時候，我從望遠鏡裡看到兩個可憐的傢伙被拖出船外；他們先把這兩人留在船上，現在才拖出去要準備殺掉。其中一人被木棍或木刀之類的東西打倒在地，他一倒地，立刻有兩、三個野人上前開腸剖肚，準備煮來吃。另一個傢伙則被丟在一旁，等著他們過來處理他。此時，這個可憐的傢伙看到一絲自由的希望，他憑藉生存本能，以驚人的速度逃離他們，沿著沙灘朝我奔來——我是指朝城堡這邊的海岸奔來。

我必須承認，看到他跑向我時，我真的嚇壞了，尤其是全部的野人都在後面追他。這時候我發現，我的夢有一部分成真了，我想，他一定會躲到圍牆外的矮林裡面。不過，我不能奢望夢中的其他部分也會實現，也就是說，我不能期望其他野人不會追來找他。我先按兵不動，發現只有三個野人在他後面追，心情才鎮定下來，他跑得比那三人快很多，漸漸拉開距離，讓我信心大增。我想，只要他再撐個半小時，就能甩開他們了。

在我的城堡和他們之間有條小河，我在故事前半部常提到這條小河，那裡就是我從船上搬出貨物時，停筏靠岸的地方。很明顯的，他必須游過河，否則就會被抓到。這個逃跑的野人到了河邊，當時正在漲潮，但他想也沒想就跳入了水裡，只划了三十來下就游到對岸了，上岸後繼續拔腿狂奔。接著那三個人來到河邊，我發現兩個會游泳，第三個人不會，只是站在那一端看著其他兩人下水，不久後就回頭慢慢走回去了——他這麼做真是救了自己一命。

那兩個人比逃跑的野人多花了一倍的時間過河，我認為此時正是得到一個僕人（或說助手、同伴）的好時機，很明顯上天要我去解救這個可憐的傢伙。我立刻衝下梯子，拿起我的兩把槍，我剛剛有說過，槍放在梯腳。拿了槍，我又匆忙地爬上去，翻越山頂，朝著海的方向抄一條近路下山。我來到逃跑者和追逐者之間，對逃跑的野人大聲呼喊，他往回看，看到我就像看到追他的人一樣害怕，我對他招手，示意他走回來。同時我慢慢走向那兩個正在追來的野人，突然，我衝向前，用槍柄打倒了第一個野人，我不太想開槍，只怕槍聲被聽見。雖然距離這麼遠，其他野人應該聽不見槍聲，也看不到煙；就算聽見了，他們大概也不知道那是什麼聲音。看到同伴被打倒後，另外一個人似乎受到驚嚇，停下腳步，我步步逼近。當我更靠近他時，我看見他舉起弓箭，準備要射我。我只得搶先開槍，一槍就斃命。

那個逃命的野人已經停下來了，看到他的敵人一個倒地、一個被殺，再加上槍聲和火光，嚇得呆若木雞。他既不敢前進，也不敢後退，但似乎比較傾向於逃跑。我再度對他大喊，用手勢叫他過來。他很快就明白我的意思，往前走了幾步，又再停下來，再往前一點，就又停下來。我看到他在發抖，大概是以為自己跟那兩個敵人一樣，即將被我殺死。我又向他招手，盡我所能地鼓勵他靠近，他愈靠愈近，每十到十二步就跪下來，像在感謝我救了他的命。我對他微笑，釋出善意，招手要他再靠近一點。最後他來到我身邊，又再跪下，他親吻地面，接著把我的腳放在他的頭上——似乎代表他發誓永遠服侍我的意思。我把他扶起來，盡可能友善地要他別害怕。

事情還沒結束，我發現被我打倒的野人沒死，只是昏了過去，現在漸漸醒過來了。於是我指著他，對身邊的野人表示他還沒死，野人說了幾句我聽不懂的話，但這些話相當悅耳，是我二十五年來聽到的第一句人話（我自己的聲音除外）。不過，這時候沒空閒想這種事，被我打倒的野人已經清醒到能坐在地上，我發現我的野人開始害怕起來。看到這種情形，我拿起另一把槍，瞄準地上的野人，準備射擊。此時我的野人（我這麼叫他）做出一些動作，要我把腰間那把無鞘的大刀借給他。刀給他後，他立刻衝向敵人，一刀砍下他的頭，比德國那些劊子手都還乾淨俐落。我很吃驚，因為除了木刀以外，他應該沒看過其他的刀劍才對。後來我才知道，他們的木刀都是用很硬的木頭做的，又鋒利又重，也能一刀砍下腦袋或手臂。他砍下野人的腦袋後，帶著勝利的笑容朝我走來，比出一堆我看不懂的手勢，接著把大刀和野人的腦袋一起放到我的跟前。

不過，最讓他訝異的是，我竟從那麼遠的地方殺了那個印地安人。他指了指那個人，希望我允許他過去檢查，我也盡力比出手勢，讓他過去。他靠過去，看著那個人，驚訝地站立在原地，接著他先把他翻過來，又翻過去。子彈在胸口打了一個洞，他就盯著傷口看；那個人已經死透了，血都流到體內，所以外面沒有很多血。他撿起那個人的弓箭走回來，我也轉身離開，招手要他跟著我走，並打手勢跟他說後面可能還會有人追

來。

看到我的手勢後，他也打手勢跟我說應該用沙子蓋住他們，假如有人追來才不會發現屍體。我示意他去做，他馬上開始工作，很快就在沙地上挖了足以容納一個人的洞，他把人拖進去埋好，接著處理好另外一個。大約只花了一刻鐘就埋好兩人了。我帶他一起離開，但不是回城堡，而是去位於小島另一邊，比較遠的那個洞穴。我刻意不讓夢境成真，在夢中他是躲在圍牆外的矮樹叢裡面。

我給他吃麵包、葡萄乾和一些水。他因為拚命逃命，肚子餓壞了。等他吃飽，我指了指地上，示意他躺下來睡覺。那個位置鋪滿稻草，上面墊了條毛毯，平常我自己也會在那裡休息。那個可憐的傢伙一躺下來就睡著了。

他長得清秀又好看，四肢發達但不會過壯，體態很好，目測約二十六歲左右。他的面容溫和，一點也不兇惡，但也保有男子氣概，特別是微笑的時候，還帶了點歐洲人那種和藹的氣質。頭髮又黑又長，但不像羊毛一樣卷曲。他的前額又高又寬，眼睛銳利有神。他的皮膚沒有很黑，略帶棕色，但不是巴西人、維吉尼亞人，或其他美洲土人那種討人厭的黃褐色，是較為明亮的深橄欖色——不太好描述，不過看起來很舒服。他的臉又圓又胖，鼻子小，不像其他黑人一樣扁平。嘴型很不錯，薄嘴唇，牙齒很整齊，跟象牙一樣白。

大概半小時他就醒了，走到洞外來找我，當時我正在附近的羊圈擠羊奶。他一看見我，立刻跑過來，整個人趴倒在地，做出各種古怪的姿勢，表達他的謙卑和對我的感謝。最後，他把頭貼在地上，靠近我的腳邊，像之前那樣把我的腳放到他的頭上。之後他又做出各種表示臣服的姿勢，讓我知道他將永遠侍奉我；我也讓他知道我明白他的意思，對他很滿意。不久後，我開始教他說話，首先，我讓他知道他的名字是「星期五」，我救他的那天是星期五，以此為名當作紀念。我也教他說「主人」，要他這樣稱呼我；另外還有「是」和「不是」，我讓他知道這些字的意思。我給他一陶壺的羊奶，在面前喝給他看。我用麵包沾著羊奶吃，並給他一塊麵包，要他跟著做。他馬上照做，還對我比了一個好吃的手勢。

那天晚上我跟他一起待在那裡。隔天天一亮，我對他招手，要他跟著我走，並讓他知道我要給他一些衣服穿；他似乎很高興，因為他一直光著身子。經過埋野人的地點時，他指了指地上，要我看看他為了再找到他們而做的記號。他比手勢表示應該把野人挖出來，然後吃掉他們。我擺出很生氣的模樣，表示我相當厭惡，甚至一想到這件事就會作嘔，接著我招手要他跟上，他立刻順從地照做。我帶他爬上山頂，看看敵人是否已經離開，拿出望遠鏡，我看到他們聚集的地方已經沒人了，也沒看到獨木舟，顯然他們沒打算找兩個下落不明的同伴，已經離開了。

我對這項發現並不滿意，現在我更有勇氣了，好奇心也因此變大。我帶著星期五，讓他拿大刀，背弓箭（我發現他很擅長使用弓箭），並幫我帶一把槍——我自己身上帶了兩把。我們就這樣前往野人的聚集點，我現在很想多了解他們一點。到了那個地方，我整顆心都沉了下來，因為眼前的景象實在慘不忍睹，太恐怖了；至少對我來說是這樣，星期五似乎沒什麼感覺。到處都是人的骨頭，地上滿是血跡，肉塊散落各處——有的被吃掉一半，有的燒焦，有的被砍爛。總之，種種跡象都顯示他們在此舉辦了戰勝敵人的慶功宴。我看見三塊頭骨、五隻手，以及三或四隻腿骨，還有許多人體的殘骸。星期五透過手勢，讓我知道總共有四個俘虜被抓來這裡，其中三個已經被吃掉了，而他（他指了指自己）就是第四個。這些人和下一任的首領之間有一場大戰（星期五似乎是新首領的人），他們抓了許多人當作俘虜，全都帶到不同地方吃掉——他們就是被那些傢伙帶來這裡吃了。

我要星期五把所有的骨頭和殘骸聚集起來，堆成一堆，然後放火燒成灰燼。我發現星期五仍然很想吃那些肉，他還保有食人族的天性，我讓他知道我極度痛恨這件事，因此他不敢有所表示。我設法讓他明白，假如他敢吃人肉，我一定會殺了他。

處理完這些事後，我們回到城堡，我開始幫星期五找衣服。我給他一條亞麻短褲，這條短褲是我在那可憐砲手的箱子裡找到的（就是那艘失事的船），稍作修改後，便很合他的身了。接著，我用山羊皮替他做了一件背心——我的縫紉手藝現在也已相當不錯；再用野兔的毛皮做了頂帽子，很實用，外表也時髦。我想這樣還算過得去，而他看見自己穿得跟主人一樣好，也很開心。說真的，他剛穿上衣服時，走路的模樣實在有些彆扭，他不習慣穿短褲，背心的袖口也會摩擦到肩膀和腋下。後來我把那些地方改得鬆一點，他就漸漸習慣了，看起來很自在。

隔天，我開始考慮該如何安置他。我在兩道圍牆之間搭了一座小帳篷給他——也就是外牆的內側，內牆的外側。這樣一來，不僅他住得舒服，對我也方便。那裡有出入口可以通進洞穴，我加裝了門框和門板，讓門只能從內側開關。晚上我會收好梯子，關起門，如果星期五想要翻牆進到裡面，一定會發出許多聲音把我吵醒。從內牆裡側，現在已經有長竿子搭成的屋頂——長竿子上橫綁著小一點的木條，再蓋上厚厚一層蘆葦般堅韌的稻草，完全覆蓋我的住處，一直延伸到岩壁那一端。屋頂上，我留了一個可以用梯子進出的洞，並裝有一道活門，想從外面打開這道門不僅開不了，整個門還會掉到地上，發出很大的聲音。至於武器，我每天晚上都帶在身邊。

其實我根本不需要做這些防護措施，世界上再也沒有比星期五更忠心、真誠、可愛的僕人了。他從來不耍脾氣，不耍小聰明，完全服從而且認真工作；他對我的情感，就像孩子敬愛父親一樣。我敢說，在任何情況下，他都願意犧牲自己的生命來救我。他用許多表現證明了這一點，我很快就了解不需要擔心他會傷害我。

這使我不斷體認到，上帝對於祂所創造的萬物自有安排。儘管祂奪走了某些生靈發揮才能的機會，但他們的能力、智慧、情感都是相同的，同樣具有善良的心和責任感，同樣嫉惡如仇，同樣真誠、忠心、懂得感激。他們也懂得善待他人（如同祂賜予我們的），我想，如果給他們更多發揮的空間，他們一定能做得比我們還要好。這讓我覺得很悲哀，儘管我們擁有上帝的指引，獲得這麼多知識，卻常用它做一些卑劣的事。為什麼祂不讓其他生靈獲得這些呢？從這個可憐的野人身上，我發現他們能把這些特質發揮得比我們更好。

因此，有時候我甚至僭越了上帝的權威，質疑祂分配不公：所有人都要盡同樣的責任，祂卻只讓某些人得到指引。不過，我很快就閉上嘴。重新思考過後，我得出以下結論：首先，我們不知道上帝是依據什麼標準來審判的——上帝是無限神聖而且公正的存在，這些人得不到指引，一定是因為犯了罪，觸犯他們良心所知的律法，雖然我們不知道那個基準是什麼；第二，我們都只是上帝這個陶藝家手中的陶土，沒有哪樣陶器可以對祂說：「為什麼你把我做成這個樣子？」

現在回來談談我的新同伴。我對他非常滿意，我教他做所有該做的事，讓他成為一個有用的助手——尤其是跟我說話，並聽懂我說的話。我從沒看過這麼好的學生，他總是很認真，很樂於學習。每當他聽懂我的意思，或成功讓我了解他的意思時，總是高興得不得了，因此我也很喜歡跟他說話。現在我的生活過得很舒適，我開始覺得，只要安全不受野人威脅，我已經不在乎能否離開這裡了。

第十五章

教育星期五

回到城堡兩、三天後，為了幫星期五改掉愛吃人肉這個可怕的惡習，我決定讓他嘗嘗其他肉類的滋味。因此，有天早上我帶他到樹林裡，原本打算從羊群裡找隻小羊帶回家料理，在路途中卻發現有隻母羊躺在樹蔭下，還有兩隻小羊坐在旁邊。「停，別動。」我說，同時打手勢要星期五停下來。我立刻拿起槍，殺了其中一隻小羊。星期五這個可憐的傢伙嚇壞了，渾身發抖，幾乎癱軟在地上。他上一次曾經看我用槍殺野人，但當時距離很遠，他不知道，也無法想像我是怎麼辦到的。這次他真的嚇了一跳，他沒看到那隻小羊，也沒有發現我已經殺掉牠了，卻只是撕開身上的背心，檢查自己有沒有受傷。我發現，他以為我決定殺了他，因為他馬上跑來跪在地上，抱著我的雙腿，講一大堆我聽不懂的話，明顯是在求我不要殺他。

我很快想到一個方法，讓他相信我不會傷害他。我用手把他扶起來，對他笑，然後指向被我殺死的那隻小羊，要他跑去把牠帶回來。他驚訝地看著那隻羊，想不透牠是怎麼死的。這時候，我看到樹上坐著一隻很像老鷹的鳥，正好在射程範圍之內，我再次把槍上膛。為了讓星期五稍微了解我在做什麼，我叫了他一聲，用手指那隻鳥（其實是隻鸚鵡，我還以為是老鷹）；我指指那隻鸚鵡，再指指我的槍，然後又指了鸚鵡下方的地面，讓他知道我會用槍讓鸚鵡掉在地上。

我要他仔細看著，然後開槍。儘管我已經說過我會殺死那隻鳥了，他看見鸚鵡掉下來，仍然嚇得不敢動彈。而我發現，更令他吃驚的是，他沒看見我把任何東西放進槍裡。他認為槍裡面必定有什麼神奇的致命之物，可以殺死人類、野獸、鳥，或不論遠近的各種東西。這次造成的驚嚇，他過了好一段時間才平復下來。我相信，只要我允許，他一定會把我和槍當成神一樣膜拜，至於那把槍，他過了好幾天才敢去碰它。我發現他在獨處時會跟槍講話，講得好像槍也會回答那樣，後來我才知道，他是在求槍不要殺他。

他的情緒稍微平復後，我要他跑去把鳥帶回來。那隻鳥還沒死掉，從掉落的位置掙扎著飛了好一段距離，因此星期五花了一點時間才找到牠，然後把牠帶回來給我。我看他還不懂槍的奧妙，趁機裝上新的子彈（沒讓他看見），以便隨時都能再開火。不過，那之後就沒什麼開槍的機會了，我帶著那隻小羊回家，當天晚上就剝了皮，把肉切好，拿鍋子煮成美味的肉湯。我吃了一些後，也分一點給我的僕人，他很高興，也非常喜歡這個肉湯。不過，看到我加著鹽巴一起吃，他覺得很奇怪，並用手勢表示鹽巴不好吃。

他把一點鹽放進嘴裡，擺出噁心作嘔的模樣，又把鹽吐出來，然後馬上用清水漱口；相反地，我把一塊沒加鹽巴的肉放進嘴裡，假裝因為沒有鹽吃不下去，作勢要把肉吐出來。不過這也沒用，他一點都不想在肉湯裡加鹽巴，直到很久之後，也只願意加一點點而已。

給他吃過水煮的肉和肉湯後，我決定隔天要烤一塊羊肉給他嘗嘗。我按照在英國看過的做法，在火堆兩側架好長竿，讓兩根長竿在火堆頂端交叉成十字形，接著再把綁著肉的繩子掛在十字上，讓它不斷旋轉。星期五對這種烤法很好奇，吃了肉之後，他用各種方式向我表達他有多喜歡這個肉。我當然明白他的意思，而且他跟我說以後絕對不會再吃人肉，我聽了很高興。

隔天，我讓他去打穀，並照著我之前說過的做法篩穀。他很快就做得跟我一樣好了，後來他也知道這項工作意義——做麵包，我也讓他知道做麵包和烤麵包的過程。不久之後，星期五就學會全部的工作，而且做得跟我一樣好。

此時，我開始考慮到要餵飽兩張嘴，必須準備更多田地來種更多糧食。因此，我又圈了一塊更寬廣的土地，並用同樣的方法蓋好圍籬。星期五不僅勤勞又努力，工作時還滿心歡喜；我向他解釋這是為了做更多麵包，讓我們兩個都夠吃。他似乎能理解我的意思，並讓我知道，他認為我為他付出的，比他幫我做的還多。因此不管我叫他做什麼，他都會拚命去做。

這是我在島上過得最開心的一年，星期五的英語已經說得很不錯了，幾乎能聽懂我要他做的每一件事，以及我要他去的每一個地方，我們講了很多話。總之，我的舌頭終於又有點用處，之前用到舌頭的機會真是少之又少（當然我是指開口說話）。跟他談話讓我很開心，他真是個不可多得的好夥伴，相處之後，我每天都更能感受到他的真誠和純樸，我真是愈來愈喜歡這個傢伙了；而他敬愛我的程度，我相信是無人能及的。

有一次我問他會不會想回家鄉（他現在幾乎能用英語回答我所有的問題了），我問他，他所屬的部落是否從沒吃過敗仗？他微笑著說：「對，對，我們總是打比較好的。」他的意思是，戰鬥中他們總是占優勢。我又問：「你們總是占優勢，那你怎麼會變成俘虜呢，星期五？」以下就是我們的對話：

星期五：「我的部落打贏所有。」

主人：「怎麼打的？如果你的部落贏了，你怎麼會被抓走？」

星期五：「我的那裡，他們人比我的部落很多。他們抓一、二、三，和我。我不在的那邊那邊，我的部落都贏他們，我們抓了一、二、很多千個人。」

主人：「為什麼你部落的人，不把你從敵人的手上救出來呢？」

星期五：「他們帶一、二、三，和我，坐獨木舟逃。我的部落那時沒有獨木舟。」

主人：「好吧，星期五，那你的部落會怎麼對待那些俘虜？你們也跟他們一樣，把人帶走，然後吃掉嗎？」

星期五：「對，我的部落也吃人，全部吃掉。」
主人：「你們把人帶去哪裡？」
星期五：「去別的地方，想去的地方。」
主人：「會來這裡嗎？」
星期五：「對，對，會來這裡，也去別的地方。」
主人：「你有跟他們一起來過這裡嗎？」
星期五：「有，有來過這裡。」
（他指向小島的西北邊，那裡似乎是他們的地盤。）

藉由這次對話，我知道我的僕人星期五以前也是那些野人的同夥，曾到過小島較遠的那一邊，他們也會帶人到這裡來吃，就像他這次被帶來一樣。過了一段時間，我鼓起勇氣帶他到那裡，也就是我先前提過的那個地方。他馬上認出那個地方，告訴我他們曾經在那裡吃了二十個男人、兩個女人，還有一個小孩。他不會用英文說二十，因此在地上排了一列石頭，指著石頭讓我知道數量。

我提這件事，是因為這跟接下來要講的事有關。談完這段對話後，我問他我們的小島距離對岸有多遠，航行的過程獨木舟是否會失事。他跟我說沒有危險，從來沒有獨木舟失蹤過。不過，離岸不遠處的海上有急流和風，早晨和傍晚的方向總是不同。

我原本認為那一定是受潮汐牽引產生的現象，後來才明白，原來是巨大的奧里諾科河傾流入海的緣故。之後我又發現，這座小島正好位於大河的出海口，而我在西邊以及西北邊看見的大陸，就是千里達島，那是一座巨大的島，位於大河出海口的北端。我問了星期五無數關於那一邊的問題，包括地形、居民、海況、海岸，附近有哪些部落等等。他把知道的事情毫無保留地跟我說。我問他，他們的人分成哪些部落，分別叫什麼名字？他只講了「加勒比」這個名字，我才知道原來那裡就是加勒比群島——南美洲的一部分，範圍從奧里諾科河的河口到蓋亞那，然後延伸到聖瑪爾塔。他指著我的鬍子，說在很遠的遠方，在月亮沉落的那一邊（應該是指西方），住著許多跟我一樣留著大鬍子的白人，那些白人殺了很多人。我想他指的應該是西班牙人，他們在美洲殘忍的暴行已經傳遍各地，世世代代流傳於各個民族之間。

我問他要怎麼樣才能從這座島去到有白人住的那邊，他告訴我：「可以，可以，用兩艘獨木舟就可以。」我聽不懂他的意思，他也講不清楚兩艘獨木舟是指什麼，直到最後，費了好一番工夫我才知道那是指一艘大船，需要兩艘獨木舟加起來那麼大的大船。

跟星期五的這番對話讓我很感興趣，從那時起，我就期待著或許哪一天有機會逃離這個地方，到時候這個可憐的野人可能就是我的好幫手。

至今，星期五已經和我一起生活了很長一段時間，開始可以交談，也能聽懂我說的話，我也沒忘記為他確立信仰。有一次我問他：是誰創造你的？這個可憐的傢伙還以為我在問他父親是誰。於是我換了一個方式，我問他是誰創造大海的？是誰創造我們行走的陸地、山丘和樹林？他說是老班納穆奇，他住在很遙遠的地方。他形容不出這個偉人的模樣，只說他非常老，比海和陸地都老，也比月亮和星星更老。我問他，假如是這個老人創造所有的一切，為什麼萬物沒有崇拜他呢？他用一個莊重又天真的表情說：「萬物都對他說『噢』。」接著我又問他，他們那裡的人死了之後，會到什麼地方去？他說：「是的，他們都去班納穆奇。」我又問他，是否那些被吃掉的人也會去那裡？他說：「是的。」

我就從這些問題慢慢引導他認識真正的主，我告訴他，創造一切的造物主就住在天堂（我指了指天）。我跟他說，上帝掌管著萬物，無所不能，祂可以為我們做任何事，賜予我們任何東西，但也能奪走一切。我就這樣漸漸地開了他的眼。他專心聽我講道，很歡喜地接受了基督是被派來替我們贖罪的這個說法，他也學會向上帝禱告，相信即使祂在天上，也能聽到我們的祈禱。有天他跟我說，如果上帝在比太陽還要遠的地方都能聽見我們，那祂一定比班納穆奇還要偉大，因為班納穆奇沒住那麼遠，卻要有人爬到他居住的高山上才能跟他說話。我問他是否到過那裡，跟他說過話？他說，不，年輕人不會去那裡，只有被稱為「奧烏卡奇」的老人可以去。請他解釋後，我才知道那是他們的祭司，類似神職人員。他們跑去說「噢」（這是他們的祈禱），然後回來告訴大家班納穆奇說了什麼話。我這才知道，即使是全世界最無知的異教徒，也有神職人員；他們把宗教信仰神祕化，藉此讓人民敬畏神職人員，這種做法不僅存在於羅馬的天主教，也存在於世界各地的宗教之中，甚至連最蠻荒、未開化的部落裡，也看得到。

我想盡辦法讓星期五了解這是一場騙局，我告訴他，那些老人跑去山裡對班納穆奇說「噢」都是假的，從那裡帶回來的話也是騙人的。即便他們真的有得到什麼回應，真的有跟什麼人談過話，也一定是惡靈之類的東西。接著，關於魔鬼，我跟他展開了一場很長的對談，我告訴他魔鬼從何而來，如何背叛上帝，以及為什麼仇視人類。魔鬼在世界的暗處受到崇拜，那裡的人崇拜他而非上帝，他透過各種計謀誘使人們走向自毀。我向星期五解釋魔鬼如何潛入我們的愛與情感之中，讓我們掉入他設下的圈套，變成自己的撒旦，自取滅亡。

我發現要讓他對魔鬼有正確的認識，比認識上帝還不容易。我用許多自然現象向他證明，這個世界必然有一個造物主，擁有統領萬物的能力，並在冥冥之中引導著蒼生，因此我們崇敬祂是公正且合理的，諸如此類。然而，關於魔鬼的存在、起源和本質，尤其是他如何一心作惡，如何誘使我們墮落，我卻找不到實際的證據向他說明。有一次，這個可憐的傢伙問我一個直接又天真的問題，把我難倒了，不知道該怎麼回答。我先前已經跟他講過許多關於上帝的事，祂全知全能，對罪惡深惡痛絕，並以烈火燒死邪惡之人；祂創造我們，也能在瞬間就毀滅這個世界——星期五總是很專心地聽我講這些話。

接著，我還跟他提到，在人們心中魔鬼是上帝的敵人，他用惡毒的計謀來破壞上帝的計畫，毀滅世界上的基督王國。

「但是你說上帝是強大、偉大的，那祂不是比魔鬼更強大嗎？」星期五說。

「是的，是的，星期五，」我說，「上帝比魔鬼更強大。祂在魔鬼之上，因此我們向他祈禱，求祂賜予我們力量將魔鬼踩在腳下，抵抗魔鬼的誘惑，澆熄魔鬼邪惡的烈火。」

「但是，」他又說，「如果上帝比魔鬼強大這麼多，為什麼不殺死魔鬼，讓他不能繼續作惡？」

這個問題讓我大吃一驚，儘管我已經是個老人，但做為一個替人解惑的老師，我資歷尚淺，還不夠格解決類似的問題。我一時不知道該說什麼，只好假裝沒聽清楚，又問一遍他說什麼。他是真心想知道答案，當然不會忘記自己的疑問，用同樣的單字拼拼湊湊又把問題講了一次。我藉此讓自己冷靜下來，我說：「上帝最終一定會嚴厲懲罰他，他終將受審，被打入深淵，飽受無盡之火的煎熬。」這個回答無法滿足星期五，他用我的話回問我：「最終！我不懂，為什麼不現在殺死魔鬼？為什麼不更早以前就殺？」

「你這樣如同在問，為什麼上帝不殺死你和我？我們也做過冒犯祂的壞事。祂留著我們，是為了讓我們悔罪，得到赦免的機會。」我說。

他想了好一會兒才激動地說：「是的，是的，我懂了。你、我、魔鬼，還有所有的邪惡，都會留著，悔罪，上帝赦免一切。」

我又被他說得啞口無言了。這向我證實了一件事：即使本性能引導萬物認識上帝，自然而然地對至高的存在產生敬畏之情，但唯有神聖的啟示，才能建立對耶穌基督最完整的認識；他曾經替我們贖罪，他是上帝與我們立下的新約的中間人，他是上帝座前的仲裁者。我要說的是，唯有天啟能讓蒼生了解這些觀念。因此，救世主耶穌基督傳達的福音（也就是上帝的話語，以及聖靈），成了人類靈魂不可或缺的指引，幫助我們認識上帝，了解獲得救贖的方法。

我馬上把話題岔開，匆忙起身，一副有事外出的樣子。我隨便找一件工作，把星期五差到遠方去，之後才認真地向上帝禱告，祈求祂賜予我指引這個可憐野人的能力；祈求祂藉由聖靈的力量幫助這個無知的人，使他能從基督身上得到光啟，與祂和解；祈求祂引導我用上帝的話語使他真心臣服，睜開雙眼，讓靈魂得到救贖。他回來後，我又跟他說了很多關於救世主替人類贖罪，以及福音來自上天等觀念（也就是一些對上帝懺悔，信仰救世主耶穌之類的話）。我也盡我所能地向他解釋，為什麼救世主不以天使的身分出現，而化身為亞伯拉罕的後代；為什麼那些墜落世間的天使無法替人類贖罪；而耶穌的降生，是為了拯救如羔羊般迷途的以色列人等諸多道理。

在教導他時，我的誠意遠超過我擁有的知識，我也必須承認，在我向他說明這些觀念和道理的同時，自己也學到了許多以前不懂的事。因為要講給星期五聽，我才更深入思考這些道理，以前沒有完全明白的事，也自然而然融會貫通了。經過這次討論，我發現自己愈來愈有探討這些事情的熱情，因此，不管這個可憐的野人之後有沒有用處，我都要感謝他曾經來到我的身邊。

我現在已經不再悲傷，生活也舒適無比。回想起來，自己在這種孤寂的生活中，不僅抬頭看見天堂，還認識了把我帶到此處的那隻手，現在甚至在上天的召喚下，拯救了一個野人的生命和靈魂，帶他認識真正的信仰，以及耶穌基督的真理，獲得永生。每當我想起這些事，靈魂便充斥著某種神祕的喜悅，過去，我總認為流落此地是我這輩子最悲慘的際遇，現在卻為此感到慶幸。

我抱著感激的心情度過在島上最後的日子，我和星期五經常交談，這讓我們一起生活的三年過得非常幸福完整（如果世間真有完整的幸福的話）。這個野人現在是個良善的基督徒，甚至比我更虔誠——我向上帝祈求，讓我們都成為悔罪者，從悔罪中獲得安慰，改過自新。我們在這裡跟在英國一樣，也有聖經可以閱讀，並沒有遠離聖靈的指引。

我持續閱讀聖經，盡力把讀到的內容說給他聽。就像前面說過的，他提出各種深刻的疑惑和問題，都讓我更深入體會聖經的內涵，是我獨自閱讀時從沒有過的經驗。此外，這段隱居的歲月裡我還有另一項體悟，必須在此提出來，那就是：所有對上帝的認識，以及關於耶穌救世的道理，都能從聖經中清楚地明白——這真是無上的幸福。只要閱讀聖經，我們就能充分了解自己的職責，擔起責任走向虔誠悔罪的道路，並依循救世主改過自新，獲得救贖，遵從上帝的旨意行事。這一切，都不需要任何老師的指導（我是指人類）。聖經上的這些道理，也啟發了這個野人，引領他成為基督徒——我這一生沒看過像他這麼虔誠的基督徒。

至於世界上那些爭論和衝突，無論是關於教條細節，還是教會的各種制度，在我看來都沒有意義，對世間眾生來說也都是無用的。聖經是引領我們走向天堂的可靠指南，聖靈透過聖經指導我們，讓我們尋獲真理，全心服從上帝的旨意。因此，就算能夠釐清所有造成信仰紛爭的論點，我也不覺得有什麼幫助。不過還是先繼續我們的故事，照順序一一講述。

我跟星期五變得更親近熟識之後，我開始講我的經歷給他聽。他現在幾乎完全聽得懂我說的話，英文也說得很流利（雖然不標準）。我清楚跟他說明我如何來到這座島，如何生活，已經來了多久；也讓他知道神祕的槍和子彈是怎麼一回事，並教他用槍。我給他一把小刀，他非常開心。我還為他做了一條皮帶，掛上一只掛環（在英國用來掛佩刀的那種掛環），不過上面掛的是一把手斧；手斧不僅能當作武器，很多場合也都派得上用場。

我描述歐洲的事情給他聽，尤其是我的家鄉英國：那裡的人怎麼生活，如何信仰上帝，如何和其他人相處，以及如何搭船出航，到世界各地經商。我跟他說明我是如何因為船難上岸的，還想盡辦法讓他知道，那艘船原本擱淺在多麼近的位置，只是現在早就被海浪打成碎片了。

我帶他去看小艇的殘骸——就是我遇難時，從大船上被沖走的那艘，當時我根本沒有力氣移動它，現在也幾乎粉碎了。看到那艘小艇，星期五沉默思考了好一會兒，我問他在想什麼，最後他才說：「我看像的船來我的部落。」

我聽不懂他在說什麼，重新確認後，才明白他說的是，在他住的部落，有看過類似的船靠岸。據他的說法，是天氣因素被吹到那裡的。我立刻想像，應該是一艘歐洲船在他們附近的海岸遇難，船上的小艇鬆脫而漂上岸。我就是這麼愚蠢，竟然完全沒想到船上的人可能搭小艇逃難，當然也就沒想過那些人是從哪裡來的。因此，我只請星期五描述那艘小艇的模樣。

星期五詳細地描述了那艘小艇，還興奮地補充：「我們救了人，讓他們不淹死。」我馬上問他小艇上有沒有白人。「有，船上滿滿都是白人。」他說。我問他有多少人，他用手指數了十七人給我看。我問他這些人後來怎麼了，他說：「他們活著，住在我的部落。」

這讓我的腦中產生新的想法，我想到小艇可能來自那艘在我的島（我現在這麼稱呼這座島）附近失事的船。觸礁後，船上的人見大勢不妙，所以搭小艇逃生，最後才在野人居住的蠻荒海岸靠岸。

我詳細詢問這些人後來的情形。他跟我保證他們還在，他們已經住在那裡四年了。

我問為什麼部落的人沒有殺死他們，吃掉他們。他說：「不，他們變成兄弟。」當下我理解成休戰的意思。接著他又補充：「除了打仗之外不吃人。」也就是說，除了戰爭的俘虜之外，他們不會吃別的人。

又過了一段時間，我們在小島東邊一座山頂上（有次天氣晴朗，我曾在這裡眺望美洲大陸）。那天的天氣也非常晴朗，星期五熱切地望著那片大陸，突然手舞足蹈起來，他大聲呼喊我。當時我離他有一段距離，我問他：「發生什麼事了？」

「噢，真開心！」他說，「噢，高興！那裡看到我的家鄉，那裡是我的部落！」

我看到他的臉浮現異常喜悅的光彩，眼睛閃閃發亮，散發著一種奇異的渴望，彷彿他很想回去他的家鄉。這項發現頓時讓我產生許多想法，我無法像以前那樣對他那麼放心了。毫無疑問，假如星期五有機會回去他的部落，一定會馬上忘記所有的信仰以及他對我的義務；進而跟他的族人提到我，然後帶一、兩百人回來，他可能會像對待戰爭俘虜那樣，把我抓起來，開開心心飽餐一頓。

我實在是冤枉了這個可憐的老實人，後來我十分愧疚。然而，當時我的嫉妒心不斷增長，延續了好幾個禮拜。我變得小心謹慎，不再像從前那樣對他那麼好，那麼親近。我全然錯了，因為這個真誠又充滿感恩之心的傢伙從未有過非分之想，他始終謹守著虔誠基督徒和朋友該有的立場。後來的種種事件證明了這一點，讓我非常滿意。

心生疑慮的那段期間，我每天都在試探他的想法，試圖證實我的猜測；但他是如此誠實、天真，根本沒有一件事值得懷疑。儘管當時我感到不安，他最後仍贏回我的信任。他甚至完全沒察覺我在懷疑他，我也沒有理由認定他在騙我。

有一天，我們爬上同一座山，但是海上籠罩著霧氣，看不見對岸的大陸。我對他說：「星期五，你想回去你的故鄉，你的部落嗎？」

「是的，」他說，「回去我的部落我會很高興。」

「回去你要做什麼？」我說，「你會變回野蠻人，像以前一樣又開始吃人肉嗎？」

他用堅定的眼神看著我，搖搖頭說：「不，不，星期五告訴他們要好好生活，告訴他們要禱告，告訴他們吃穀物麵包和羊肉，喝羊奶，不吃人肉。」

「為什麼？」我問他：「他們會殺了你。」

他的表情變得嚴肅，然後說：「不，他們不殺我，他們願意學。」

他的意思是他們很願意學習。接著他又補充，他們從搭船來的鬍子人身上學了很多事。我問他怎麼不回去？他笑著跟我說，他沒辦法游那麼遠的距離。我跟他說，我可以幫他做一艘獨木舟，他說如果我跟他一起去，他就願意去。

「我去！」我說，「為什麼，我如果去那邊，他們會吃掉我。」

「不，不，」他說，「我讓他們不吃你，我讓他們很愛你。」他的意思是，他會跟他們說是我殺死了敵人，救了他的命，所以他會讓他們愛我。接著他又告訴我，他們如何善待那十七個遇難的白人，或鬍子人（他這樣稱呼他們）。

從這時起，我開始有了冒險渡海的念頭，或許能和這些鬍子人會合——他們應該是西班牙人或葡萄牙人，我們一定會想出逃生的辦法。畢竟，屆時人已經在大陸上，又有一群夥伴，總比孤立無援的我想從離岸四十哩的小島逃生容易。幾天後，我帶星期五去工作，在談話中提到我要給他一艘船，讓他回他的部落。於是，我帶他去小島的另一邊，那個我停船的地點。我讓船沉在水面下，因此必須先把水清掉。我把船拉出來給他看，然後我們一起上船。

我發現他是一個駕船高手，划船的速度幾乎比我快上一倍。上船後，我對他說：「那麼，星期五，我們現在可以去你的部落嗎？」他看起來很茫然，似乎覺得這艘船太小了，航行不了那麼遠的距離。我告訴他我還有一艘大的，隔天我就帶他去看我的第一艘船（我始終無法讓它下水），他說那艘船夠大。然而，放置了二十二、三年，又疏於照顧，獨木舟已經被太陽曬得乾裂腐朽了。星期五跟我說，這樣的船很合適，可以載「夠多的糧食、飲水、麵包」，他是這麼說的。

第十六章

解救人質

總之，當時我已經決定跟他一起渡海到大陸去，我告訴他我們要建一艘同樣的船，然後他就可以划船回家了。他一語不發，表情嚴肅又難過。我問他怎麼了，他卻反問我：「為什麼你對星期五生氣？我做了什麼？」我問他什麼意思，告訴他我沒有對他生氣。

「沒生氣！沒生氣！」他重複說了好幾次，「為什麼送星期五回部落？」

「星期五？」我說，「你不是希望可以回去嗎？」

「是，是，希望一起去那裡。不希望星期五在那裡，主人沒在那裡。」他說——也就是說，沒有我他就不想去那裡。

「星期五！我去那裡能做什麼？」我說。

他馬上回答：「你可以做很多好事。你教野人變成好人，要清醒，要馴服。你告訴他們認識上帝，禱告，讓他們過新生活。」

「哎啊！星期五，」我說，「你根本不知道你在說什麼，我自己也是個無知的人。」

「我知道，我知道，你把我教好，你把他們教好。」他說。

「不，不，星期五。你自己去吧，讓我跟以前一樣，在這裡獨自生活。」我說。

聽完這些話，他的表情看起來很迷惘。接著跑去拿了一把他常用的手斧，匆忙遞給我。

「我拿這個要做什麼？」我問他。

「你殺死星期五吧！」他說。

「為什麼我要殺你？」我再問他。

「為什麼你要送走星期五？你殺死星期五，不要送走星期五。」

這些話他講得如此真誠，我可以看見眼淚在他的眼眶打轉。我看見他最誠摯的決心，因此我告訴他（後來我也時常這樣說），只要他願意待在我的身邊，我永遠不會把他送走。

總之，我從談話中發現他忠貞的情感，沒有什麼事能讓他離開我。他之所以想要回家鄉，是出自對族人的熱愛，希望我能夠幫助他們；而我對自己沒有一點把握，因此沒什麼意願去做這件事。然而，我發現自己想要逃離這裡的意圖仍然強烈（因為有十七個鬍子人在那裡）。我和星期五立刻去找棵合適的大樹，將它砍倒，做成獨木舟，為這趟旅程做準備——不要說獨木舟了，這座島上的樹多到可以打造很多上好的大船來組一支船隊。不過，重點是必須找棵離水比較近的樹，船造好之後才能拖進水裡，以避免發生上次的錯誤。

最後，星期五看上了一棵樹。我發現他比我了解什麼種類的木頭適合造船，因為直到今天，我仍然搞不清楚我們砍倒的樹叫什麼名字。我只知道它很像黃顏木，或介於黃顏木和尼加拉瓜黃檀間的樹，顏色和氣味都很類似。為了做出船身，星期五打算用火燒空樹幹，但我告訴他用工具鑿比較好；我稍微教他怎麼做，他馬上就做得很俐落了。我們努力工作了大概一個月才完成這艘船，看起來有模有樣的；特別是教他如何使用斧頭後，我們把獨木舟的外型修得像艘真的船一樣。之後，我們花了將近半個月，用大木頭當滾軸，將船一吋一吋地送往水邊。入水後，我發現這艘船就算要載二十個人也沒問題。

這艘船這麼大，星期五卻能靈巧地搖槳、轉彎，操縱自如，讓我看得驚訝不已。我問他，我們是否能搭這艘船渡海。「可以，這艘船渡海很合適，大風也沒問題。」他說。其實我還有一項延伸設計沒跟他說，那就是加裝船桅和船帆，再配上纜索和船錨。製作桅杆很容易，我在附近發現一棵樹齡不長的筆直杉木（島上有很多這種樹），叫星期五把它砍倒，並教他把木頭削成桅杆的模樣。船帆就是我比較在意的部分了，我還有一些舊帆布，應該說是幾塊零碎的舊帆布，已經放了二十六年了。我從沒想過還會派上用場，因此沒有細心保存，應該都腐爛了。大部分的帆布確實都腐爛了，但我仍然從中找到兩塊看起來還算不錯的，便用這些布開始工作。在沒有縫針的情況下，我花費了好一番工夫，才以笨拙的縫紉技術（可想而知）做出一個三角形的醜東西，類似英國的三角帆——底端有根下桁，頂部裝設較短的斜桁，如同我們大船上的長艇所配置的船帆。我很熟悉這種三角帆的操縱方式，當初逃離巴貝里時，我駕駛的就是這種船。這在故事的前半部已經提過了。

最後這項工作花了我將近兩個月的時間（也就是裝設桅杆和船帆），因為我把事情完成得很徹底。我加裝一根小支柱，以及一塊在逆風時有助於航行的前帆；最重要的是，我還在船尾裝了一個舵，以便掌控行駛的方向。雖然技術很笨拙，但我知道這些設備的必要性和用處，硬著頭皮把它們全部完成。如果把所有的失敗嘗試都算進去的話，我花在這部分的心力，跟建造船本身幾乎差不多。

所有的工作都完成後，我開始教導星期五駕駛這艘船。他雖然很會划獨木舟，但對於舵和帆的用法卻一竅不通。我示範如何用舵操縱船，隨著航行方向改變，船帆有時候這邊鼓起，有時候那邊又灌滿風。他看得目瞪口呆，但只花一點時間就摸熟用法，儼然是個航海家了。不過我就是沒辦法讓他搞懂羅盤的用法，一方面是因為那一帶不常出現陰天，少有霧氣，羅盤派不上用場——雨季之外，夜晚看得見星星，白天能直接看到海岸，而雨季本來就沒什麼人會外出遠行。

我困在這個地方已經二十七年了，不過有人陪伴的最後這三年應該不能算在裡面，因為這段期間的生活和從前完全不同。每年的登島紀念日，我同樣感謝仁慈的上天。要是當初我有理由感謝上天，現在理由就更充分了，因為發生的許多事都證明祂眷顧著我，獲救的希望就近在眼前；我感覺到不久之後就能得救，應該在一年內就會離開這個地方了。然而，我仍然照常耕作，掘土、播種、築籬笆，也跟以往一樣採收葡萄，曬葡萄乾。

這時候雨季就快來了，雨季我比較少出門，因此趁這個時候趕快把我們的新船安頓好。我們把船帶到小溪裡（就是剛開始我乘木筏上岸的那條小溪），趁著漲潮拖到岸上，我讓星期五挖一個小船塢，大小和深度剛好能讓我們的船浮在裡頭；退潮後，在船塢口蓋一座堅固的水壩，擋住海水，確保船不會被潮水浸濕。此外，為了擋避雨水，我們把很多粗壯的枝條放在船上，堆得像是一座屋頂。之後就等待十一月和十二月到來，我計畫在那個時候出航。

接近乾季時，天氣跟我想的一樣開始好轉了，我每天都在為出航做準備。第一件事是把足夠的糧食搬上船，做為旅程的存糧。我打算在一、兩個禮拜內掘開船塢啟程。有天早上正在忙碌時，我叫來星期五，派他去海邊看能不能抓隻烏龜回來，通常我們每個禮拜會抓一隻回來，吃龜肉和龜蛋。星期五出去不久就又跑了回來，腳不及地飛奔回到外牆，我還來不及開口，他就對我大喊：「噢，主人！噢，主人！噢，不幸！噢，壞了！」

「星期五，發生什麼事了？」我說。

「噢，那邊，那邊，」他說，「一、二、三艘獨木舟！一、二、三！」

聽他這樣說我還以為有六艘，仔細詢問後，才發現只有三艘。「好的，星期五，不要害怕。」我說。我盡量安撫他，不過這個可憐的傢伙已經嚇壞了；他滿腦子只想著這些人是回來找他的，要把他剁成肉塊吃了，因此渾身顫抖，我還真不知道該拿他怎麼辦。我盡量安慰他，告訴他我們的處境一樣危險，他們如果吃了他，也會吃我。

「不過，」我說，「我們要打敗他們。星期五，你能打仗嗎？」

「我射擊，但是他們人數太多。」他說。

「那沒問題，」我又說，「我們的槍就算沒殺死他們，也會嚇跑他們。」

接著我問他，如果我會保護他，他是否願意與我並肩作戰，按照我的指示行動。他說：「主人，你叫我死我就死。」因此我給他一大杯萊姆酒——我一直很省著喝，所以還剩很多。他喝下酒後，我叫他去拿那兩把我們最常用的獵鳥槍，裝上跟手槍子彈大小差不多的大號獵鳥彈。然後我拿四把短槍，各裝上兩顆金屬彈丸和五顆小子彈，又在我的兩把手槍各裝一對子彈；我掛上我的大刀（一樣沒有刀鞘），然後把星期五的手斧交給他。

整裝完畢後，我拿著望遠鏡爬到山坡上觀察，很快就從望遠鏡中看見那邊有二十一個野人，三個俘虜，以及三艘獨木舟。看起來就是要在慶功宴上吃掉那三個人，真是一場野蠻的宴會。不過就像我說過的，這對他們來說根本沒什麼大不了。

同時，我也發現他們上岸的地方更靠近我的小溪，並非上次星期五逃脫的那個地方。這一邊的海岸地勢較低，緊鄰一片茂密的樹林。想到這些傢伙要在這裡幹那沒人性的勾當，我就氣憤不已，於是我跑下來跟星期五說，我決定去收拾掉那些傢伙，問他願不願意跟隨我。此時他已經克服了恐懼，我給他的酒提振了精神，他顯得非常雀躍，他說就算我要他死，他也願意。

盛怒之下，我把準備好的武器分成兩份。我讓星期五把一把手槍插在腰帶，肩上再扛三把，我自己則帶著一把手槍和另外三把槍——我們就這樣全副武裝出征了。我在口袋裡放一小瓶萊姆酒，給星期五一大袋裝滿火藥和子彈的袋子。我叫他緊跟在我後面，不可輕舉妄動或開槍，也不能開口說話，只做我要他做的事。我們看著羅盤往右手邊走了約一哩遠，穿過小溪，鑽進樹林，在不被他們發現的情況下進入射程範圍。因為我事先用望遠鏡確認過了，很容易就能做到。

前進過程中，過去那些想法再次浮現，我的決心開始動搖。倒不是人數多讓我害怕——他們全身裸露，手無寸鐵，就算我只有一個人也絕對占優勢。我想到的是，我有什麼理由，有什麼立場攻擊那些人，讓自己雙手沾滿鮮血呢？他們沒有傷害我，也無意傷害我，對我來說是無辜的。再說，他們那野蠻的風俗，是他們自己的災難，是上帝留下的印記；祂讓世界上的某些部落，停留在如此愚蠢、野蠻的狀態。上帝並沒有叫我審判他們的行為，更沒有讓我代表他去當一個處刑者。時機成熟時，祂自然會親自對他們全族所犯下的罪祭出懲罰——即便如此，這件事也與我無關。

星期五或許有資格這麼做，這些人是與他公開宣戰的仇敵，因此他攻擊他們是合理的，但對我來說並非如此。一路上這些念頭不斷壓迫著我，於是我決定先接近他們，觀察他們的野蠻聚會，等待上天的指示。除非聽到上天的召喚，否則我絕對不去干涉他們。

下定決心後，我小心翼翼地踏入樹林，星期五緊跟在我的後面。我一直走到樹林的邊角，與他們之間只隔著一些樹叢。我輕聲把星期五叫來，指向角落的一棵大樹，要他過去看看，如果能清楚看見他們的動靜，回來跟我報告。他走過去，馬上就又回來，跟我說那邊可以看得很清楚：他們圍在火堆旁，正在吃其中一個俘虜的肉，另一個則躺在稍遠處的沙灘上，接下來就輪到他了。讓我發怒的是，他說，那個人不是他們部落的人，而是那些搭船到他們部落的其中一個鬍子人。聽到他說是大鬍子白人，我嚇了一跳，馬上跑向那棵樹。透過望遠鏡，我清楚看見一個白人躺在沙灘上，手腳都被蒲草或燈心草之類的東西綁著，從穿著看來，應該是個歐洲人。

不遠處還有一棵樹，前面是一小片茂密的樹叢，比我當下的位置更靠近他們約五十碼。只要繞一點路，我就能在不被他們發現的情況下抵達那邊，讓射擊距離減半。我已經憤怒難耐，但仍然壓下怒火，向後退了約二十步，躲在樹叢後方移動到另一棵樹的位置。我來到一處稍微隆起的高地上，把他們看得一清二楚，距離約有八十碼。

沒有時間可以浪費了，我發現共有十九個恐怖野人圍坐在地上，只派兩人去處理那個可憐的基督徒，打算把他的肉一塊一塊卸下來拿回火堆烤——他們已經彎下腰解開他腳上的綁繩。我轉頭對星期五說：「就是現在了，星期五，聽我的命令行事。」星期五答應了。「那麼，星期五，你看我做什麼，就跟著做，別犯錯。」我說。我把一把短槍和獵鳥槍放到地上，星期五也照做；我用另一把短槍瞄準野人，叫他也持槍瞄準。然後我問他是否準備好了，他說：「是。」「那就開槍吧！」說話的同時，我也開槍射擊。

星期五瞄準的功力比我好很多，他那一槍打死了兩人，傷了另外三個。我殺死一個人，傷了兩個。可想而知，他們全都嚇壞了，沒受傷的野人急得跳腳，一時卻不知道該往哪裡逃，也不知道該注意哪個方向，他們根本不知道災難從何而來。星期五遵從我的囑咐，持續緊盯著我的一舉一動。射擊後，我馬上把槍丟在地上，拿起獵鳥槍，星期五也跟著做——他看我端槍瞄準，馬上又照做。

「星期五，準備好了嗎？」我說。

「是的。」他說。

「那麼，以上帝之名，」我說，「開槍吧！」

我對那些驚慌失措的傢伙再開一槍，星期五也是。現在槍內裝的是所謂的獵鳥彈，或說小顆的手槍子彈，因此我們只打倒兩個人，但很多人都受傷了。他們像瘋子般大吼大叫，大部分的人都受了重傷，全身是血；之後又倒了三個人，但沒有死掉。

「星期五，就是現在。」我放下剛射擊完的槍，拿起待命的短槍，「跟我來！」他勇氣十足地跟著我衝出樹林，現身在他們眼前。當他們一注意到我，我馬上叫星期五跟著我一起大聲嘶吼，全速往前衝，不過身上帶著很多武器，我的速度其實沒有很快。我直接跑向那個可憐的受難者，我說過了，他躺在岸邊的沙灘上，位於野人聚集處和大海之間；而那兩個原本要處理他的屠夫，早在第一聲槍響時，就嚇得逃向海邊，跳回獨木舟，之後又有三個野人也逃上船。我轉頭派星期五追上去攻擊他們，他馬上明白我的意思，往前跑了約四十碼。距離接近後，他對他們開槍，一開始我以為他殺死全部的人了，因為我看到他們全部倒在船上。雖然很快就有兩個人爬了起來，但他還是殺死了其中兩個，另一個受傷倒在船底，就像死了一樣。

星期五正在攻擊他們的時候，我拿出小刀砍斷那可憐傢伙身上的綁繩，讓他的手腳得到鬆綁。我扶起他，用葡萄牙語問他是什麼人，他以拉丁語回答「基督徒」。他非常虛弱，幾乎無法起身或說話。我從口袋拿出酒瓶，遞給他，示意他應該喝點酒；他喝了，我又給他一片麵包，他也吃了。接著我問他是哪一國的人，他說是西班牙人。此時他精神稍微恢復了，比出各種手勢，表達他有多麼感謝我救了他一命。

「先生，」我把我知道的西班牙文都用上了。「我們之後再詳談，現在必須戰鬥。

如果你還有力氣的話，拿這把手槍和大刀去作戰。」

他感激地接過武器。武器彷彿為他注入新的活力，他像個狂人撲向敵人，瞬間砍碎了兩個野人。這整件事實在出乎他們的意料之外，那些可憐的傢伙如此害怕槍聲，嚇倒在地上無力逃跑，只能用血肉之軀來抵擋我們的攻擊。獨木舟上的那五個傢伙也一樣，三個因傷倒地，另外兩個則是被星期五的槍聲嚇倒的。

我手上拿著槍，仍然沒有開火。我已經把手槍和大刀給西班牙人了，必須留著上膛的槍以防萬一。因此，我把星期五叫過來，派他跑回我們開第一槍的那棵樹下，把地上那些射擊過的槍拿過來。他迅速完成了任務，我把手上的短槍交給他，然後坐下來替其他的槍再裝上彈藥，跟他們說需要槍就來找我拿。我替槍枝填裝彈藥時，那個西班牙人和一個野人展開了激烈的打鬥；野人拿一把巨大的木刀應戰，也就是稍早用來殺死西班牙人的武器（如果沒有被我阻止的話）。這個西班牙人雖然虛弱，卻還是勇猛，他與野人纏鬥了一陣，在野人頭上砍了兩個傷口；但那是個結實強壯的野人，猛然接近西班牙人，將他撲倒在地，想要從他手上搶下我那把大刀。西班牙人在情急之下，聰明地放棄大刀，從腰間拔出手槍，在我還來不及跑上去幫忙前，一槍打穿野人，把他給殺了。

此時我沒有給星期五任務，他自己拿著手斧追向那些手中沒有武器，正在逃命的野人；先是將三個受傷倒下的野人殺了，接著又殺死所有被他追上的人。那個西班牙人來跟我拿槍，我給他一把獵鳥槍，他用這把槍打傷了兩個野人，但他實在跑不動了，兩個野人都逃進樹林裡。星期五追上去殺死其中一人，另一個非常敏捷，雖然受傷了，還是跳進海中，全力游向兩個正划著獨木舟逃命的同伴。二十一個野人中，從我們手上逃脫的就是獨木舟上的那四個（其中一個受傷，生死不明）。統計如下：

從樹林裡開出的第一槍殺死的，三人。
被第二槍殺死的，兩人。
在船上被星期五開槍殺死的，兩人。
受傷後被星期五砍死的，兩人。
在樹林裡被星期五砍死的，一人。
被西班牙人殺死的，三人。
在各處因傷而死，或被星期五追殺而死的，四人。
划船逃走的，四人（其中一人就算沒死，也負傷）

共計二十一人

獨木舟上的幾個野人拚命划槳，想盡快遠離我們的射程範圍。星期五開了兩、三槍，但都沒有打中他們。星期五希望能用他們的獨木舟追上去，他們逃走確實讓我很擔心。如果他們把消息告訴部落裡的人，可能會帶兩、三百艘獨木舟回來把我們消滅掉，因此，我同意出海去追他們。我跑向一艘他們的獨木舟，跳進去，並叫星期五跟著一起來。不過，當我一進到獨木舟，卻意外發現有個飽受驚嚇的可憐蟲躺在裡面，跟西班牙人一樣四肢緊綁，等著被宰殺。他的頸部和雙腳都被綁了很長的時間，再加上看不見船外的狀況，完全不知道發生什麼事，只剩一息尚存。

我立刻砍斷他身上的草繩，試圖扶他起身，但他站不起來，也說不出話，只是可憐地呻吟著。他似乎認為我為他鬆綁，是為了要殺他。

星期五過來之後，我叫他跟這個人說他已經得救了，接著我拿出酒瓶，讓星期五給這個可憐的傢伙喝點酒。知道自己獲救後，他像復活般坐了起來，而星期五一聽見他的聲音，一看清他的臉，竟開始對他又吻又抱又摟，接著又哭、又笑、又叫、又跳、又舞、又唱，又再哭了。他扭緊自己的雙手，拍打自己的臉和腦袋，又開始唱歌、跳躍，像個瘋子一樣，讓人看了都要感動落淚。過了好長一段時間，我才有辦法跟他說話，問他發生了什麼事。他的情緒稍微平復之後，跟我說那個人是他的父親。

這個可憐的野人看見自己的父親死裡逃生，表現出來的那種狂喜和孝心，我實在難以用言語表達心中的感動。我所描述的，根本不及他熱烈情感的一半。只見他不斷跑進又跑出那艘船，一進到裡面就坐到父親身旁，敞開胸把父親的頭抱在胸口安撫他。接著他抓起父親被繩子綁到痲痹了的手和腳踝，放在手中搓揉。我看到這種情況，倒一些萊姆酒讓他和著酒搓，效果更好。

因此，我們沒有出海去追那些野人，此時他們已經逃得很遠，幾乎看不見了。不過，幸好我們沒有追上去，因為不到兩個小時，海上就颳起大風，我想他們才划了不到四分之一的路程。風勢持續了一整夜，而且風來自西北方，對他們來說正好逆風——依我看，就算能夠活下來，也到不了他們的海岸。

再回來談談星期五，他正忙著照顧父親，我實在不忍心打擾他。等我認為他稍微離開父親也沒問題的時候，我把他叫來，他又笑又跳，開心得不得了。我問他有沒有給他的父親吃麵包，他搖搖頭說：「沒有，都被我這個壞東西吃光了。」因此，我從特意帶來的袋子裡拿一塊麵包給他，再倒一點酒要給他自己喝，但他沒有喝，全都帶去給他的父親。我的口袋裡還有兩、三串葡萄乾，也抓了一把給他，讓他拿給父親吃。他拿葡萄乾過去不久後，我就看到他離開船，然後著了魔似地飛奔起來——他是我見過跑得最快的人。一瞬間，他就消失在視線之外，無論我怎麼喊他叫他，他還是不斷往前跑。不到一刻鐘的時間，我就看到他回來了，速度不像去的時候那麼快。等他更靠近，我才發現他腳步變慢是因為手上有拿東西。

他來到面前，我才發現他竟然已經跑回家拿了一只陶壺，為他父親裝了清水回來，另外又多帶了兩塊麵包。他把麵包給我，水拿去給他的父親，不過我也非常口渴，所以先喝了一小口。這些水比我給的萊姆酒還有用，他的父親喝下之後整個人恢復精神，他原本渴得都要昏過去了。

他父親喝完之後，我問他水還有沒有剩。他說：「有。」因此，我派他拿水去給那個跟他父親同樣乾渴的西班牙人喝，然後再拿一塊麵包給他（星期五跑回去拿來的）。他還很虛弱，正躺在樹蔭底下的草地休息，四肢僵硬，因為被繩子綁太緊而腫起。星期五送水過去後，我看見他坐起來喝水，接著開始吃麵包。我走了過去，拿一把葡萄乾給他吃，他充滿感激地望著我，但實在太虛弱了（可能是戰鬥耗費太多力氣），連站都站不起來。他因為腳踝腫脹實在過於疼痛，嘗試了兩、三次都失敗。我請他坐好，叫星期五過來用萊姆酒按摩他的腳，就像他為父親做的那樣。

這個充滿孝心的傢伙，雖然人在這一邊，卻每隔兩分鐘（甚至更短）就回頭一次，看看自己的父親是否依然坐在原地。最後他發現父親不見了，便跳了起來，一句話都沒說就飛奔過去，發現父親只是躺下來伸展手腳，才又趕緊跑回來。我告訴西班牙人，可以的話，我讓星期五把他扶到船上，由星期五載他回我們的住處，我會照顧他。結果這個粗壯的星期五，竟然直接把西班牙人背到背上，帶到船邊，輕輕放在獨木舟的邊緣，接著把他的雙腳移進去，再抬起他，把他往船的內部移動到他的父親旁邊。星期五馬上又跳到外面，把船推入海，沿著海岸開始划行；儘管當時風勢很強，他仍然划得比我走路還快。他將兩人平安送到小溪，把他們留在船內，自己又跑回來划另一艘獨木舟。他從我身邊經過時，我問他要去哪裡，他說：「去拿更多船。」便像一陣風跑走了，比任何人和馬跑得都快。他划著另一艘獨木舟，幾乎跟我同時抵達小溪，因此他先幫我渡河，再去幫助我們的新客人下船。他們兩個都沒辦法走路，搞得可憐的星期五不知道該怎麼辦。

為了解決這個問題，我開始動腦想辦法。我叫星期五過來找我之前，先扶他們坐在河岸邊，然後很快做了一個類似擔架的東西，讓他們躺在上面。我和星期五就這樣抬著他們走，回到城堡的外牆時，卻碰上了更大的困難。我們根本不可能帶他們翻越圍牆，而我又不想拆掉這座牆，於是我和星期五又開始工作。不到兩個小時，我們就在圍牆和我種的那片樹林之間的空地，搭起一座像樣的帳篷，罩上舊帆布，再鋪一層樹枝。裡頭用乾稻草做了兩張床，床上各墊一條毛毯，然後再各多給他們一條用來蓋在身上。

我的島上現在有人居住了，我常把自己想成國王，擁有這麼多子民讓我相當欣喜。首先，整個島都是我的財產，我有絕對的統治權；其次，我的子民完全服從我，他們的命都是我救的，我是他們的主人和立法者。如有任何狀況發生，他們會隨時為我奉獻生命。另外，值得一提的是，我的三位子民各自擁有不同的信仰：星期五是新教徒；他的父親是異教徒，還是個食人族；西班牙人則信仰天主教——在我的領土內，宗教信仰是自由的。這只是順帶一提而已。

安頓好兩位剛獲救的俘虜，確保虛弱的他們有個遮風避雨的地方之後，我開始準備食物。首先，我派星期五到羊圈挑一隻適中的羊出來宰了。我先剖下羊的後半部，切成小塊，再請星期五加入大麥和稻米，煮成一鍋佳餚。我可以跟你保證，真的非常美味。在戶外煮好後（我從不在內牆內部生火），我把肉湯端進新帳篷，擺了一張桌子，坐下來跟他們一起吃晚餐，不斷鼓勵他們。星期五充當我們的翻譯，主要是翻給他的父親聽，因為那個西班牙人已經滿會講野人的話了。

用完餐後，我叫星期五划一艘獨木舟回去把短槍和其他武器拿回來（當時沒時間拿走，暫時丟在戰場上）。隔天，我再派他去把野人的屍體埋起來，因為曝曬在陽光下，很快就會發出惡臭。我也要他把那些人肉饗宴的殘骸收拾好，我實在沒辦法自己去做這件事，不，要是我過去那邊，連看都不忍看。他很快就把事情做好了，處理得很乾淨，掩蓋了野人曾經到過的所有痕跡。後來我再到那邊去時，要不是樹林的那一角，我幾乎認不出那個地方了。

接著，我跟兩位子民有一些簡單的對談。我先請星期五詢問他的父親，問他對那些乘獨木舟逃跑的野人有什麼看法，他們是否會聚集我們難以抵抗的兵力，捲土重來。他第一個想法跟我一樣，他們的船不可能從當晚的暴風中倖存，如果沒有溺死，大概也被吹到南方的海岸去了，在那裡，他們不是被當地野人吃掉，就是翻船淹死。如果他們真的平安登陸，那就很難說了。不過，他認為當天的攻擊，那些槍聲和火花已經把他們嚇壞了。他相信他們會跟部落的人說其他人是被閃電和雷打死的，而那兩個突然出現的人（也就是星期五和我），則是憤怒的天神下凡來摧毀他們，而非帶著武器的人類。他說，因為他聽見他們用自己的語言叫喊著這些話，他們怎麼也無法相信人類可以射火，發出雷聲般的巨響，然後手也不用抬一下，就能從遠處殺人。這個老野人說對了，後來野人沒再來過這座島——他們被那四個人說的話嚇壞了（看來他們成功逃過一劫），並相信如果有人敢踏上這座受詛咒的島，就會被天神用火燒死。

當時我不知道這些事，擔心了好一段時間，總是保持警戒，隨身帶上所有的武器。我們現在有四個人，就算來一百個野人，只要在空曠的地方，我隨時都敢應戰。

第十七章

反叛者來訪

過了一段時間，獨木舟始終沒有出現，我的恐懼逐漸消退，又開始計畫渡海到對岸的大陸去。星期五的父親也向我保證，如果我願意去他們部落，他們看在他的份上，一定會善待我。

不過和西班牙人認真談過幾次後，我暫時中止這個計畫。他跟我說，包括一些葡萄牙人在內，船難發生後他們共有十六個人逃到那邊去，跟野人們和平共處，但生活物資相當缺乏，過得很辛苦。我問他遇難的細節，才知道他們是一艘載著皮革和銀的西班牙船，從拉普拉塔河啟程，準備到哈瓦那卸貨，然後再帶一些當地的歐洲貨物回去。途中，他們遇上一艘失事的船，從中救出五個葡萄牙船員，而在他們自己的船難中，有五個同伴淹死。剩下的人歷經各種危險，幾乎要餓死的時候，終於靠上食人族的海岸，當時他們認為自己隨時都會被吃了。

他跟我說，他們有一些武器，但完全派不上用場。海水泡壞了大部分的火藥和子彈，而剩下的那一點，在他們剛登陸時，全都拿來打獵用光了。

我問他那些人接下來打算怎麼做，沒有任何逃脫計畫嗎？他說他們討論過很多次，但沒有船，也沒工具造船，加上糧食缺乏，每次的商量都在淚水和絕望中不了了之。

我又問他，如果我提出逃脫計畫，他們是否會接受？如果讓他們全都到這裡來，可行嗎？我坦白跟他說，我最害怕的是自己把性命交到他們手上，他們卻背叛我、利用我。感恩不是生來就有的美德，人類的行為不常奠基於自己曾經受過的恩惠，幾乎都是以期待獲得的好處做為考量。我跟他說，如果我幫助他們脫險，回過頭來自己卻變成新西班牙[20]的俘虜，那就糟了。因為英國人在那裡，不論是逼不得已或意外過去的，都會遭受宗教迫害。我寧可讓野人吞掉，也不願被那些無情的教士送上宗教法庭。要不然，我補充，他們全都過來的話，以我們充足的人手，應該可以造出一艘大船，不論是南方的巴西，或要到北方諸島、西班牙海岸都沒問題。然而，如果我把武器交到他們手上，他們卻恩將仇報把我帶走，我的善心反而會讓自己陷入更糟的處境。

他誠懇而坦率地回答說，他們現在的處境很艱苦，大家都吃足了苦頭。他相信對於拯救他們的人，他們絕對不敢恩將仇報。他說，假如我允許，他可以跟老野人先過去跟他們談一談，再回來跟我說商量的結果。他會先談好條件，要大家絕對聽從我的領導，把我當作指揮官和船長，並以聖經宣誓效忠——不管我說要去哪個基督教國家，他們都會完全按命令行事，直到平安抵達目的地為止。他會帶一份大家親自簽署的同意書回來給我。

然後，他說他就是第一個宣示效忠的人，除非我下命令，否則他一輩子都不會離開我。若是他的同伴稍有違背誓言的跡象，他會為我奮戰到最後一滴血。

他告訴我，他們都是文明的老實人，正處於難以想像的艱惡困境，沒有任何武器、衣物和食物，生命完全掌握在野人手裡，根本沒有回家的希望。他認為如果我能拯救他們，他們一定會為我出生入死。

我決定冒險一試，讓這個西班牙人和老野人先過去和他們交涉。不過在事情都安排好，準備出航時，西班牙人自己卻又提出相反的意見。他考慮得非常周詳，態度真誠，讓我刮目相看。我同意他的建議，將拯救計畫延後至少半年。原因如下所述。

他已經跟我們住了將近一個月，這段期間，我讓他知道我是如何在上天的協助下自給自足，他也了解我有多少穀物和稻米存量。這個量對我一個人來說當然充足，現在人口已經增加到四個人，必須非常節省才夠吃。然而，要是他的同伴全部過來（還活著的有十六人），糧食絕對不夠；更不用說如果建造了一艘大船，還需要更多的糧食，才能

20 新西班牙（New Spain）為一五四九年到一八二一年間，西班牙殖民北美洲和菲律賓的新王國，首府位於墨西哥城。

供應我們航行到基督教國家在美洲的殖民地。因此，他認為應該先讓他和另外兩人開墾更多的耕地，盡可能播下大量的種子，下一次收成後，才足以提供穀物給即將到來的同伴。糧食不足可能會引發紛爭，他們會覺得自己並沒有得救，只是換個地方受苦而已。「你知道的，」他說，「那些以色列人剛出埃及時也很欣喜，但到了野地，發現沒有食物可吃，仍舊背叛了拯救他們的上帝。」

他的警告來得正是時候，建議也很合理，我高興地採納了他的計畫，並對他的忠誠感到滿意。因此，我們四個人用上所有的木製工具，開始忙於墾地。在播種季節來臨前的一個月內，我們整出大量的耕地，種下二十二蒲式耳的大麥和十六罐稻米。總之，我們播下所有的種子，只留這六個月勉強夠吃的大麥。我說的六個月，是從儲存種子準備播種算起的，並不是說這裡的地需要六個月才能收成。

我們擁有充足的人手，就算野人來犯，除非人數真的太多，不然我們都無需懼怕。因此，我們一有時間就在島上到處走動，滿腦子都在想著逃脫的計畫，根本容不下其他想法（至少我是如此）。為了達成目的，我在某一棵我認為有用的樹上做記號，叫星期五和他的父親把樹砍倒，然後讓西班牙人去監督並指導他們工作——我已經把計畫說明給他聽。我拿用大樹削成的木板給他們看（那是我以前勤奮不懈的工作成果），要他們照著做，後來他們用品質很好的橡木做出約十二塊大木板，每塊將近兩呎寬、三十五呎長，厚度介於兩吋到四吋之間。你可以想像那要耗費多大的勞力才能完成。

同時，我也想盡辦法增加羊群的數量。我們輪流外出打獵，星期五和西班牙人出去一天，隔天換我和星期五出去，最後我們捉了約有二十隻小羊，將牠們跟原本的羊群養在一起；每當我們射死母羊，就把小羊帶回家養。不過，最重要的是，曬葡萄乾的季節到了，我們採了大量的葡萄掛在陽光下曝曬。假如我們是在盛產葡萄的阿利坎特的話，我相信至少可以收成六十到八十大桶的葡萄乾。葡萄乾（和麵包）是我們的主食，富含營養，也能改善我們的生活。

此時已經是收穫的季節，作物長得很好，雖然不是最豐收的一次，但總算能滿足我們的需求。二十二蒲式耳的大麥種子，獲得了大約兩百二十蒲式耳的收成，稻米收穫的比例也差不多。就算那十六個西班牙人全都到島上來，現在的存量也足以吃到下一次收穫季節。如果我們準備出航，這些糧食也足以供應我們航行到世界（我的意思是美洲）的任何角落了。

妥善儲藏所有的穀物後，我們開始投入編籃子的工作，也就是做更多存放穀物的大簍筐。西班牙人的手很靈巧，技術非常好，還一直抱怨我沒有多編製一點防禦用的器具。不過我不認為有這個需要。

現在的糧食已經足以供應那些我所期盼的客人了，因此我讓西班牙人渡海過去，看他能和他們達成什麼協議。我嚴正指示他，如果有人不願意在他和老野人面前發誓，就不准帶任何人回到島上——絕對不能傷害或攻擊那個好心接他們過來，想要幫助他們脫離困境的我。無論何時何地，都要完全服從我的命令，與我一起面對所有的狀況。我把這些條件寫在紙上，要他們親手簽名。不過在沒有墨水和筆的情況下，他們該怎麼做到這點，我們倒是沒有考慮到。

得到指示後，西班牙人和老野人，也就是星期五的父親，便划著獨木舟（他們被野人抓來時搭的其中一艘）出發了。

我各給他們一把附有燧發機[21]的短槍以及八發彈藥，要他們盡量節省，不到緊急時刻絕不使用。

這是一件令人愉快的工作，二十七年來的第一次，我看見了獲救的希望。我給了很多麵包和葡萄乾，足夠他們兩人吃好幾天，也足夠讓其他的西班牙人吃上八天左右。我看著他們出發，祝福他們一路順風，並約好回程要掛出信號旗，讓我在他們上岸之前就能從遠處認出來。

他們在月圓當天乘著一陣順風離開，根據我的紀錄，當時應該是十月。至於確切的日期，因為以前我曾經忘記紀錄，從此就再也搞不清楚了，甚至連年份對不對我都不敢保證。不過，後來我在檢查記錄時，發現年份並沒有記錯。

我才等了不到八天，就發生一件前所未見的怪事。有天早上，我在屋子裡睡著正熟，星期五跑過來對我大喊：「主人，主人，他們來了，他們來了！」

我馬上跳起來，套上衣服就不顧危險往外跑，穿越我種的那片小樹叢——現在已經長得很粗壯了。剛剛說過，不顧危險，我連武器都沒帶就跑出去了，這不是我平常會做的事。我往海上一看，嚇了一跳，有艘掛著三角帆的小艇在離岸約有一里格半的海上，風勢正把他們帶往岸邊。同時，我馬上察覺到他們是從小島最南端的方向過來的，並非大陸那一邊。有鑑於此，我叫來星期五，要他躲好，這些不是我們在等的人，還不清楚他們究竟是敵是友。

為了搞清楚狀況，我回去拿望遠鏡，架好梯子，爬到山頂上去。我憂慮不安時總會這麼做，讓自己把事情看得更清楚，而且那個地方不會被人發現。

才剛爬上山，我就看見有一艘船正在下錨，位於南南東的方向，距離約有兩里格半，但離岸邊不到一里格半。根據我的觀察，那顯然是一艘英國船，小艇則是英式的長艇。

我的心情真是說不出的複雜。看到船我是開心的，因為我有理由相信那些人是我的同胞，應該也會是朋友。然而，心中還是隱隱擔憂著，我也不知道這些疑慮從哪裡來，卻讓我心生警戒。首先，一艘英國船在這裡做什麼？沒有任何貿易航道經過這裡；況且，最近沒有暴風雨，他們也不是因為遇難漂過來的。假如真的是英國人，他們會來這

21 以金屬片和燧石互相敲擊的點火裝置。

裡大概沒安什麼好心，那樣一來，我最好按兵不動，以免落入強盜和殺人凶手的手裡。

有時候我們會莫名意識到危險，但理智上卻認為危險不可能發生——我奉勸各位不要忽視這種暗示，相信稍微有點閱歷的人都不會否認我。同樣不容懷疑的是，這些暗示來自一個未知的世界，一種不容置疑的精神交流。假如這些暗示是為了警告我們遠離危險，何不將它視作友善的使者帶來的善意提醒呢？至於使者的位階是高是低，倒不是什麼大問題。

當前的狀況充分證實了我的想法。假如我沒留意到這個神祕的暗示（無論它來自何方），肯定會遭殃，陷入比以前更糟糕的處境。大家馬上就會看到了。

不久之後，我看到那艘小艇已經接近岸邊，似乎是想找條方便靠岸的溪流。他們繞得不夠遠，沒發現我以前停筏卸貨的那條小溪。最終，他們把小艇直接停在離我約半哩的沙灘上。我感到慶幸，因為若非如此，他們就會直接在我的家門口上岸，很快把我趕出城堡，或許還會搶走我所有的東西。

他們上岸後，我發現果然都是英國人，至少大部分是。有一、兩個我本來以為是荷蘭人，不過後來證明我錯了。總共十一人，其中有三個沒帶武器（似乎是被綁著）。四、五個人率先跳上岸後，他們把那三個俘虜帶出船外，其中一個急切地做出各種哀求的手勢，看起來既絕望又痛苦；另外兩人偶爾也會舉手，表情凝重，但沒有第一個那麼激動。

看見這幅景象，我完全糊塗了，搞不懂究竟是怎麼一回事。星期五用英文對我大喊：「噢，主人！你看英國人跟野人一樣吃俘虜。」

「是嗎？」我說，「星期五，你認為他們會吃掉那些人嗎？」

「對，他們會吃他們。」星期五說。

「不，不，星期五。我想他們真的會殺掉那些人，但我保證他們不會吃掉他們。」我說。

此時我還是沒有頭緒，純粹看著這幅可怕的景象發抖，想像那三個俘虜隨時都可能被殺害。不，我真的看見一個惡徒舉起水手俗稱的彎刀，砍向其中一個可憐的俘虜。眼看他隨時都會被殺死，我嚇得背脊發涼。

我真希望那個西班牙人和跟他一起離開的老野人也在這裡，或者想辦法在不被發現的情況下進入射程範圍，我或許就能救出那三個人，因為他們身上都沒有槍。不過後來我想了別的辦法。

那個粗野的水手虐待完三個人後，其他人開始分散走動，似乎是在勘察這座島。我注意到那三個人其實行動是自由的，但他們憂心忡忡地坐在地上，看起來很絕望。

這讓我想起自己第一次上岸時的模樣，當時我多麼絕望，看見這一片荒涼景象，帶著無盡的憂慮躲在樹上一整夜，深怕自己被猛獸吃掉。

當時我不知道的是，當天晚上上天就安排風浪把船送到岸邊，那些補給拯救了我，讓我得以支撐到現在。現在這三個絕望的人，當然不知道自己最終會得救，而且獲救的希望離他們如此接近——他們不知道就在失意絕望的同時，自己其實已經脫險了。

看得見的事物實在太有限了，我們應該全心信任偉大的造物主。祂不會讓生靈陷入絕境，總是在他們遭遇最悲慘的處境時賜予恩惠，救贖時常就在不遠之處。有時候看似走向毀滅的路，其實會引領我們得到救贖。

這些人在潮水漲到高點時上岸，一部分在和俘虜談判，另一些則四處亂走探勘環境，完全沒注意到潮水已經退了，他們的小艇被留在沙灘上。

他們在小艇上留了兩個人，我後來才發現，他們可能因為喝太多白蘭地睡著了。其中一個比較早醒來，發現船擱淺在沙灘上動不了，開始呼喊那些四處走動的人。他們聽到後，全都回到船邊。只是小艇實在太重了，而且那一帶的沙子又軟又滑，跟流沙一樣，他們使盡全力也沒辦法把小艇弄回海上。

他們馬上顯露水手的本性（全人類最不懂得考慮未來的一群人），放棄這件事，繼續到處亂晃。我聽見有人在大喊，要其他人離開那艘小艇：「傑克，你就不能不管她嗎？下一次漲潮她就會自己浮起來了。」一聽見這番話，我就確定他們是哪個國家的人了。

直到現在我都把自己藏得很好，除了到山頂附近觀察狀況外，不敢踏出城堡一步——對於防禦工事蓋得如此牢靠，我感到非常欣慰。我知道至少還要十個小時，那艘小艇才會再次浮起。到時候天色暗下來，我一定可以更自在地觀察他們的動靜，偷聽談話內容（如果有的話）。

同時，我也跟以往一樣，做好作戰的準備，不過更加謹慎，我知道這次的敵人跟上次不同類型。我命令星期五把槍準備好，他現在已經被我訓練成一個神槍手了；我自己帶兩把獵鳥槍，給他三把短槍。我的樣子實在非常嚇人，身披羊皮大衣，頭上戴著先前提過的大帽子，側邊一把無鞘的大刀，兩把手槍掛在腰帶上，然後兩肩各背著一把槍。

我說過了，我的計畫是天黑才要行動。可是大概在兩點鐘，天氣最炎熱的時候，我發現，總之，他們陸陸續續躲進樹林裡，大概是要躺下來睡覺。那三個可憐的傢伙，因為太焦慮根本睡不著，只是坐在一棵大樹的樹蔭下休息。那裡距離我約有四分之一哩，看起來是在其他船員的視線之外。

於是，我決定在他們面前現身，了解他們的狀況。我穿著上述的裝扮出發，星期五遠遠跟在後面，他也全副武裝，但模樣應該沒我這麼可怕。

我無聲無息地靠近，在他們看見我之前，就先用西班牙文開口說：「先生，你們是什麼人？」

聽見我的聲音，他們全都嚇得跳了起來，不過當他們看見我這副怪異模樣，恐慌的程度更是難以測量。他們一句話都沒說，就在我感覺他們準備逃跑時，我用英文說：「各位，別害怕，你意想不到的朋友或許就在身邊。」

其中一人脫下帽子，嚴肅地對我說：「他一定是上天派來的，因為我們的處境並非一般人所能幫忙。」

「所有的幫助都來自上天，」我說，「你們願意讓一個陌生人幫忙嗎？你們似乎遇到了大麻煩。你們上岸時，我就看見你了，也看到你在向那些畜生求情時，其中一個舉起刀子想殺了你。」

這個可憐的傢伙看起來嚇壞了，他淚流滿面，全身顫抖地回答：「我在跟上帝還是人類說話？你真的是人嗎，還是天使？」

「先生，別害怕，」我說，「如果我是上帝派來解救你的天使，應該會穿得好看很多，武器大概也不會是你看到的這樣。請別害怕，我是人，一個英國人，我是來幫助你們的。你看，我有一個僕人，我們有武器和彈藥，跟我說你們怎麼了？需要什麼幫助？」

「我們，」他說，「先生，我們的事說來話長，敵人又在附近。總之，我是那艘船的船長，手下叛變了，我好不容易才說服他們不要殺我。最後他們決定把我丟到這個荒涼的地方，跟我在一起的這兩個人，一個是大副，另一個是乘客。我們認為這裡不會有人居住，大概要餓死了，正不知道該怎麼辦才好。」

「你那些敵人在哪裡？你知道他們去哪了嗎？」我問。

「先生。他們都躺在那邊。」他指向一片樹林。「我好擔心他們會看到我們，或者聽到你的說話聲，他們一定會把我們全都殺掉。」

「他們有槍嗎？」我說。

他說他們只有兩把槍，其中一把留在小艇上。

「那交給我吧，」我說，「我看他們都在睡覺，很容易就能全部殺光了，還是要把他們留下來當俘虜？」

他告訴我其中有兩個極惡之徒，絕對不能手下留情，但只要處理掉這兩人，他相信其他人都會歸順。我問他是哪兩個，他說距離太遠他無法指認，但他會聽從我的指示做事。

「好吧，」我說，「我們先退到他們看不見也聽不到的地方，以免驚醒他們，再作打算。」他們欣然地跟著我往後退，直到樹木完全遮蔽住我們。

「先生，聽好，」我說，「假如我願意冒險救你們，你們是否願意答應我兩個條件？」

我條件還沒說出口，他就搶先說如果能奪回那艘船，他跟船都完全受我指揮；如果拿不回船，無論我要去哪裡，他都與我同生共死，另外兩個人也一樣。

「好，」我說，「我只有兩個條件。第一、跟我一起在島上生活的時候，不可侵犯我的統治權。如果我把武器交給你們，必須隨時準備還給我，不可對我或我的決定懷有偏見。同時，絕對服從我的命令；第二、如果真能收復那艘船，你要免費帶我和我的手下回到英國。」

他用盡所有人們用來承諾彼此的方式，向我保證他一定會履行這兩個合理的條件，之外，他一輩子都會將我的救命之恩銘記在心。

「那麼，我把這三把短槍和彈藥給你，告訴我你認為接下來要怎麼做比較合適。」我說。

他一再對我表示感謝，他會完全聽從我的指揮。我告訴他，我認為這件事很棘手，最好的辦法就是趁他們睡覺時全面開火。如果有人從第一波射擊中倖存投降的話，就饒他們一命。結果如何，全憑上天的旨意。

他謙和地說，可能的話，他不想殺死他們。只有那兩個無可救藥的惡徒（也就是叛變的主謀），如果讓他們逃回船上就完了。他們會把整船的人都帶回來解決掉我們。

「那麼，我的計畫也是合情合理，那是唯一能救我們的方法。」我說。

我看他還是想盡量避免流血衝突。因此我跟他說，他們自己過去就好，用他們覺得合適的方法處理。

談話過程中，我們聽見有些人醒了，不久就看到其中兩個站了起來。我問他這次叛變的主謀有沒在裡面？

他說：「沒有。」

「那麼，」我說，「你可以放走他們，上天似乎是為了拯救他們，才將他們喚醒的。不過，如果其他人也逃走的話，就是你的錯了。」

受到這些話的刺激，他拿起我給他的短槍，手槍插在腰帶；他的兩個同伴也跟隨著他，一人拿著一把槍。那兩個人走在前面，發出了一點聲音，剛醒來的其中一個水手因此轉頭，看見他們正在靠近，馬上對其他人大叫。不過已經太遲了，他們在水手大叫的同時開了槍——開槍的是那兩個同伴，船長聰明地保留了一把可用的槍。他們對那兩個惡徒瞄得很準，其中一個當場死亡，另一個受重傷，他馬上站起來，向其他人呼救。不過船長走向前，跟他說求救已經太晚了，他應該求上帝寬恕他的惡行，接著用槍托把他打倒，讓他再也吐不出一句話。他們還有三個同伴，其中一人受到輕傷。這時候，我走了過去。他們看到自己的處境，知道抵抗也沒有用，只好求饒。船長告訴他們，假如他們保證痛改前非，發誓效忠並幫他奪回大船，他就會饒他們一命，並帶他們回去牙買加。他們竭盡所能向船長表達忠誠，船長也願意相信，便饒了他們。我也不反對他的做法，只要求在島上的這段時間，必須把他們的手腳綁起來。

我同時派星期五和船長的大副去把小艇扣留起來，拿走船槳和船帆。此時，有三個到處亂晃的人（算他們幸運），聽見槍聲走了回來。他們看見原本是囚犯的船長變成了勝利者，馬上投降。我們大獲全勝。

事情告一段落後，我和船長開始了解彼此的狀況。我先說了我的故事，他聽得目瞪口呆，對我巧妙獲得糧食和彈藥的那些辦法感到特別驚訝。我的故事確實充滿了奇蹟，深深感動了他。他聯想到自己的遭遇，他說上天把我留下來，似乎就是為了要救他。他哭得淚流滿面，一句話都說不出來。

談話結束後，我帶他和另外兩個人回到住處，引導他們用我外出的方式進入，也就是翻越高牆。我給他們糧食補充體力，並向他們展示我多年來製造的各種器具。

在這裡的所見所聞都讓他們驚訝不已，其中，船長最敬佩我建造的圍牆，以及牆外的那片樹林，如此完美地隱藏了住處。那些樹已經種了將近二十年，又長得比英國還快，已經連成一片小樹林，相當濃密；除了我留下的那條蜿蜒小徑之外，沒有其他穿越的方法。我對他說這是我的城堡，也是我的住處，但就跟大部分的王子一樣，我另外還有一處鄉間小屋。我說有機會的話，我再帶他們過去看看（當下的重點是想辦法奪回那艘船）。他同意這點，跟我說他一點頭緒也沒有。船上還有二十六個人，這些人加入叛變的行動，等於是拿性命做賭注，一定會鐵了心幹到底。他們知道如果失敗了，被帶回英國或英國的殖民地，肯定會被送上絞架。因此，光靠我們幾個人是不可能展開進攻的。

我沉思了一會兒，覺得他說得很有道理。我認為必須盡速想出辦法，讓船上的人意外掉入陷阱，同時防止他們登陸攻擊我們。我馬上想到，再過不久，船上的人就會好奇搭小艇過來的同伴的狀況，肯定會派另一艘小艇過來。

我告訴他，首先要把擱淺在沙灘上的那艘小艇敲破，拿走裡頭的東西，一旦他們沒辦法把小艇帶回去，就只能讓它留在那裡。於是，我們跑到小艇上，帶走他們留在那裡的武器，以及找得到的所有東西，包括一瓶白蘭地、一瓶萊姆酒、一些餅乾、一只牛角火藥筒，以及一大包用帆布包著的糖（約有五、六磅重）。找到這些東西讓我很開心，尤其是糖和白蘭地，我早在多年前就吃光了。

東西帶上岸後（船槳、主桅、船帆和舵都已經先拿走了），我們在小艇的底部敲了一個大洞，這樣一來，就算他們的火力足以壓過我們，也沒辦法帶走這艘小艇。

事實上，我也沒有把握能夠收復那艘船。不過只要留下小艇，我一定有辦法修好，然後乘著它到背風群島[22]去接我們的西班牙朋友們——我仍然惦記著他們。

22 背風群島（leeward islands），位於安地列斯群島的北部。安地列斯群島以多米尼克與馬提尼克島為界，以北稱背風群島，以南稱為向風群島（windward islands）。

第十八章

收復大船

按照計畫，我們先把小艇往沙灘上推，推到漲潮時也不會被水沖走的位置。此外，我們在小艇底部鑿破一個洞，那個洞大到不可能馬上修補。就在我們坐下來討論下一步時，聽見大船放了一槍，搖旗打出信號，叫小艇回去。因為沒有動靜，他們又放了好幾槍，再用其他種類的信號示意。

最後，他們發現所有的信號和槍聲都沒有用，小艇也沒出現。我透過望遠鏡看見他們派出另一艘小艇，往岸邊划來。上面載了不下十個人，他們全都帶著槍。

大船離岸約有兩里格遠，我們可以清楚看見這些人划著小艇過來，甚至連他們的長相也一覽無遺。當時的潮水把他們稍微往東帶了一點，因此他們又沿著海岸划回第一艘小艇停靠的位置。

我說過，我們可以清楚看見他們，船長也認出了小艇上的所有人，以及他們的性格。他說其中有三個老實人，一定是被其他人威脅恐嚇才加入的，但那個水手長（看起來是這些人的領袖），以及其他幾個人，都是船員中最兇悍的，肯定已經狠下心不會再回頭了。他很擔心這些人的實力太強，我們應付不了。

我對他微笑，跟他說，我們這種人早已無所畏懼。任何狀況對我們來說都是好的結果，無論是死是活，都是一種解脫。我問他對我的人生有什麼看法，這個獲救機會難道不值得我冒險嗎？

「先生，」我說，「你不是說我是上天留下來救你的嗎，那個讓你振奮起來的信念到哪去了？」

「在我看來，只有一件事讓我覺得遺憾。」我又說。

「什麼事？」他說。

「你說這群人裡面有三、四個老實人，不應該被殺。如果他們全部都是惡徒，我就會認為上帝是特地把他們挑選出來，交到你手上的。所有上岸的人的死活都掌握在我們手上，就看他們怎麼做了。」我說。

我提高語調，帶著志氣高昂的表情講這些話，他因此受到很大的鼓舞，我們打起精神開始準備工作。當我們看見小艇駛出大船時，馬上就想到必須隔離俘虜。當然，我們最後把他們安置得很妥當。

其中，船長最不放心的兩個人，我讓星期五和船長的另一個同伴把他們送到山洞裡。那裡很偏遠，不用擔心被找到或被聽見，就算他們有辦法解開身上的綁繩，也走不出那片森林。他們把這兩個人綁在洞裡，留下一些糧食，答應他們只要安靜待個一、兩天，就給他們自由；如果他們企圖逃走，絕對只有死路一條。他們誠懇地保證會乖乖待著，並對糧食和光照表示感謝——星期五留下一些蠟燭（我們自己做的），讓他們過得舒適一點。不過，他們不知道星期五其實一直在洞口看守。

其他俘虜的待遇比較好一點。其中有兩個仍然被綁著，因為船長沒辦法完全信任他們，但剩下的那兩人，在船長的推薦下成了我的幫手，他們也鄭重表示將與我們同生共死。他們兩個再加上原來的三個老實人，我們一共七個人，全都有武器，絕對足以應付即將來到的那十個人。況且，船長說他們之中還有三、四個老實人。

他們一到第一艘小艇停放的地方，全部的人都下來把船拉上沙灘，我看了非常高興。我原本擔心他們會下錨停在海上，然後留一些人手顧船，那樣的話，我們就沒辦法搶走那艘小艇了。

他們上岸後，第一件事就是跑向第一艘小艇。不難想像，當他們看見小艇被搜刮一空，底下還破了個大洞時有多麼吃驚。

針對這個狀況，他們討論了好一陣子。接著他們放兩、三槍，使勁大吼，似乎是想看那些同伴能否聽得到，但一切毫無動靜；然後他們圍成一圈，改用小槍開火。我們當然聽到了，回音響徹整片樹林，依然毫無動靜。山洞裡的兩個人絕對聽不見，而我們看守著的這幾個，雖然聽見了，卻不敢回應他們。

這讓他們驚恐萬分——他們後來跟我們說，當時已經決定要划小艇回去船上，告訴其他人第一批的人都被殺害了，連小艇都遭到破壞。於是，他們立刻把小艇推回水中，全部的人都上了船。

船長看到此景嚇了一跳，顯得不知所措。他認為他們會丟下同伴不管，回到大船上，然後揚帆啟程。如此一來，我們收復大船的希望就落空了。然而，因狀況突然改變他馬上又受到驚嚇。

小艇才走了沒多遠，我們就看見他們又調頭往岸上來了。他們這次採取新的策略（似乎有討論過怎麼做比較好）：三個人留在小艇上，其他人上岸尋找同伴。

我們非常失望，一時不知道該怎麼應對。如果我們抓住上岸的七個人，卻讓小艇逃回船上，他們必定會把大船開走，那我們收復大船的希望一樣落空。只是除了靜觀其變之外，我們也想不出其他辦法。那七個人上岸後，小艇上的三人把船划離岸邊，下錨等待。因此我們也無法對小艇發動攻擊了。

上岸的人緊緊靠在一起，朝著我住處上方的山頂前進。我們可以清楚看到他們，他們卻看不到我們。要是他們能再靠近一點，我們就能開槍攻擊了，或者乾脆走遠一點，讓我們可以走出城堡。

他們走到山坡頂端，在那裡可以俯視整片山谷和森林往東北方延伸，也就是島上地勢最低的部分。他們似乎不敢冒險離海岸太遠，也不敢離彼此太遠，只是大喊大叫，直到累了才坐到樹下商討對策。如果他們跟前一批人一樣在樹下睡覺，我們就省事多了；但他們太害怕危險，根本不敢睡覺，儘管他們也說不清自己到底在害怕什麼。

他們在商量時，船長向我提出了一個可靠的建議。他說他們很可能會再開一次槍，設法讓同伴聽見。到時候，我們就趁槍沒子彈時一擁而上，他們肯定要投降，這樣的話，不用流一滴血就能收拾掉他們。我喜歡這個計畫，不過我們得靠得夠近，才來得及在他們重新上膛之前撲過去。

可是他們沒有開槍，我們埋伏了很長一段時間，想不出別的辦法。最後，我告訴他們，依我看，天黑之前不會有任何機會。天黑後，如果他們沒有回到小艇上，或許就能繞到他們和小艇之間，想辦法把小艇引上岸。

我們等了很久，不耐煩地等著他們行動。經過長時間的討論後，才見他們突然起身，往海的方向前進，我們非常忐忑不安。他們似乎很擔心這個地方會有危險，決定要放棄失蹤的同伴，回去大船繼續他們的航程。

一看到他們往海邊移動，我馬上猜到他們是放棄搜索，打算要離開這裡了。我告訴船長這個想法，他幾乎又陷入絕望之中。不過我立刻想到另一個把他們引回來的策略，最後也真的成功了。

我派星期五和船長的大副渡過那條小溪，往西邊走到先前星期五得救的那片海灘。等他們到達半哩外稍微隆起的那片高地，就拚命大聲喊叫，直到那些船員聽見他們的叫聲。那些人聽到叫聲一定會回應，然後調頭回來。我叫他們把自己藏好，不要被看見，接著開始兜圈子，船員一喊聲就要回應。可以的話，把他們引進小島深處的樹林裡，再按我指示的路線回來。

星期五和大副開始大叫時，他們正要上船。聽到叫聲後，他們馬上回應，並循著聲音沿海岸往西走。走到溪邊時，溪水正好上漲，他們渡不了河。正如我所料，他們把小艇叫過來幫忙。

他們渡河之後，我看的到那艘小艇也已經深入小溪，停靠在河岸邊。他們從小艇上帶走其中一個人，只留兩個人把小艇綁在岸邊的一棵小樹幹上（正合我意）。

我讓星期五和船長的大副繼續他們的工作，自己則帶著其他人偷偷渡過小溪，趁那兩個人不注意時展開突襲。他們一個躺在岸上，另一個待在小艇裡面。岸上那個傢伙在半夢半醒之間，被嚇得跳了起來。船長搶先撲上去，一擊把他打倒在地，然後要船上的人趕快投降，否則就是死路一條。

這個人看見五個人朝他衝來，同伴又已經被打倒，而且，他似乎是被其他人逼著造反的其中一人。不需多說什麼他就投降了，後來還加入我們的行列。

同時，星期五和大副也把任務執行得很好。在一喊一答之間，那些人被帶著翻越一座座山丘，穿越一片片森林；他們不僅累壞了，而且天黑之前根本不可能回到小艇附近。事實上，星期五和大副回來的時候也都疲憊不堪。

此時我們就只是在黑暗中窺伺他們，等待將他們一網打盡的機會。

星期五回來後，又過了好幾個小時他們才回到船邊。我們老遠就聽到走在前面的人正在催促後面的人，而落後的那些人抱怨著自己很疲憊，沒辦法加快腳步了。我們非常樂意聽見這個消息。

他們終於來到小艇旁邊。當他們發現溪水退去，小艇擱淺在岸上，裡面的兩人又已經消失，那種困惑的神情，真是難以形容。我們聽見他們悲痛地對彼此呼喊著，這是一座魔島，他們一定會被這裡的住民殺光，不然就是被惡靈帶走或吃掉。

他們又開始大叫，呼喊兩個同伴的名字，但沒有任何回應。不久後，我們在微弱的光線下，看見他們就像陷入了絕境般扭著雙手到處亂走，一下子坐到小艇上，一下子又走回岸邊，不斷重複同樣的行為。

我的人都等不及要趁著夜色衝上去了，但我還在等待良機。我想盡量減少死亡人數，留他們一條生路。尤其是他們的武器配備也很齊全，我不願看到自己人被殺。我決定繼續等待，看他們是否會聚在一起。為了看得更清楚，我往前移動了一點，然後叫星期五和船長伏地前進，不要讓對方看見。在他們開槍之前，爬得愈靠近愈好。

他們才爬出去沒多久，那個水手長，也就是這次叛變的主謀（現在他最灰心喪志），剛好跟兩個船員往他們的方向靠近。船長急於打倒這個禍首，沒有耐心等到完全確認是他，只憑著聲音，感覺距離稍微拉近了，就和星期五一起跳出來開槍。

那個水手長一槍斃命，另一個人被擊中後倒在他的身邊，過了一到兩個小時才死掉。第三個人拔腿就跑。

聽見槍聲後，我立刻帶著整隊人馬前進。我們現在一共有八個人：我，總司令；星期五，副司令；船長與他的兩個同伴，以及那三個值得信任的俘虜。

因為是在黑暗中襲擊，他們看不清我們的人數，我叫留守在小艇上的那個人（他現在是我們的一員了）高呼他們的名字，試著跟他們談判，說服他們投降。結局也如我們所願，畢竟在那種情況下，他們肯定會選擇投降。他大聲呼喊其中一個人的名字：「湯姆．史密斯！湯姆．史密斯！」

湯姆．史密斯似乎認得他的聲音，立刻回答：「是誰？羅賓森嗎？」

「是的，是的。湯姆．史密斯，看在上帝的份上，放下你的武器投降吧，否則你們全都要沒命了！」那個人說。

「我們要對誰投降？這些人在哪裡？」史密斯又說。

「他們就在這裡，」他說，「我們的船長帶著五十個人在這裡，已經追捕你們兩個小時了。水手長被殺了，威爾．弗雷受傷了，我被俘虜了。再不投降，全部的人都要完蛋了。」

「我們投降的話，他們會饒我們的命嗎？」湯姆．史密斯說。

「如果你答應我，我就回去幫你問問。」羅賓森說。

於是他問了船長，船長親自喊道：「史密斯，你認得我的聲音，如果你們馬上繳械投降，全部的人都可以活命，只有威爾．阿金斯除外。」

這個威爾．阿金斯聽到立刻大喊：「看在上帝的份上，饒我一命吧，我做了什麼？他們全都跟我一樣壞啊。」這些話不是真的。這個威爾．阿金斯似乎就是叛變發生時，第一個把船長抓起來的人，他粗魯地綁住船長的手，還口出惡言羞辱船長。不過船長告訴他，他必須先放下武器，聽候總督的處置。他指的是我，他們現在都叫我總督。

總之，他們全都放下了武器，懇求饒命。我派那個跟他們談判的人，再加上其他兩人，過去把他們全都綁起來。然後我這支五十人的大軍——其實加上剛派出去的三人，總共只有八個人；我們上前把人和小艇扣押下來，不過我和另外一個人因為身分比較特別，沒有現身。

下一個任務是修好小艇，想辦法奪回大船。至於船長，他現在有時間跟那些人談判了。他先針對他們的惡行教訓一番，他說如此惡毒的陰謀，最終肯定會為他們自己帶來不幸，甚至被送上絞刑台。

他們全都表現出懺悔的模樣，苦苦求饒。不過，船長說他們並非他的俘虜，而是島上總督的俘虜；他們以為把他送到了荒涼的無人島，但上帝卻帶他們來到一座有人居住的島上，而且這個總督還是個英國人。他說，假如總督覺得必要，或許會將他們全都吊死；但既然已經答應留下活口，那應該會把他們送回英國，讓他們接受公正的審判。不過，阿金斯除外，總督已經下令要他受死，天一亮就要吊死他。

這些話都是船長編造的，但成功達到了我們想要的效果。阿金斯跪在地上，哀求船長替他向總督求情。其他人也都在求他，看在上帝的份上，不要送他們回英國。

此時我察覺到獲救的機會來了，要讓這些人跟隨我們去收復大船已非難事。我悄悄地從黑暗中離開，讓他們看不出這個總督究竟是什麼模樣，接著把船長叫到身邊。不過我們相隔一段距離，他沒聽見，因此我派一個人去叫他：「船長，總督要見你。」船長立刻回答：「請回去告訴閣下，我馬上就到。」這讓他們更吃驚了，他們都相信總督和他五十個手下就在附近。

船長過來後，我告訴他我的奪船計畫，他覺得計畫很完美，決定隔天早上就要執行。不過為了確保計畫能順利執行，我跟他說俘虜們必須分開，應該把阿金斯和另外兩個最壞的傢伙，帶到關著另一些人的那個洞穴裡面。這個工作我讓星期五跟和船長一起上岸的那兩個人去執行。

他們帶那些人到洞穴去，就跟押犯人進牢房一樣——以他們處境來說，那確實是個悽慘的地方。剩下的人則送到我的鄉間小屋，關於這個地方我已經詳細說明過了；這裡設有圍牆，他們也被綁著，應該很安全，畢竟這些人被抓後一直都很安分。

隔天早上，我讓船長去跟他們談判（應該說去試探），確認他們是否值得信任，能不能去襲擊大船，再回來向我報告。他談到他們對他犯下的罪行，說明他們現在的處境：雖然總督饒了他們的性命，但如果被送回英國，他們肯定會被用鐵鍊吊死；但如果他們願意加入我們，奪回大船，他就會請求總督赦免他們。

大家都猜得到，這種處境下的人肯定馬上接受這個提議。他們對船長下跪，鄭重發誓將誓死效忠船長，願意追隨他到天涯海角，這輩子都會把他當作父親來敬愛。

「好，」船長說，「我會向總督轉達你們的意願，看他答不答應。」因此他回來向我說明整個過程，表示他相信他們會很忠誠。

為了安全起見，我叫他回去，從中挑出五個人，同時告訴他們他不缺人手，只需要五個人當助手。總督要把其他兩人跟已經押去石洞的那三人留下來當人質，以確保那五個人的忠誠；如果在行動中，他們有任何不忠的表現，五個人質就會被吊死在海岸上。

這個方法相當嚴厲，他們相信總督是來真的，除了乖乖接受，他們沒有別的選擇。現在除了船長之外，連俘虜都開始勸那五個人要信守承諾。

我們即將遠征的兵力如下：一、船長、大副和乘客；二、第一批俘虜的其中兩人，在船長的保證之下得到自由，我發給他們武器；三、同樣是第一批俘虜的另外兩人，在此之前都被綁在鄉間小屋，在船長的同意下獲釋；四、最後選出的五個人[23]。總共十二個人，並不包括囚禁在洞裡的五個人質。

我問船長是否願意冒險帶這些人登上那艘大船。我認為我和星期五不適合出動，因為島上還有七名人質[24]，要分開管理他們還要送食物，已經夠忙了。我對山洞中的五人看管得很緊，只讓星期五一天送兩次糧食，而且我是派另外兩個人質把糧食帶到指定地點，星期五才過去拿。

我跟著船長在那兩個人質面前現身。船長告訴他們我是總督派來監視他們的，沒有我的指示，不准有任何行動，如果亂跑的話，就會被帶到城堡用鐵鍊子綁起來。為了不讓他們知道我就是總督，當我以另一個身分現身時，總會談起總督的種種，包括駐軍、城堡等等。

船長現在只要把兩艘小艇整備好，修補其中一艘的破洞，就可以讓他的人上船了。他指派他的乘客做為其中一艘小艇的船長，讓四個人跟著他；他自己和大副，以及其他五人搭另一艘。行動進展得很順利，他們在午夜時分就靠近了大船。等到距離近得足以互相喊話時，他要羅賓森向對方喊話，跟他們說小艇和人都帶回來了，花了很長的時間

23 第一批的俘虜共有六人，兩個被關在山洞，兩個加入團隊（也就是第二組兵力），兩個一直被綁著（應該是被關在鄉間小屋，後來加入行動，也就是第三組的兵力）。而第二批人共有十個，其中水手長和另一人被打死了（剩八個）。阿金斯和其他兩人被關到山洞（剩五個）。所以應該只剩五個人，但按照內容，船長是從七個裡挑出五個。

24 山洞中的五個人質中，有兩個是第一批的，另外三個是第二批。最後沒被挑選到的兩人並沒有被綑綁起來，他們是幫魯賓遜送食物的。（但算下來，並沒有這兩人存在。）

才找到同伴之類的話。他們一邊交談，一邊把小艇划得更靠近船一點。船長和大副這一邊帶著武器率先登船，立刻用短槍的槍托打倒了二副和木匠；手下都表現得非常忠誠，在他們的協助下，一群人很快制服了甲板上的其他人，他們接著關起艙口，把底下的人都關在艙底。另一艘小艇上的人則從船頭鐵索爬上去，占領船頭和通往廚房的小艙口，俘虜了在廚房發現的三個人。

完成這些事後，甲板已經安全無虞，船長指派大副帶著三個人進攻後甲板艙房，也就是那個叛變的新船長休息的地方。這個船長因為聽到警報，已經起床了，他和身邊的兩個人，加上一位男僕，手上都拿著槍。大副用鐵鉤子一撬開艙門，新船長和他的人手毫不留情，立刻開火。大副被短槍的子彈擊中，打斷一隻手臂，另外兩人也受了傷，但是沒人死亡。

大副即便已經受傷，一邊呼救，一邊仍往艙房裡面衝去，用他的手槍射穿了新船長的腦袋。子彈從他的嘴巴射入，從一隻耳朵後方出來，因此他再也說不出話了。其他人見狀，馬上投降。大船就此順利奪回，沒有再犧牲任何性命。

拿下大船後，船長派人鳴槍七聲，那是我跟他約定好的成功信號。大家可以想像我有多麼開心，當時我一直坐在岸邊等到清晨兩點左右。

清楚聽到信號之後，我才躺下來休息。忙碌一整天讓我累壞了，因此睡得很沉，直到被一聲槍響驚醒，我趕緊跳了起來。我聽見有人在叫我「總督、總督」，那是船長的聲音，我爬上山頂，看到他站在那邊指著大船，接著將我抱入懷中。

「親愛的朋友，我的救命恩人，」他說，「那是你的船，船上的一切和全部的人都屬於你。」

我看向那艘船，船就停在離岸不到半哩的地方。他們一占領大船就立刻起錨，趁著好天氣直接開到小溪的出海口才下錨停船，船長把船上的長艇開到我以前停木筏的地方，幾乎是在我家門口上岸。

我驚喜得差點癱了下去。我看見自己得救了，一艘大船就在眼前，等著載我到任何我想去的地方，一切都沒問題了。我一時之間什麼話都說不出口，要不是船長抱住我，我也緊緊抓著他，我早就跌在地上了。

看我如此震驚，他馬上從口袋拿出為我帶來的甘露酒，讓我喝了一口。喝完後我坐到地上，慢慢恢復精神，但還是過了好一段時間才說得出話。

可憐的船長其實跟我一樣欣喜若狂，但沒有我那麼激動。他說了無數親切溫暖的話來安撫我，讓我平靜下來；但我完全被喜悅給淹沒了，心中百感交集，最後終於迸出眼淚，哭得久久不能自已。

現在換我抱住我的救命恩人，我們都開心得不得了。我說他是上天派來救我的，整件事簡直是一連串的奇蹟。這證明了真的有一股力量在冥冥之中支配著一切，遍及世界每個角落，隨時都能拯救悲慘不幸的人。

我沒有忘記感謝上帝，我怎麼能不衷心感謝祂呢？祂在如此孤絕的荒野中，奇蹟似地賜予我糧食，幫助我一次又一次逃過劫難，獲得救贖。

我們談了一陣子後，船長跟我說，他從船上帶了一些補給品回來給我；船上的物資在惡徒奪船之後，只剩了這麼一點。他朝著船大聲呼喊，命令他的人把要獻給總督的物品搬上岸。從禮物的內容看來，好像我要繼續定居在此，他們不打算把我帶走似的。

首先是一箱上等的甘露酒、六大瓶馬德拉葡萄酒（每瓶有兩夸脫之多）、兩磅頂級的菸草、十二塊上好的牛肉乾、六塊豬肉、一袋豆子，以及約一百擔重的餅乾。接著是一箱糖、一箱麵粉、一滿袋的檸檬、兩瓶萊姆汁以及許多其他的東西。除了這些之外，他還帶了六件乾淨的襯衫、六條高級領巾、兩副手套、一雙鞋子、一頂帽子和一雙襪子，還有一套他自己的西裝（只有一點點小破損）。總之，他把我從頭到腳重新打理了一番，這正是我最需要的。

大家可以想像一下，對我這種處境的人來說，這真的是一份體貼又周全的禮物。不過我剛穿上這身行頭時，感覺很不自在，既不舒服又彆扭。

送禮儀式完畢後，所有貨物都送到我的住處。接著我們開始商討俘虜的處置方式，尤其是那兩個難以馴服、無可救藥的傢伙，我們得考慮能否冒險帶他們一起離開。船長說那兩個人是不值得同情的無賴，如果真要帶著，必須把他們當作犯人，用鐵鍊綁起來，一抵達任何英國的屬地，就要送上法庭審判。我發現船長對這件事非常焦慮。

我對他說，假如他願意，我可以跟那兩個人談談，讓他們自己提出留在島上的請求。「我很高興你能這樣做，」船長說，「我衷心同意。」

「好的，」我說，「我馬上把人叫過來，幫你跟他們談談。」

我派星期五和那兩個人質——因為同伴信守承諾，他們兩個已經獲釋了，我派他們把山洞中的五個人帶到鄉間小屋，綁在那裡等我過去。

不久，我穿著新行頭，以總督的身分到那邊與他們會面，船長跟在我的身邊。我對他們說，我已經全盤了解他們對船長做出的所有惡行，包括奪走大船，還差點犯下更嚴重的罪行。然而，上帝讓他們自投羅網，掉進了自己挖掘的陷阱裡頭。

我告訴他們，我已經派人奪回大船，現在就停在河口。他們很快就可以看到那個新船長已經自食惡果，吊死在桅杆上示眾了；至於他們，我想知道有什麼理由能說服我不把他們當海盜處死，無庸置疑，我有權，也有理由這麼做。

其中一人回答，關於犯下的錯他們無可狡辯，但剛被俘虜時，船長曾答應要饒他們一命，他們也誠心懇求我的寬恕。我說，我不知道如何寬恕他們，我已經決定帶我的人離開這座島，跟船長一起回英國；而船長說，除非將他們用鐵鍊綁起來，否則不願意帶他們走，回到英國後，將以叛亂和劫船逃逸的罪名審判他們。他們應該也知道，下場就是送上絞刑台。因此，除了把他們留在島上，我也沒有更好的辦法能幫他們了，如果他們願意留在這座島上，我可以饒他們不死，反正我也要離開了。

他們似乎很感激我提出這個選項，他們說寧願冒險留在這裡，也不要被帶回英國吊死。事情就這麼定下來了。

不過，船長看起來有些為難，似乎不敢把他們留在這裡。於是我假裝對他發怒，告訴他，他們是我的俘虜，不是他的俘虜，既然已經答應了，就要說話算話。如果他不同意，我就把他們放了，當作從來沒有抓到過，他可以自己再想辦法把他們抓回來。

聽到我這番話，他們都露出感激之情。於是我釋放他們，讓他們回到原來那片林子裡，跟他們說我離開時會留下一些武器和彈藥。假如他們願意，我也會教他們在島上生存的技能。

接著我開始做上船的準備，我告訴船長當晚我要留下來整理東西，要他先回去把船整頓好，隔天再派小艇來接我。同時，我也命令他把那個已經死掉的新船長掛在船頭，讓剛獲釋的俘虜可以看得見。

船長走了之後，我讓那些人回到我的住處，針對他們的處境做了一次嚴肅的談話。我說他們做了正確的決定，假如他們讓船長帶走，絕對會被吊死。我叫他們看看掛在船頭的那個新船長，跟他們說沒有其他選擇了。

他們全都表態願意留下後，我說我會讓他們了解這裡的環境，教他們如何謀生。於是我把我所有的經歷都告訴他們，給他們看我的城堡，如何製作麵包，如何栽種穀物，還有該怎麼曬葡萄乾。總之，我把所有的生活技能都教給他們。我還告訴他們有十六個西班牙人會來的事，留下了一封信，並要他們答應會把西班牙人當自己人對待。

我留一些武器給他們，包括五把短槍、三把獵鳥槍和三把大刀，另外還有一桶半的火藥，火藥除了前兩年用了一些，之後幾乎都沒有浪費。我也告訴他們怎麼照顧羊群、擠羊奶，怎麼製作奶油和乳酪。

總而言之，我把自己的故事鉅細靡遺地說給他們聽，並跟他們說，我會勸船長多留兩桶火藥和一些菜籽給他們，那些都是我以前求之不得的東西。我也把船長要給我吃的那一袋豆子留下來，叫他們記得播種繁殖。

第十九章

重返英國

處理好這些事後，我隔天就離開他們，登上大船。我們立刻做好了啟航的準備，不過當天晚上並沒有起錨。隔天一早，有兩個人游到船邊，抱怨著其他三個人如何欺負他們，模樣非常可憐；他們說留下來一定會被那三人殺死，哀求船長看在上帝的份上讓他們上船，即便要立刻吊死也甘願。

對此，船長裝作無權過問，表示要徵得我的同意才行。後來，經過種種留難，他們也發誓會痛改前非，才讓他們上船。上船後，他們各吃了一頓扎實的鞭刑，還在傷口處灑鹽巴。從此，他們果然變成安分守己的人了。

不久後，潮水上漲，我們派小艇把我答應給的物資送過去。船長在我的說情之下，同意把他們個人的箱子和衣物送過去，他們對此感激萬分。我還對他們說，將來有機會，我會派船來接他們，不會忘了他們。

離開小島時，我給自己帶了一些紀念品上船：那頂自製的羊皮大帽、我的傘，還有我的鸚鵡。我也沒忘記拿之前提過的那些錢，全都因為放太久而生鏽，如果沒有磨洗處理一下，大概沒有人認得出那是銀幣；我在那艘西班牙沉船裡找到的錢幣也是同樣的狀況。

於是，我在十二月十九日離開小島，根據船上的紀錄，這是在一六八六年，我在荒島上一共生活了二十八年兩個月又十九天；而此次獲救的日期，正好跟我搭乘小船自薩列逃離摩爾人的那一天相同。

經過漫長的旅程，我在一六八七年的六月十一日抵達英國，距離我離開的時候，已經過了三十五年。

回到英國的我完全是個陌生人，就像從未到過那裡一樣，沒人認識我。我的恩人，也就是幫我管錢的那個忠實的夥伴還活著，但不幸的是，她二度成了寡婦，過得很悲慘。我請她不要在意那些錢，跟她說我不會找她的麻煩。相反的，我還感謝她過往的忠誠，用我有限的財產救濟她；不過，當時的我根本幫不了多少忙，但我向她保證自己沒有忘記她如何待我。後來我有能力提供幫助時，我也確實沒忘了報答她。這些我之後會再提到。

我接著去了約克，但我的父親已經過世，母親和其他家人也都不在了，只找到兩個妹妹，以及其中一個哥哥的兩個孩子。他們早就以為我死了，沒有留下任何財產給我。總之，我沒有任何經濟上的支援或救濟，手上的那點錢也不夠安頓我的生活。

不過我得到了一些意料之外的回報——就是那個船長，我幸運地救了他的命，也救了他的船和貨物。他把這些事一五一十地告訴了那艘船的船主，他們邀請我跟幾個商人見面，大大地讚賞我一番，並送我兩百英鎊做為謝禮。

不過，經過反覆考量，我認為自己的狀況很難在英國安身立命，便決定到里斯本去，看看能否打聽到我巴西那片蔗園的狀況；還有我的合夥人，我想他們一定也以為我已經死了。

於是我搭船前往里斯本，抵達時已經是隔年的四月。這段期間，星期五一直忠實地跟著我到處奔波，證明他確實是最忠誠的僕人。

到了里斯本，在多方打聽後，我發現那位在非洲海岸把我救起的船長還活著。他年事已高，不再航海了，他讓他的孩子（也已經不年輕了）接手船隻，持續在跑巴西的生意。老船長已經不認得我了，其實我也認不太出他的樣子；不過我很快就回想起來，並向他表明身分，他才把我記起來。

兩位老友熱情地寒暄之後，我問他是否知道我的甘蔗園和合夥人的狀況。老船長說他已經將近九年沒有去巴西了，不過他可以確定，他最後一次離開時，那個合夥人還活著。當時我曾經委託他和兩個代理人管理我的事業，那兩個代理人都已經過世，但他認為我還是有辦法取得甘蔗園現在的經營狀況。因為當時大家都認為我已經遇難淹死，代理人把我應得的那份收入呈報給稅務官。稅務官擔心我再也不會回去接受財產，便將收入的三分之一撥給王室，三分之二撥給聖奧古斯都修道院，做為救助貧民與向印地安人傳教之用。不過，只要我和我的繼承人回去發表聲明，遺產就會歸還給我，只不過發出去做慈善用途的部分是收不回來了。另外，他向我保證，徵收土地稅的官員和修道院的司事一直幫我監督著合夥人，他也確實交出每年的收入明細，並上繳屬於我的那一部分。

我問他是否知道甘蔗園目前的營運狀況，值不值得我親自過去處理？如果我去了，在要回財產的過程中，會不會遇到什麼困難？

他說他也不清楚我的甘蔗園發展到什麼程度，但據他所知，我那個擁有一半權益的合夥人已經致富。另外，他也曾聽說，光是撥給國王那三分之一的收入，每年就高達兩百枚葡萄牙金幣，這筆款項似乎都捐給一些修道院和宗教機構。至於我要重新接手這筆財產，他認為沒有什麼問題。因為我的合夥人還活著，他能證明我擁有所有權，況且我的名字也還記錄在簿冊當中。他也告訴我，我的兩個代理人都是很良善、誠實的人，也非常有錢；他認為他們不僅會幫助我領回我該有的財產，還會給我一筆可觀的款項，那是他們的父親替我管理農場時的收入。據他記憶所及，大概是我離開了十二年後，他才開始把我的收入上繳國庫。

他的說明讓我有點不安。我問老船長，我在遺囑中是指定他這個葡萄牙船長做為繼承人，最後怎麼會變成代理人來處理呢？

他說，確實如此，但沒有人能證明我真的死了。在尚未確認我的死亡之前，無法執行遺囑上的聲明。此外，他也無意插手那麼遙遠的事。不過他有將遺囑拿去向相關部門登記，一旦確認死訊，便能按規定繼承我的糖廠，並讓他在巴西的兒子過去經營。

「不過，」老人又說，「我還要告訴你一件可能會讓你難以接受的事。當時大家都認為你已經死了，你的合夥人和代理人便把前六到八年的收入都交給我，我也收下了。那時候為了擴充設備、蓋糖廠、買奴隸，我花了不少錢，沒有多少盈餘。」

「不過，我會把收到的數目和處置這筆錢的方式，列在一份明細上給你看。」老人又再補充。

我跟這位老朋友繼續談了幾天，他給我看了甘蔗園前六年的收入明細，上面都有合夥人和代理人的簽名。帳目上記載的都是貨物明細，例如成捆的菸草、成箱的糖，以及萊姆酒、糖漿等等。根據帳單的記載，我的收入每年都有顯著的成長，但就如他所言，成本支出也非常可觀，因此獲利很少。然而，老人還是讓我知道他總共收了四百七十枚金幣，六十箱的糖，以及十五大捆菸葉。只是這些貨物都在運回里斯本的途中遇難遺失了，這大概是我離開十一年後發生的事。

這位老好人開始說明他的不幸遭遇，他如何運用我的錢來填補損失，並重新買了一艘船。他說：「不過，我的老朋友，等我兒子回來，你會拿到你需要的那些錢的。」

於是他拿出一只舊布袋，交給我一百六十枚葡萄牙金幣，並開了一張單據，要把他兒子開去巴西的那艘船過讓給我——他把他擁有的四分之一股份，和他兒子所屬的另外四分之一做為抵押交到我的手中，確保我能拿回餘款。

看到這個可憐的老人如此誠實善良，我實在很感動，不忍心讓他這麼做。他曾經把我從海上救起，各方面都慷慨地幫助我，尤其到現在，他仍是待我最誠懇的朋友。想到這些，我不禁哭了起來。我問他一下子拿出那麼多錢，生活會不會陷入困境？他說確實不容易，但這是我的錢，而且我比他更需要這筆錢。

這位善良的人的話中，充滿真誠的友誼，讓我的淚水不住地往下流。最後，我拿走一百枚金幣，要了筆和墨水，寫下一張收據，將剩下的錢都還給他。我跟他說，假如我取回甘蔗園，這一百枚金幣也會再還他——後來我確實做到了。至於他兒子那艘船的股份，無論如何我是不會要的。我知道他是正直的人，如果我缺錢，他一定會給我。如果我成功收回甘蔗園，就不需要這筆錢了，我絕對不會再跟他多要任何一分錢。

這件事處理好後，老人家問我需不需要他幫忙想辦法收回甘蔗園。我說我想親自過去一趟，他說這也未嘗不可，但假如我不願意過去，也有別的方法可以取回產權，立即拿到我該得的利潤來使用。當時里斯本的河口正好有艘準備開往巴西的船，他要我先去向官方登記，並在他的擔保下，宣誓我還活著，並證明我就是當初在巴西開闢甘蔗園的人。

擔保書按規定做完公證後，他將我的委託書和他所寫的一封信，寄到巴西給認識的一位商人。他建議我這段期間就先住在他家，等候巴西那邊的回音。

這次的委託過程非常順利，不到七個月的時間，我就收到代理人的後代寄來的大包裹（這兩個代理人就是當初委託我出海的商人），裡頭包含下列的信件和文件：

第一，甘蔗園作物的帳目結餘，從老船長交給他們父親的那一年算起，共計六年，應該要給我一、一七四（1,174）枚葡萄牙金幣。

第二，政府接管前那四年的帳目，也就是我被列為失蹤人口之前的那四年（他們稱之為「民事死亡」）。當時代理人替我管理財產，甘蔗園產值不斷增加，總結餘是三八、八九二（38,892）枚葡萄牙銀幣，折算下來約三、二四一（3,241）枚葡萄牙金幣。

第三，那是一份來自聖奧古斯都修道院院長的帳目，他誠實列出十四年來的獲利，除去用在醫院的那一部分，還有八七二（872）枚金幣，已經記到我的帳上。至於獻給國王的部分，應該就追不回來了。

另外，還有一封合夥人寫的信，他先是熱切祝賀我平安歸來，向我說明甘蔗園的成長和生產現況，包含耕地面積、植栽狀況，以及奴隸的人數等等。他還畫了二十二個十字架為我祈福，禱念多次《聖母經》，感謝聖母瑪利亞保佑我大難不死，並熱情地邀請我過去經營我的產業。如果我沒辦法親自過去的話，他可以幫我把財產轉交給指定的人。最後他代表自己和家人對我的友誼，送來七張上好的豹皮做為贈禮，似乎是他派往非洲的船帶回來的（他的旅程似乎比我順利很多）。他還寄來五箱上等蜜餞、一千兩百箱的糖和八百捲菸草，其餘的都折合成黃金給我。

此刻，我必須說自己跟約伯一樣，結局比開頭好得多。看到這些信件，尤其是確認財產都順利收回時，我心中的激動簡直難以言喻。來自巴西的船都成群結隊，送來信件的船隊也載來了貨物，而且在他們把信交到我手中前，那些貨物就已經平安入港。總之，我的臉色頓時慘白，渾身不舒服，若不是老船長立刻去拿甘露酒來給我，我應該無法承受這個突如其來的驚喜，當場昏死過去。

不，我還是非常難受，過了幾個小時，他們請來醫生為我診斷。找出原因之後，他替我放血，我才放鬆下來，身體逐漸好轉。我相信，當時如果沒有放血舒緩我激動的情緒，我一定早就死了。

一夕之間，我成了一個坐擁五千英鎊的富翁，在巴西還有一份產業（跟在英國持有地產同樣可靠），每年約可進帳一千英鎊。總之，我一時還搞不清楚狀況，不知道該怎麼冷靜下來處置這些財產。

我做的第一件事是報答我的恩人，也就是老船長。當初我遇難時，是他對我伸出援手，自始至終都誠實待我。我讓他看了我收到的貨物，我說我之所以會有今天，都是因為上天的安排，以及他的幫忙；現在回報的時刻到了，我將會百倍報答他。我把那一百枚金幣還給他，接著找來一位公證人，以最慎重的方式寫下一份字據，註銷他說他欠我的那四百七十枚金幣的債務。之後，我又擬了一份委託書，指定老船長做為甘蔗園每年獲利的代收人，並要求我的合夥人向他報告帳目，讓長年往來巴西的船隊把我應得的收入帶來給他。最後附註：在船長的有生之年，每年從我的收入撥給他一百枚金幣；船長死後，每年撥五十枚金幣給他的兒子。至此，我才終於報答了老船長。

接著，我開始要考慮下一步怎麼走，該怎麼處理上天交給我的這份財產。我現在必須考慮的事，真的比在島上時多很多。在島上的生活平靜，我一無所求，也一無所有，現在卻得擔負重大責任，想辦法保有這份財產。我已經沒有可以藏錢的洞穴，以前錢幣就算沒有上鎖，放到發霉也沒人會去動它，但現在我卻不知道該把錢放在哪裡，也不知道誰是我可以信任的人。我的老恩人，也就是船長，確實是個正直的人，也是我唯一可以依靠的人。

另一方面，我似乎還是得過去巴西處理那邊的事務。不過，在我找到值得信任的人交付財產，把這些事處理好之前，也不可能出發。我首先想到我的好朋友，那位寡婦，我知道她做人誠懇，值得信賴；但她也已經老了，不僅生活貧困，可能還帶有負債。因此，我最終也只能親自帶著財產回英國。

這是好幾個月後才做出的決定。充分報答船長，使他心滿意足之後，我想起了可憐的寡婦。她的丈夫是我第一位救命恩人，當年她不僅是最忠實的財產管理人，也提供我不少寶貴意見。因此，我找到一個里斯本的商人，寫信給他在倫敦的負責人；我請他幫我將價值一百英鎊的匯票兌換成現金帶去給老婦人，安慰她，跟她說別擔心貧困的生活狀況，只要我還活著，都會繼續幫助她。同時我也各寄了一百英鎊給兩個妹妹，她們雖然不愁吃穿，但狀況也不是太好：一個做了寡婦，另一個的丈夫待她不好。

不過在所有的親戚朋友中，仍然找不到一個可以託交財產，讓我放心到巴西去的人，我為此傷透腦筋。

我想過要去巴西定居，也曾在那裡入過國籍，但在信仰方面稍有顧慮，才沒有貿然行動。不過主要並不是信仰的問題，當年我在那邊，毫無顧忌地接受了他們的宗教，現在當然也能接受；只是近來考慮到有天將老死在他們之間，就後悔自己當初曾皈依羅馬的天主教，我並不想帶著這個宗教身分死去。

然而，就像我說的，這不是阻礙我去巴西的主因。最重要的還是我不知道該把財產託付給誰，因此我最後決定回英國，相信只要回到那裡，一定能找到幾個值得信賴的人。於是，我開始準備將所有的財產都帶回英國。

當時開往巴西的船隊就要出發了，我決定先寫信回覆那幾封公正又忠誠的報告。首先，我感謝聖奧古斯都修道院院長的無私，剩下的那八百七十二枚金幣，我希望撥五百枚捐給修道院，剩下的三百七十二枚則捐給貧民，由院長全權處理，並請他為我祈禱。

接著，我寫另一封信感謝兩個代理人，讚揚他們誠實公正的做事態度。本來我想送他們一些禮物，不過他們應該什麼都不缺了。

最後，我寫信給我的合夥人，感謝他對甘蔗園的付出，讚賞他擴大事業的功勞，並向他說明我已將權利賦予老船長，日後處理我的資產時，請他把我的那份利潤寄給船長，直到我另有指示。此外，我還跟他說我不僅有意去巴西找他，還想在那邊度過餘生。我聽老船長的兒子說他已經有了家室，因此我為他的妻子和女兒選了一些來自義大利的絲綢、兩匹英國絨布（這些是在里斯本能找到的最好的布料），另外還有五匹黑色的粗呢，以及一些高價的法蘭德斯花邊。

處理好這些事情後，我把手上的貨物賣出，將財產全部轉換成匯票。接下來面臨的問題是，要用什麼方式回英國？航海對我來說是習以為常的，不過那時候對走海路回去卻有種莫名的反感。我也說不出理由，但這個想法日漸強烈，有兩、三次，我甚至都將行李搬上船了，又都臨時改變主意再搬下來。

我的航海生涯確實很不幸，這可能是我不願上船的原因之一。不過，我要奉勸各位，假如有類似的狀況發生，千萬不要忽視浮現心中的強烈預感。我挑的這兩艘船，我的意思是我從許多船隻中看中了這兩艘，甚至已經將行李放上其中一艘了，也跟另外一艘船的船長談妥一切——最後兩艘船都出事了，一艘被阿爾及利亞人擄走，另一艘在托貝灣[25]附近的斯達特失事，全船只有三人倖存。因此，無論我當初搭上哪一艘，下場都會很不幸（至於哪一艘比較悲慘就很難說了）。

這件事困擾了我很久，最後我去找老船長商量，我有任何事都會找他談。他衷心建議我別走海路，改從陸路先到拉科魯尼亞[26]，渡過比斯開灣[27]到拉羅歇爾[28]，從那裡就可以輕鬆又安全地走陸路到巴黎，最後經加萊抵達多佛[29]；或者，直接往北到馬德里，再經由陸路穿越法國。

我這次對航海抱持著反感，因此除了加萊到多佛這一段，我決定全走陸路。我不趕時間，也不需擔心錢的問題，這應該會是比較愉快的旅行方式。老船長為了讓我的旅程更順利，替我找了一個英國紳士相伴，他是一個里斯本商人的兒子。後來我們又找到兩個英國商人，以及兩位年輕的葡萄牙紳士結伴同行，不過這兩個葡萄牙人只打算到巴黎。我們共有六個人，與五個僕人同行——英國商人和葡萄牙人為了節省開支，兩兩共用一個僕人，我則又多找了一位英國水手做為僕人；另外還有星期五，但他對歐洲很陌生，沒辦法幫上太多忙。

25 英國西南部的著名海濱度假勝地，東濱英吉利海峽。
26 位於西班牙北部的一座港口城市，緊臨大西洋。
27 北大西洋的一個海灣，海岸線由法國西岸一路延伸到西班牙北岸。
28 法國西部的港口，位於比斯開灣的東岸。
29 法國的加萊港與英國的多佛港相距只有三十四公里，是兩國距離最短的地方。

於是，我們從里斯本出發了，一行人騎著馬，全副武裝，宛如一支小型部隊。他們都敬稱我隊長，因為我年紀最大，擁有兩個僕人，再說，我確實是這趟旅程的發起人。

既然我前面沒有用航海日誌煩擾各位，那現在也不以流水帳的方式贅述每日行程了。不過這趟沉悶又辛苦的旅程中，還是發生了幾件值得一提的奇遇。

抵達馬德里後，因為對西班牙很陌生，我們原本希望可以多留幾天，看看西班牙的宮殿，參觀其他景點。只是當時正值夏末，我們被迫匆匆上路——離開馬德里時約是十月中旬。接著我們到達納瓦拉邊境，沿途小鎮的人都說法國那一側正在下大雪，一些試圖冒險翻越山脈的旅者都不得不返回潘普洛納[30]。

抵達潘普洛納之後，我們發現情況果真如此。對我這個已經習慣熱帶氣候，總是穿不住衣服的人來說，這裡的寒冷真讓人受不了。十天前我們才從舊卡斯提亞區離開，那裡的天氣不止溫暖，可以說還很炎熱。因此，突然吹到來自庇里牛斯山的冷風，冷冽刺骨，簡直難以忍受，手指和腳趾幾乎都要凍僵了。

可憐的星期五被滿山的白雪和嚴寒的天氣嚇壞了，他這輩子從未體驗過這種感受。

更糟的是，我們到達潘普洛納之後，雪依舊下得又大又猛，人們都說冬天提早到來了。那邊的路本來就不好走，現在更是寸步難行。總之，有些地方雪積得很厚，無法通行。這裡的雪不如北方，凍得不夠堅實，每走一步都有活埋的危險。我們受困在潘普洛納超過二十天，看著寒冬步步進逼，天氣沒有好轉的跡象，聽說那是人們記憶中最嚴峻的一個冬天。因此我提議先到富恩特拉比亞[31]，再從那邊搭船到波爾多（那是一段很短的航程）。

正當我們考慮要這樣做時，來了四位法國紳士，他們原本也受困在法國那一側的山區，跟我們在西班牙這邊的狀況一樣，不過他們找到一個嚮導，帶他們穿越朗格多克[32]附近的山嶺，沒有遭遇太嚴重的風雪。他們說，即使在積雪較多的區域，也凍得夠堅固，足以支撐人馬通行。

我們找來這個嚮導，他說他願意帶我們走同一條路過去，不會受大雪影響，但必須準備足夠的武器以防野獸攻擊。他說，大雪覆蓋了一切，狼群會因為沒有食物吃而出現在山腳附近。我們說對付這種野獸，我們的裝備綽綽有餘，不過他要保證我們不會被兩隻腳的狼[33]攻擊，我們聽說那才是最危險的，尤其是在法國那一側的山區。

他要我們放心，那段路不會發生這種危險。於是我們同意讓他帶領我們，另外還有十二個紳士和他們的僕人也決定一起走，就是被大雪逼著退回潘洛普納的那些人，包含

30 西班牙北部納瓦拉自治區的首府，是一個位於山谷和溪流中的聚居地。
31 位於潘普洛納的北邊，一個臨比斯開海灣的小城。
32 位於法國的西南部，臨地中海。
33 兩隻腳的狼意指人類。

一些法國人和一些西班牙人。

我們在十一月十五日跟著嚮導從潘洛普納出發，讓我吃驚的是，我們竟非往前走，他直接帶我們往回走。沿著我們從馬德里來的那條路退了約二十哩，渡過兩條河，來到一處開闊的平原時，天氣又變得溫暖，一路風光明媚，看不到一點雪的痕跡。接著，嚮導突然往他的左邊拐彎，走上另一條山路，那一帶的山壁和懸崖很險，但他帶著我們左彎右繞，走過許多蜿蜒的小路，不知不覺就穿越了最高的山嶺，而且沒被大雪所困。突然間，眼前一片綠意，看見了物產豐饒的朗格多克和卡斯康尼地區，不過還要經過一段難走的路才到得了那裡。

此時突然下起一天一夜的大雪，我們因為無法繼續前進感到有點不安，但嚮導要我們放輕鬆，他說很快就能通過這個地區。確實，我們現在每天都在下山，方向也愈來愈朝北邊走，因此便放心跟嚮導前進。

當時距離天黑約還有兩個小時，嚮導領先我們一段距離，身影若隱若現。突然間，有三隻野狼從旁邊的密林跳出，後面還跟著一隻熊。其中兩隻狼朝他撲過去，要是距離再多個半哩的話，恐怕在我們趕到之前他就被吞了。一隻狼咬住他的馬，另一隻兇猛地攻擊嚮導，他根本來不及，也沒想到要拔出手槍，只是拚命向我們求救。星期五在我的身邊，我要他追上去看看怎麼回事，星期五看到嚮導之後，也跟著大喊：「噢，主人！噢，主人！」他是個勇敢的傢伙，騎著馬衝向可憐的嚮導，拿出手槍朝野狼的頭開了一槍。

對可憐的嚮導來說，遇上星期五真是他的好運。星期五在他的家鄉已經很習慣對付這種野獸，他一點也不害怕，很靠近野狼才開槍。換作其他人，一定在遠處就開火了，可能會沒射中野狼反而傷到嚮導。

這時候，就算是比我更有膽子的人大概也要心生膽怯。隨著星期五的槍聲一響，我們馬上聽到兩側傳來無數淒切的狼嚎聲，再加上山谷傳來陣陣回音，就像有千萬隻狼在附近一樣。我想確實不止這幾隻狼在附近，否則我們也不會如此焦慮。

星期五殺了那隻狼之後，另外一隻原本緊咬著馬的狼也立刻逃跑。幸運的是，那隻狼咬在馬的頭部，牙齒正好卡在馬頭的鐵圈上，因此馬沒受到什麼傷害。嚮導傷得很重，那頭猛獸攻擊他兩次，一次在手臂，另一次則咬在他膝蓋上方一點的位置。星期五把狼殺死的同時，他差點就被受驚嚇的馬甩下來。

聽見星期五的槍聲後，我們立即催馬向前，儘管山路不太好走，還是盡快趕去了解狀況。一轉出那片遮蔽視線的樹林，我們馬上清楚看見發生了什麼事，也看到星期五救下嚮導的經過，不過一時辨認不出他殺死的是什麼野獸。

後來星期五和熊之間進行了一場最驚心動魄的決鬥，整個過程讓我們看得目瞪口呆。一開始我們很害怕，為星期五感到擔心，最後卻全都開懷大笑起來。

第二十章
星期五與熊之戰

熊是一種巨大又笨拙的動物，跑起來當然不像狼輕盈又敏捷，因此牠們的行動有兩個特性：一、嚴格來說，人類不是牠們捕食的對象；但如果像現在這樣，滿地覆著白雪，在極度飢餓的狀態下，熊會怎麼做就很難說了。如果在樹林裡遇到熊，你不去惹牠，通常牠也不會攻擊你，但你必須很有禮貌，客氣地讓路給牠走。牠們是很難取悅的紳士，就算來的是王子，熊也不會讓開一步。如果你真的很害怕，最好的方法就是不要看牠，趕快走開；如果你停下腳步，站著不動，盯著熊看，牠會當作你在挑釁；如果你對牠丟東西，還打中他，哪怕只是指頭大小的樹枝，牠也會視作侮辱，牠會放下手邊其他的事來找你報仇。因為這是尊嚴的問題，牠要把面子掙回來才會滿意——這是熊的第一個特性。第二個特性是，一旦你激怒了熊，就算要追上很遠的路，牠也會不分晝夜跟著你，直到牠抓住你，成功報仇為止。

星期五救了嚮導一命。我們趕到時，他正在扶嚮導下馬，嚮導不僅受傷，還受到很大的驚嚇。突然，我們看見一隻熊走出樹林，巨大無比，我此生從未見過這種怪物般的熊。我們看見那隻熊時都嚇了一跳，但星期五看見牠之後，卻喜形於色，開心得不得了。

「噢！噢！噢！」星期五一邊說，一邊對熊指了三次，「噢，主人！你讓我去跟牠握手，我讓你們開心笑。」

看到這傢伙這麼開心，我非常驚訝。「你這個傻子，牠會吃掉你。」我說。

「吃掉我！吃掉我！」星期五複誦了兩次，「我吃掉牠！我讓你們開心笑。你們留在這裡，我讓你們開心笑。」

他說完馬上坐下來脫掉靴子，從口袋裡拿出一雙便鞋換上（他們習慣穿的一種平底鞋），接著他把馬交給我的另一個僕人，便帶著槍像陣風一般跑走了。

那隻熊緩緩走著，看起來並不想理任何人，直到星期五追上去，靠得相當近。他跟熊打招呼，好像牠能聽懂他的話一樣。「你聽著，你聽著，」星期五說，「我在跟你說話呢！」我們遠遠跟在後面。當時已經下了山，來到卡斯康尼這一側，地勢平坦而開闊，但到處都是樹林，我們正走進一大片樹林中。

就像我說的，星期五飛快地追上熊，撿起一顆大石頭朝牠丟去。石頭正好擊中熊的頭部，但牠毫髮無傷，簡直像是打到一堵牆。不過星期五已經達到目的了，他根本不怕熊，這麼做只是想讓熊追他，要讓我們「開心笑」。

熊感覺到自己被石頭打中，又看見了星期五，立刻轉身跑向他。牠邁開大步，搖搖擺擺的，速度很快，宛如一匹正在小跑步的馬。星期五往我們的方向飛奔而來，看來就像在求救，因此我們決定開槍救他。我很生氣，因為熊原本安然地走著牠自己的路，星期五卻跑去把牠引過來。更令人生氣的是，他把熊帶往我們的方向，自己卻跑開了。

「你這個狗東西，」我說，「這就是你所謂的讓我們開心笑嗎？走開，牽好你的馬，讓我們開槍打死這隻熊。」

他聽了我的話開始大叫：「不開槍，不開槍，站著別動，你們會開心。」這個敏捷的傢伙跑兩步，熊才跑一步。他突然轉向，找了一棵他想要的橡樹，然後要我們跟著他。星期五加快腳步，矯捷地爬上樹。他把槍留在距離樹根約五、六碼的地方。

熊很快也來到樹邊，我們跟在後面，仍然保持著一段距離。牠先停下來聞聞槍，但沒有動它，接著開始爬樹。雖然牠巨大無比，爬樹卻像貓一樣靈活。我對星期五這種愚蠢的行為感到非常吃驚，完全看不出好笑的地方在哪裡。直到熊爬上樹之後，我們才騎馬靠近。

我們到達那棵樹的旁邊時，星期五已經爬到一根大樹枝的末梢，熊則爬到一半的地方。當那隻熊往前爬向樹枝更細弱的部分時，星期五跟我們說：「哈，現在你們看我教熊跳舞。」於是他在那根樹枝上又搖又跳，把熊搞得搖搖欲墜，牠站著不敢動，頻頻回頭看，想試著爬回去。我們真的看得開懷大笑，但星期五可還不想罷手呢。他看熊站著不動，又開始跟他講話，好像那隻熊也會說英文似的，他說：「什麼，你不敢走了？拜託你再過來一點吧。」他停止跳搖樹枝，熊就像聽懂了他的話，往前靠近了一點，然後星期五又開始跳，熊就又定住不動。

我們認為此刻正是瞄準熊頭射擊的好時機，我叫星期五站定，準備開槍。星期五卻焦急地大喊：「噢，拜託！噢，拜託！別開槍，我等一下開槍。」接下來讓我長話短說，星期五跳了好一陣子的舞，熊站得很不穩，我們確實笑得很開心，但仍然搞不清楚這個傢伙在玩什麼把戲。一開始我們以為他要把熊從樹上搖下來，可是熊也很狡猾，為了避免摔落樹下，牠用寬大的腳掌緊抓著樹枝，不願再往前走。我們都不知道這場玩笑該怎麼收場。

星期五很快就為我們解謎了。他看見熊緊抓著樹枝不再前進，便對牠說：「好吧，好吧，你不走，我走。你不來我這邊，我去你那邊。」說完他退到末梢，靠著體重讓樹枝向下垂落，接近地面時他輕輕往下滑，就跳到了地上。接著他跑去拿起他的槍，然後站著不動。

「星期五，」我說，「你在做什麼？你怎麼不開槍？」

星期五說：「不開槍，現在還不開槍。現在開槍，殺不死牠。我等一下才開槍，讓你們再笑一次。」他也真的做到了。

那隻熊看見敵人走了，便從牠站的位置緩緩往後退，每走一步就向後看一眼。退回樹幹後，牠一樣從容地往下爬，爪子抓著樹幹，一次只移動一隻腳。就在牠的腳即將落地的那一瞬間，星期五欺身靠近，把槍伸入熊的耳朵中，一槍打死了牠。

這傢伙馬上回頭看我們有沒有笑，當他看到我們都滿臉喜悅，自己也大聲笑了起來。他說：「我們在家鄉都這樣殺熊。」

「你們都這樣殺熊？」我說。「怎麼可能，你們又沒有槍。」

「是的，沒有槍，」星期五說，「我們都射很長的箭。」

這件事確實是不錯的消遣，但我們仍在野外，嚮導還受重傷，真不知該如何是好。狼嚎聲持續在腦中迴盪，除了在非洲海岸聽見的那次吼叫聲（在前面已經提過了），我從沒聽過如此嚇人的聲音。

狼的叫聲，加上天色漸暗，我們只得匆匆上路，否則一定會按星期五的意思，把那張很有保存價值的熊皮扒下來。然而，我們還有三里格的路要趕，嚮導也不斷催促，只好放棄熊皮，繼續這場旅途。

地面仍然覆蓋著雪，不過沒有山上那麼深，那麼危險。我們聽說那些飢餓的野獸為了尋找食物，已經跑到山下的樹林和平原，在村落製造了很大的災害。牠們不僅嚇到村民，還吃掉許多羊和馬，甚至也有人遇難。

我們必須穿越一個危險的地區。據嚮導所說，如果附近有狼，一定會在那個區域碰到牠們。那是一片小平原，四周樹林環繞，必須通過一條又窄又長的林中小徑，才能抵達我們要夜宿的村落。

我們到達第一座樹林時，距離日落還有半小時，進入平原天就已經黑了。通過第一座樹林的過程中沒遇上什麼事，除了在林中一塊約兩弗隆長的小平地上，我們看見五隻大野狼快速橫越小徑，一隻跟著一隻，似乎是在追捕獵物。牠們沒注意到我們，一轉眼就消失在視線之外。我們的嚮導看到這個狀況後（順帶一提，他本來就很膽小），叫我們要隨時待命，他認為還會有狼群出現。

我們將槍上膛，觀望四周，但直到穿越樹林都沒有看到狼。那片樹林約有半里格遠，接著進入平原區域。進到平原後，視野變得開闊，我們看見的第一個東西就是馬的屍體，一匹可憐的馬被咬死了，至少有十二隻狼正在吃那匹馬；或著應該說是在啃牠的骨頭，因為肉都已經被吃光了。

我們不敢去打擾牠們，牠們也沒有注意到我們。星期五本想開槍，但被我制止，我認為接下來還有其他我們不知道的事情會發生。平原還沒走過一半，我們就聽見左側的樹林中傳來可怕的狼嚎聲，緊接著約有一百隻狼朝我們衝來，牠們一行一行排列整齊，簡直像是有位經驗豐富的軍官在帶領著。我不知道該怎麼應對，只是叫全部的人收攏，排成一列。大家就定位後，為了不讓火力中斷太久，我下令每間隔一人為同一批次，第一批開槍後，如果牠們繼續衝上來，相鄰的人立刻開始第二輪的射擊。射擊完畢的人，並不急著重新上膛，而是拿出手槍待命。我們每個人都有一把長槍和兩把手槍，用這個方法，每次一半的人射擊，總共可以開火六輪。不過，這個方法暫時沒派上用場，因為第一輪射擊過後，敵人因槍聲和火光受驚而停止前進。有四隻狼被射中頭部，倒在地上，藉由雪上的血跡，我們知道還有幾隻因受傷而流血。我發現牠們雖然停止前進，卻沒有立即撤退，我想起曾有人說過，再怎麼兇猛的野獸，也會懼怕人類的聲音。因此，我要所有的人開始大聲喊叫，果然沒錯，狼群聽見鼓噪聲便掉頭撤退。我緊接著下令第二批人朝牠們的背後開火，牠們才飛快地逃回樹林裡。

我們趁這個空檔重新上膛，抓緊時間繼續趕路。才剛裝好彈藥，左手邊的同一片樹林再次傳來可怕的嚎叫聲，這次的聲音距離稍遠，卻是在我們將要經過的路上。

夜晚已經降臨，四周變得昏暗，對我們來說狀況更加不利。嚎叫聲愈來愈大，很明顯是狼的叫聲。突然間，有兩或三群狼，分別出現在我們的左邊、後面和前方，似乎已經將我們包圍起來。然而牠們沒有馬上進攻，我們策馬繼續奔馳，但那條路崎嶇難行，馬只能用小跑步的方式前進。樹林終於出現在平原的末端，必須穿越樹林才能抵達村莊，但更靠近之後，我們看見無數隻野狼等在入口處，不由得大吃一驚。

突然間，樹林的另外一個入口傳來槍聲，向那邊望去，只見一匹馬像風一般狂奔而出，牠身上的馬鞍和馬勒都完好無損，後面跟著十六、十七隻野狼。雖然馬跑得比狼快，但我們認為牠不可能一直維持同樣的速度，顯然會被野狼追上，最後也確實如此。

更可怕的是，我們騎近那匹馬奔馳而出的入口時，發現了另外一匹馬以及兩個人的屍體，都被飢餓的野獸吞食殆盡了。其中一個應該就是開槍的人，他剛射擊過的槍還留在身邊，頭和上半身卻已經被吃掉了。

我們看得心驚膽顫，一時不知如何是好，但狼群馬上逼我們採取行動。我相信牠們至少有三百多隻，聚集在我們的周圍，一副想掠奪食物的樣子。幸運的是，樹林的入口堆了一些巨大的木塊，我想應該是夏天時砍伐下來，堆在那裡準備運走的。我將我的小部隊帶到木堆後方，所有人都下馬，以一根很長的木頭做為防護牆，站成三角陣形，將馬圍在正中間。

我們這一步走得很正確，因為這些野獸攻擊的程度之猛烈，是這一帶從未發生過的。牠們齜牙咧嘴地撲上來，爬上被我們當作防護牆的長木，似乎只想趕快捕食到獵物。這些狼會如此瘋狂，似乎是因為看到我們身後的馬，馬才是牠們的主要目標。我命令所有人一樣分批開火，他們都瞄得很準，第一輪就殺死了許多隻狼。這次必須持續開槍，這些狼就像惡魔一樣，前仆後繼不斷地衝上來。

用長槍射完第二輪後，牠們停了一陣子，我原本希望能藉機離開，沒想到轉眼間，後面的狼又再次擁上。我們用手槍又射擊了兩輪，大概殺死十七、十八隻狼，受傷的數量約是兩倍，但牠們仍不斷撲上前來。

我不願意太快用光彈藥，因此叫來我的僕人——我說的不是星期五，星期五有更重要的任務，手腳俐落的他能在我們射擊時快速充填新的彈藥。總之，我叫來另外一個人，給他一只牛角火藥筒，派他沿著長木撒下一條巨大的火藥線。他完成了，而且他才剛離開，狼群就竄了上去，有幾隻甚至已經登上木頭頂端。我抓起手槍，近距離對木頭開槍，木頭上的火藥頓時燒了起來，木頭上的幾隻狼被燒傷跌落，或說被火嚇得跳到我們這一邊，我們立刻殺死牠們。其他狼原本就害怕火光，再加上當時天色幾近全黑，火焰看起來更加嚇人，牠們終於撤退了一點。我乘勢下令再開一輪手槍，開槍後全部的人齊聲大叫，狼群才掉頭逃跑，我們立刻跑向二十幾隻在地上掙扎的狼，用刀把牠們全都砍死。這件事收到了預期的效果，狼的慘叫聲把其他同伴嚇得落荒而逃。

我們總共殺了約六十隻狼，如果是在白天，肯定能殺掉更多。戰場清空後，立刻繼續前進，因為我們還有將近一里格的路要走。路途中偶爾還會聽見樹林傳來狼嚎，有幾次好像看見了狼的蹤影，但也或許只是雪光閃爍看錯了，我們無法確定。一個多小時後，我們抵達可以過夜的小鎮，那裡的人全嚇壞了，每個人的手上都拿著武器。前一個晚上，似乎有狼和熊闖入村落，居民陷入恐慌，不分晝夜地警戒著。尤其是晚上，他們要保護牲畜和人不受攻擊。

隔天早上，嚮導病況加重，兩個傷口都化膿腫脹，無法繼續上路，我們只得雇一個新的嚮導帶我們到土魯斯[34]。土魯斯的氣候溫暖，物產豐饒，是個很不錯的地方，而且沒有雪，也沒有狼和其他討人厭的東西。不過，當我們把這段經歷告訴土魯斯的人時，他們說這種事在山腳下的森林很常見，特別是大雪紛飛的時期；他們還問嚮導是誰，怎麼敢在如此嚴寒的季節冒險帶我們走那條路，還跟我們說，我們沒被吃掉真的是萬幸。我們說明當時如何擺陣，如何將馬圍在中間，他們聽了大大地責備我們，告訴我們這種做法很可能會全軍覆沒。他們說，那些狼會發狂，全是因為馬，否則一般來說，牠們都很怕槍，但當時牠們極度飢餓，吃馬的渴望讓牠們奮不顧身地攻擊。要不是我們連續開槍，又運用火藥嚇阻牠們，大概早已被撕成碎片了。事實上，如果我們像騎兵一樣坐在馬背上開槍，牠們看見馬上有人，就不會把馬視為獵物。他們又說，假如我們全靠在一起，把馬放在一旁，狼群會把注意力集中在馬的身上，應該就能安全脫身，畢竟我們的人數和手中的武器都夠多。

至於我，我從未有過如此危險的經歷：三百隻狼張牙吼叫，想吃掉我們，我們卻無路可退，無處可躲，幾乎已經放棄希望。我以後寧願航行幾千里格，每週碰上暴風雨，也絕對不再走山路了。

前往法國的路途沒什麼值得一提的事，都是一般旅行者會有的經歷，我想其他人一定記錄的比我還完整。我從土魯斯到巴黎，沒多做停留就直奔加萊，整趟旅程都在嚴寒中度過，最後於一月十四日平安抵達多佛。

34　土魯斯（Toulouse）位於法國西南部的加龍河畔，現為法國第四大城市。

我終於來到旅途的終點，很快兌現了匯票，剛獲得的財產全都安全到手。我的良師益友，也就是那位心地善良的老寡婦，為我帶給她的錢表達了衷心的感激，不辭辛勞地協助我。我對她非常信任，放心地將財產交給她管理，而這位女士的品德，自始至終都很高尚，我非常幸運。

我現在開始考慮要將財產留給這位女士管理，動身前往里斯本，再到巴西去。不過信仰的問題成了我心中的疙瘩，一直以來，我對羅馬的天主教都抱持疑慮，尤其是獨自在島上生活的那段日子。我若想定居在巴西，就得無條件接受羅馬天主教，否則很可能會被送上宗教法庭，因信仰的問題犧牲生命。因此，我決定留在家裡，想個辦法把甘蔗園的事業處理掉。

為此，我寫一封信給里斯本的老朋友，他回信說，幫我處理掉甘蔗園很容易，要是我願意授權給他，他會以我的名義跟那兩位商人聯繫，也就是我的代理人的繼承人。他們就住在巴西當地，一定最清楚那份產業的價值，再加上他們很富有，應該會很樂意買下來。他認為我至少可以多賣四千到五千枚葡萄牙金幣。

我同意讓他與他們接洽，他也照辦。過了八個多月，前往巴西的船回來了。他來信說，他們接受了提議，已經匯出三萬三千枚金幣給里斯本的代理人，準備把錢付給我。

我簽下這份來自里斯本的契約，將它寄給我的老朋友，他寄回一張價值三萬兩千八百枚金幣的匯票，是我賣出產業的所得。我也履行承諾，在老船長的有生之年，每年給他一百枚金幣，他死後，每年給他的兒子五十枚金幣。至此，我說完了我人生經歷的第一部分，我的人生幸運與危難交雜，離奇罕見，簡直是造物主的傑作——以愚昧開場，結局卻比我期望的還幸運得多。

這麼多幸運的奇蹟造就了現在的我，大家都認定我不會再外出冒險了。確實，要不是後來又發生了其他事，我應該會好好安享天年。我已經習慣了流浪的生活，沒有家人，沒有親戚，雖然富有，卻也沒什麼朋友。我賣掉了巴西的資產，卻仍然掛念那片土地，很想回去看看。特別是我的小島，我無法抵抗想要回去的強烈欲求，我想知道那些可憐的西班牙人過得如何，那幾個惡棍又是怎麼對待他們的？

我最真誠的好朋友，那位寡婦，她真心勸我別這麼做，因此有將近七年的時間我沒有出國。期間我收養了兩個姪子，也就是我其中一個哥哥的兩個孩子。年長的那位有自己的積蓄，我將他培養成一位紳士，準備在死後留給他一筆財產；另一位姪子我託付給一個船長，五年後，他長成一個有智慧、有膽識、有抱負的年輕人，我給他一艘好船，送他出海。後來，也是他拖著我這個老頭子，踏上了新的冒險旅程。

同時，我也安頓下來。首先，我結婚了，不能說是美滿，但也沒有不幸。生了三個孩子，兩個兒子，一個女兒。我的妻子過世後，姪子正好從西班牙返航歸來，在他極力勸說之下，我出海的欲望又高漲起來，最後我以私人貿易商的身分上他的船，跟他一起到東印度群島做生意。那時候是一六九四年。

這趟旅程中，我回去拜訪我的小島，看見我的繼承者——那些西班牙人，以及被我留下來的幾個惡徒。我從他們口中了解我離開後的所有狀況，包括一開始惡棍如何欺負西班牙人，經過幾度分分合合，西班牙人逼不得已，用武力對付他們，才讓惡徒臣服，不過後來西班牙人一直都善待他們。如果他們把這段故事記錄下來，一定跟我的故事一樣充滿曲折離奇的意外事件，特別是和加勒比人的戰鬥（他們說加勒比人曾幾度登上小島）。另外還談到島上的新建設，以及他們如何派五個人渡海，到對岸的大陸抓回十一個男人和五個女人做為俘虜；也因此，在我抵達時，島上已經有二十幾個孩子了。

我停留二十天左右，把所有生活必需品都留給他們，尤其是武器、火藥、子彈、衣服、工具。我還留下兩個從英國帶去的工人，一個木匠和一個鐵匠。

此外，我把小島劃分成各個區塊，按照他們的意願分配給他們，自己則保留擁有權。處理完這些事，我叮囑他們不要離開小島，我才離開。

接著我從小島前往巴西，在那裡買一艘小船，又送一些人過去島上。除了一些必需品，我還送去七個女人，她們不但適合幹活，還能當島上的人的老婆。至於那幾個英國人，我曾答應他們，只要他們願意老老實實耕作，我會為他們送一些英國女人和充足的必需品過去，後來我一一實現諾言。這幾個傢伙表現得相當正直勤奮，也都有分到土地。我之後又從巴西送去五頭乳牛（其中三頭肚子裡還懷著小牛），以及一些羊和豬。再次拜訪時，那裡已經牛羊成群了。

除此之外，他們還曾被三百多個加勒比人攻擊，耕地全被破壞。他們跟這麼大數量的加勒比人大戰兩次，第一次輸了，有三個人被殺掉；第二次敵人的獨木舟被暴風雨摧毀，很多人餓死，其餘的則被他們殲滅。他們重建家園，恢復耕地的運作，繼續在島上生活。

這一切，以及我在後續十年的旅程中碰上的各種奇遇，之後有機會再詳談吧。

（全書完）

國家圖書館出版品預行編目資料

魯賓遜漂流記(經典全譯本):英國文學史上第一部長篇小說 / 丹尼爾．笛福 (Daniel Defoe) 著 ; 謝濱安譯 . -- 二版 . -- 新北市 : 自由之丘文創出版 : 遠足文化發行 , 2020.09
面 ; 公分 . -- (NeoReading ; 34)
譯自 : Robinson crusoe
ISBN 978-986-98945-5-5(平裝)

873.57 109011647

Robinson Crusoe
Chinese (Complex Characters) Copyright ©2020 by FreedomHill Creatives Publishing House, an imprint of Walkers Cultural Enterprise Ltd.
All rights reserved.

自由之丘
官方網頁

線上讀者回函
您的寶貴意見，
是我們最大的進步動力

NeoReading 34
魯賓遜漂流記【經典全譯本】
英國文學史上第一部長篇小說（二版）

作　　者／丹尼爾・笛福（Daniel Defoe）
譯　　者／謝濱安
繪　　者／小瓶仔
總 編 輯／張瑩瑩
主　　編／蔡欣育
責任編輯／王智群
校　　對／魏秋綢
封面設計／廖韡
內頁排版／洪素貞

出　　版／自由之丘文創
發　　行／遠足文化事業股份有限公司
地址：231 新北市新店區民權路 108-2 號 9 樓
電話：（02）2218-1417　傳真：（02）8667-1065
電子信箱：service@bookrep.com.tw
網址：www.bookrep.com.tw
郵撥帳號：19504465 遠足文化事業股份有限公司
客服專線：0800-221-029

讀書共和國出版集團
社　　長／郭重興
發行人兼出版總監／曾大福
業務平臺總經理／李雪麗
業務平臺副總經理／李復民
實體通路協理／林詩富
網路暨海外通路協理／張鑫峰
特販通路協理／陳綺瑩
印　　務／黃禮賢、李孟儒

法律顧問／華洋法律事務所　蘇文生律師
印　　製／前進彩藝有限公司
初　　版／ 2017 年 6 月
二　　版／ 2020 年 9 月

有著作權，侵害必究
特別聲明：有關本書中的言論內容，不代表本公司／出版集團之立場與意見，
文責由作者自行承擔
歡迎團體訂購，另有優惠，請洽業務部（02）22181417 分機 1124、1135